D1321726

GIUSEPPINA TORREGROSSA

IL CONTO
DELLE MINNE

OSCAR MONDADORI

© 2009 Arnoldo Mondadori Editore S.p.A., Milano

I edizione Scrittori italiani e stranieri maggio 2009
I edizione Oscar contemporanea maggio 2010

ISBN 978-88-04-59880-0

Questo volume è stato stampato
presso Mondadori Printing S.p.A.
Stabilimento NSM - Cles (TN)
Stampato in Italia. Printed in ItalycoIL

Anno 2011 - Ristampa 3 4 5 6 7

www.librimondadori.it

IL CONTO DELLE MINNE

A Marcello, Giovanni e Lucia,
vento fresco tra i miei capelli

Minne di sant'Agata
(ricetta per otto cassatine)

Pastafrolla

Farina di tipo 00, 600 grammi
Strutto, 120 grammi
Zucchero a velo, 150 grammi
Aroma di vaniglia
Uova, 2

Tagliare lo strutto a dadini e lavorarlo tra le dita insieme con la farina. Quando i due ingredienti saranno ben amalgamati aggiungere lo zucchero a velo, incorporare le uova e la vaniglia. Impastare velocemente. Quando il composto avrà una consistenza soffice ed elastica, da poterci affondare le dita come in un seno voluttuoso, coprire con una mappina e lasciar riposare.

Glassa

Zucchero a velo, 350 grammi
Succo di limone, 2 cucchiai
Albumi, 2

Montare parzialmente gli albumi con un pizzico di sale. Aggiungere lo zucchero, il succo di limone e continuare a mescolare fino a ottenere una crema bianca, lucida, spumosa.

Ripieno

Ricotta di pecora, 500 grammi
Canditi (di zucca, cedro e arancia), 100 grammi
Scaglie di cioccolato fondente, 100 grammi
Zucchero, 80 grammi

Lavorare la ricotta e lo zucchero fino a farne una crema liscia, senza grumi. Unire i canditi e il cioccolato. Lasciare riposare in frigorifero per un'ora circa.

Imburrare e infarinare stampini rotondi, perché il dolce abbia la forma di un seno. Stendere la pastafrolla in uno strato sottile. Foderare il fondo degli stampini, farcirli con la crema e chiuderli con dischi di pastafrolla. Capovolgerli sulla piastra unta e infarinata. Cuocere nel forno a 180 °C per 25-35 minuti. Sfornare e far freddare su una griglia.

Estratta delicatamente ogni cassatina dal suo stampo, colarvi sopra la glassa, in modo uniforme perché tenderà a solidificare in poco tempo.

Perché delle semplici cassatelle si trasformino come per magia in seni maliziosi, minne piene, decorare queste magnifiche, bianche, profumate rotondità con una ciliegina candita.

LU CUNTU AVI LU PEDE
(Prologo)

I

La vigilia della festa di Sant'Agata, mia nonna Agata, buona anche lei come la santa, veniva a prendermi a casa. Mi trovava al balcone, impaziente di uscire, tirata a lustro con indosso il vestito buono, i capelli divisi al centro della testa da una scriminatura dritta e legati stretti da due fiocchi rosa da femminuccia. Scendevo le scale volando, felice di lasciare per qualche ora i miei genitori che, quasi sempre scontenti, rendevano l'aria di casa irrespirabile.

Ero grata a mia nonna per le sue attenzioni amorevoli, i piccoli gesti affettuosi, le carezze leggere, gli incoraggiamenti non richiesti, i complimenti a non finire che abbisognano ai bambini per crescere sicuri e sviluppare fiducia nella vita. Papà e mamma non si perdevano in cose inutili, come loro chiamavano la tenerezza e l'amore, e mia nonna quando poteva suppliva alle loro manchevolezze.

Camminavamo in silenzio, tenendoci per mano, le mie dita piccole annodate alle sue, torte dall'artrite e ruvide per i lavori di casa. L'autobus, il numero 15, tagliava Palermo lungo una linea retta che andava dalla Statua fino a piazza Marina, nel cuore della città vecchia. Seduta sulle ginocchia di mia nonna, troppo piccola per guardare fuori dal finestrino, mi lasciavo trasportare con gli occhi chiusi, riconoscendo le strade grazie a odori e rumori che, stratificati nella mia memoria, costituiscono oggi i miei ricordi più antichi. Il profumo delicato e persistente delle magnolie del Giardino Inglese, le urla degli ambulanti, le abbanniate dei pescivendoli, le cantilene dei fruttivendoli per invogliare i passanti ad acquistare arance, limoni, lumie, l'*ui ui uuu* lungo delle sirene che annunciavano l'ingresso delle navi nel porto, il puzzo nauseante dell'acqua limacciosa della Cala, l'odore delle panelle delle friggitorie di corso Vittorio, il battere ritmico e costante delle ruote delle carrozze sulle balate di marmo di Billiemi.

In prossimità del capolinea scendevamo dall'autobus piano, facendo attenzione a non scivolare con le nostre scarpe dalle suole di cuoio su quel selciato grigio, lucido di umidità. Giravamo attorno ai giganteschi ficus magnolioide, alti alberi australiani che difficilmente attecchiscono in Europa, mentre a Palermo crescono senza bisogno di cure particolari e raggiungono dimensioni eccezionali. Le radici aeree pendevano dai rami come stalattiti, formando un intreccio inestricabile con quelle di terra, si legavano tra loro come in un labirinto magico, all'interno del quale noi bambini fingevamo di perderci tra grida e risate.

Da lontano scorgevamo palazzo Steri, la cui facciata severa e imponente mostrava il volto di una Sicilia tanto bella quanto crudele. La nonna conosceva storie raccapriccianti e me le aveva raccontate senza nascondere i particolari più spaventosi: «Agatì, là c'era il Tribunale del Sant'Uffizio. In quel palazzo gli uomini di Torquemada, certi pezzi di cornuti che a starci nella stessa stanza c'era da perdere l'onore, hanno torturato monache, parrini, briganti e tutte le femmine che ci capitavano a tiro».

L'edificio austero e sinistro mi metteva addosso una grande inquietudine, perciò alla vista delle finestre che ne interrompevano la facciata regolare acceleravo il passo e quasi mi mettevo a correre, inseguita dalle urla delle streghe e da invocazioni d'aiuto che mi sembrava di sentire per davvero.

«*Cauru e friddu sintu, ca mi pigghia la terzuru, tremu li vudella, lu cori e l'alma s'assuttigghia...* Agatì, così si lamentava Maricchia, una povera madre di famiglia che era stata accusata di essere una strega. Intanto il monaco della buona morte si avvicinava alla cella suonando una campanella, *din din din*. E lo sai chi l'aveva denunciata?» La nonna non si aspettava certo che io rispondessi, ma ugualmente faceva una pausa. In quell'attimo di sospensione mi lambiccavo il cervello e involontariamente rallentavo il passo. Lei mi tirava delicatamente per la mano: «Ma suo marito! Quello c'aveva una più giovane e siccome non sapeva come liberarsi della moglie che s'era fatta vecchia... vabbè, queste cose è meglio che te le spiego quando sarai più grande», e concludeva il suo racconto poco prima della chiesa della Gancia, dove giravamo a sinistra per la via Alloro, un tempo la strada principale del rione della Kalsa.

Mia nonna abitava di fronte a palazzo Abatellis, al primo piano di un edificio vecchio e fatiscente che aveva resistito ai bombardamenti del '43. Il palazzo era stato in parte recuperato e si teneva in piedi per miracolo o, come diceva la nonna, per amore delle famiglie, che altrimenti non avrebbero avuto dove abitare. Il portone, cui ogni tanto qualcuno dava una mano di vernice, aveva un colore marrone che virava al verde negli angoli e non si usava più da parecchi anni, per paura che i cardini arrugginiti si sbriciolassero all'improvviso e l'anta, priva di ancoraggi, potesse schiantarsi su qualche passante. Il falegname lo aveva inchiodato e aveva ricavato nel legno massiccio una sorta di porticina secondaria, che si apriva con facilità e senza rischio alcuno.

Piccola com'ero, l'attraversavo con un certo agio, mia nonna invece doveva piegarsi da un lato e rannicchiarsi un po' per non sbattere la testa. La corte interna era affollata di biciclette, attrezzi da lavoro, carriole. Ci arrampicavamo per le scale dai gradini neri di pietra pece, stretti e ripidi, tesi tra le pareti scrostate e le travi di legno. Il pianerottolo si allargava tra il muro e un'ampia apertura sulla chiostrina del palazzo contiguo.

I bombardamenti dell'ultima guerra avevano provocato crolli di interi edifici, sbriciolato muri divisori, aperto insolite comunicazioni tra caseggiati contigui. La ristrutturazione, in assenza di mezzi adeguati e di soldi, era avvenuta in maniera fantasiosa e disordinata. Assi, palanche, putrelle di ferro assumevano le funzioni di corrimano, pianerottolo, solaio, addirittura muro portante, a seconda del caso e della necessità.

«Agatì, cammina appoggiata al muro.» La nonna non dimenticava mai di raccomandarmi prudenza; la prudenza per lei era più che un'inclinazione, era anche la sua virtù cardinale preferita.

Mezzo giro di chiave apriva la porta, un doppio strato di truciolato, una specie di barriera virtuale destinata alla gente perbene, che certamente non avrebbe ostacolato la determinazione dei malintenzionati. Ma il quartiere era povero e i ladri di solito lo risparmiavano, consapevoli che non avrebbero trovato nulla di interessante e di prezioso.

L'interruttore di ceramica bianca sulla sinistra della porta produceva il suono di un elastico allentato, *suisc*, e le ombre svanivano. Il rumore della strada entrava senza chiedere permesso dal balcone sempre aperto, sia d'estate sia d'inverno. Una tenda ricamata di leggero lino bianco, mossa dalla corrente, schermava la luce del giorno.

La nonna, catanese di nascita, dopo il matrimonio con mio nonno Sebastiano aveva lasciato Belpasso, il paese in cui era cresciuta, per trasferirsi a Palermo, dove nacquero tutti i suoi figli. Aveva portato con sé poche cose, tra cui una profonda fede cristiana nel cuore, una grande devozione per sant'Agata nell'anima e nel naso l'odore del pane fresco, dei biscotti dorati che venivano confezionati nel forno della sua famiglia.

I primi anni non erano stati facili. L'adattamento al carattere del marito, uomo buono ma prepotente e contorto, le aveva richiesto una grande pazienza, molta prudenza e una fine capacità di mediazione. Poi c'era stata la questione religiosa, causa di incomprensioni, screzi, liti. Sebastiano, da buon palermitano, voleva che la sua famiglia fosse consacrata a santa Rosalia, la moglie non ne voleva sapere di barattare sant'Agata, nemmeno se glielo avesse chiesto Gesù Cristo in persona. Si sa che le guerre di religione sono le più lunghe e le più sanguinose, la nonna però era determinata: ci volle tempo ma ebbe la meglio, perché la religione è cosa da femmine e, almeno in questo, le donne siciliane erano, anche all'epoca, libere di scegliere.

Fu proprio grazie alla devozione di mia nonna che il cinque febbraio di ogni anno la famiglia Badalamenti si riuniva per celebrare l'onomastico delle sue Agata con un pranzo in grande stile, che si concludeva con i dolci votivi – le minne di sant'Agata per l'appunto –, fatti a mano da lei personalmente, per grazia ricevuta o da ricevere.

La nonna, di cui porto il nome, aveva stabilito che io l'aiutassi in cucina nella delicata preparazione dei dolcetti e mi designò custode ufficiale della ricetta e sua unica erede.

Nella famiglia Badalamenti l'eredità veniva trasmessa ai discendenti secondo il diritto di maggiorasco; il patrimonio, cioè, andava al primo figlio maschio, che aveva l'obbligo di conservarlo, custodirlo e passarlo integro al proprio discendente. Nonostante tale diritto fosse stato abolito dopo l'unità d'Italia, nella nostra famiglia, come del resto in tutto il meridione, era rimasta la consuetudine di privilegiare il figlio maggiore, riconoscendo alle femmine una dote in danaro che aveva la funzione di prevenire faide annose e violente. La nonna, femminista a modo suo, volle lasciare a me il bene di famiglia più prezioso, la ricetta delle minne di sant'Agata.

Nella cucina in penombra si svolgeva il sacro rito della preparazione dei dolci, dal quale erano esclusi gli altri parenti che, incapaci di una fede genuina, avrebbero vanificato il sacrificio della nonna e indispettito la Santuzza, la quale avrebbe potuto anche ritirare la sua benevola protezione.

Mi lavavo le mani con cura particolare, la stessa che anni dopo avrei usato prima di assistere ai parti, in ospedale. Davanti al tavolo di marmo maneggiavo pastafrolla e crema di ricotta con dedizione e serietà. Un po' per intrattenermi, un po' per istruirmi, un po' per contagiarmi con la sua fede religiosa ingenua, sincera, appassionata, mia nonna mi raccontava la vita della Santuzza, così come lei la conosceva.

II

«Agatì, beddruzza mia, comincia a mischiare la farina con la sugna e sentimi bene, che ti devo raccontare una cosa importante. Devi sapere che Sant'Agata, prima di fare miracoli, era una picciuttedda graziosa a tipo te, con la pelle bianca come a una distesa di mandorli in fiore, gli occhi celesti che sembravano il cielo a primavera, le trecce nere, lunghe, lucide di seta, strette con due nastri rosa. Ma lo sai che sei pettinata uguale a lei? Una mattina, affacciata alla finestra, si azzizzava come al solito i capelli e ci passava l'olio d'oliva; non c'è niente di meglio per i capelli, cara la picciridda mia: un pochino ogni giorno sulle punte e quelli si allungano e crescono forti e sani. Un giorno passò di là il console romano, un certo Quinziano. La ragazza cantava la sua preghiera con una voce accussì dolce che l'anima del governatore si smosse e il cuore cominciò a tuppuliargli nel petto. Persino il cavallo sentì che stava succedendo qualcosa di importante e prese a sbattere gli zoccoli con movimenti nervosi e a soffiare dal naso. A Quinziano quella signorinella dolce, morbida, di buona famiglia e timorata di Dio ci tolse la pace del giorno e il sonno della notte. L'immagine di Agata dalle trecce lunghe e la pelle bianca gli compariva davanti ogni volta che chiudeva gli occhi. Nel letto si arriggirava prima da un lato e poi dall'altro, ma la testa era sempre là, a quella carne giovane che gli rimescolava il sangue. Si alzava alla mattina sfatto come la pasta passata di cottura, la testa pesante e i pensieri sottosopra, mentre la voce di lei gli rimbombava nelle orecchie, anche durante le udienze più rumorose. Certe volte per trovare quiete si faceva venire nel letto tre o quattro femminazze acchiappate per la strada.

Agatì, non ce lo dire a tuo padre che ti racconto queste cose, quello è geloso peggio di un turco, se sa che ti parlo di buttanazze... viiih, manco ci voglio pensare. Poi, da quando è diventato giudice, ci pare che è giusto, che sa tutte cose lui, che conosce la verità; figuriamoci... la meglio parola è quella che non si dice.»

Mentre parlava la nonna non smetteva un attimo di lavorare l'impasto, che sotto la pressione delle sue dita abili era diventato una palla morbida ed elastica.

«Agatì, è inutile che mi guardi con quegli occhioni sgranati, certe cose ancora non puoi capirle, perché sempre picciridda sei, ma quando sarai grande ti ricorderai di quello che ti sto dicendo; perciò stai bene attenta, che prima le impari e meglio è. Siccome gli uomini tutto quello che gli racconti presto o tardi te lo fanno pagare e siccome quello, anche se ti viene padre, sempre uomo è, meno cose ci fai sapere meglio è per te. E prendi la ricotta, che mentre la pasta riposa t'insegno come si fa la crema.»

Io la guardavo con la bocca spalancata dallo stupore, molte volte davvero non la capivo, ma di lei mi fidavo e perciò mandavo tutto a memoria, certa che prima o poi le sue parole mi sarebbero tornate utili. E in effetti da grande molti insegnamenti della nonna sarebbero stati preziosi, se solo me ne fossi ricordata in tempo. Andavo sul balcone dove la nonna teneva al fresco la fascedda di vimini intrecciati che conteneva la ricotta morbida e tremolante, regalo dello zio Vincenzo, il fratello di nonno Sebastiano che di mestiere faceva il lattaio. Il siero colava dai lati del cestino e lasciava una scia appiccicosa sul pavimento.

«Agatì, dammi la mano che t'insegno. Devi girare la forchetta in questo modo. Gira, non ti scantare, forte, che diventa liscia liscia.

Perciò, il governatore aveva tutti i difetti di questo mondo: era uomo, potente e straniero. Pensa che cosa ci girava nella testa e ci ribolliva nel cuore. Un giorno che il desiderio lo tormentava come a un dolore di pancia dopo il pranzo di Natale, mandò i soldati in chiesa e fece arrestare Agata con la scusa che l'imperatore di Roma aveva vietato di pregare a nostro Signore. Ci mancavano solo i continentali e le loro stramberie. Pure Quinziano conosceva le leggi a memoria, proprio come tuo padre, e vedi che bel risultato!

Quando la portarono davanti al governatore, Agata mantenne gli occhi bassi e le mani nascoste dietro alla schiena, ferma immobile sull'attenti, come fanno i bambini quando la maestra li chiama alla lavagna. Lei voleva diventare la sposa di Gesù, aveva deciso di consacrarsi a lui e nessuno ci poteva a farle cambiare strada. L'atteggiamento di virginedda timida eccitò i sensi del console. Prima o poi te ne accorgerai anche tu che qui in Sicilia, isola di cruzzuni, i desideri delle donne non contano niente, mentre quello che vogliono gli uomini diventa destino.

Più lei si tirava indietro scucivola, riottosa, più a Quinziano si rimescolava l'anima nera in mezzo al petto. Sdraiato sopra al sofà, una gamba lunga sul velluto rosso, l'altra a terra, l'afferrò per i capelli, se la tirò a forza vicino e infilò la mano sotto alla sua vesta. La ragazza sembrava una mummia, la faccia bianca come a una maschera di cera, gli occhi chiusi, il respiro trattenuto. A Quinziano il rifiuto ci parse una tagliata di faccia e se lo presero i santi diavoloni. Cominciò a bestemmiare, peggio di come faceva tuo nonno quando andavo a confessarmi da padre Reginella, era arrabbiato come un pezzo di 'nduja messo a seccare per un anno. Perché devi sapere che gli uomini, se non ci pro-

vi piacere quando ti toccano, si sentono mezzi masculi, ma guai a te se ci provi piacere, perché allora ti col-
locano tra le buttane.»

Strizzavo gli occhi nello sforzo di carpire il significato di quelle parole, che mia nonna accompagnava con
gesti delle mani, movimenti delle sopracciglia, smor-
fie della bocca.

«Insomma, Agatina, anche se ora non lo capisci, ri-
cordati che come ti metti metti gli uomini hanno sempre una calunnia per pigliarsela cu' tia» e intanto, con
la scusa di preparare la glassa, la nonna mescolava zucchero e limone con violenti colpi. La frusta di allumi-
nio pareva dovesse piegarsi da un momento all'altro
sotto le spinte rabbiose di nonna Agata, che proprio
non digeriva l'onta che la sua santa preferita aveva
dovuto subire.

«Il governatore chiamò il suo consigliori, un pezzo
di delinquente, che da noi li trovavi un tempo solo alla
Vicarìa, e ci disse: "Affidala ad Afrodisia, dicci che facesse quello che vuole, ma me la deve istruire". Indovina un po' che lavoro faceva Afrodisia?»

Mentre io cercavo nella mia testolina la risposta esat-
ta, la nonna veloce accendeva il forno. Nella pausa di
riflessione passavo in rassegna tutti i mestieri femminili che conoscevo: sarta, maestra, mamma, poi mi ar-
rendevo e con lo sguardo spaesato alzavo le spalle,
muovevo la testa da un lato e dall'altro per dire: "E
che ne so io?".

«Certo, Agatina, che delle volte pari babba! Ma la
buttana, no?, una buttanazza di quelle che si è perso
lo stampo.» A mia nonna piacevano certe espressioni
colorite e, anche se davanti alla gente non diceva mai
neppure *cretino*, con me si lasciava andare, non prima di avermi raccomandato di non ripetere mai quelle parole.

«Comincia a grattuggiare il cioccolatto, che quando
hai fatto mi aiuti a riempire le formine. A sant'Agata,

mischina, ci parse di morire appena la chiusero dentro al lupanaro, dove succedevano cose che non ti posso raccontare; no perché mi scanto di tuo padre, nzà ma', ma per mia decenza.»

«Nonna, non ti preoccupare, tanto io non lo dico a nessuno», e per dare più forza alle mie parole giuravo con la mano destra sul cuore. Il significato di molte parole non lo conoscevo, ma capivo che si trattava di cose importanti, cose della vita. D'un tratto prendevano a suonare le campane del vespro, allora mia nonna lasciava perdere i dolci e si faceva il segno della croce, pregava sottovoce muovendo le labbra, concludeva sempre nello stesso modo: «Gesù, Giuseppe e Maria, siate la salvezza dell'anima mia» e riprendeva il racconto da dove l'aveva lasciato.

«La picciotta proprio non ne voleva neanche a brodo. Testona come un mulo, si rifiutava di accompagnarsi agli uomini che immancabilmente la sceglievano nel mucchio. E si capisce, quel corpicino esile con due minnuzze appena spuntate sai quanto ci piaceva? Promesse, minacce, ricatti, timpulate, niente: la Santuzza era irriducibile. Dopo un mese di festini e bordelli, Afrodisia si arrese. Chiamò il capo delle guardie e restituendogli la ragazza ci disse: "Non è cosa! Ha la testa più dura della lava dell'Etna!". Lui l'acchiappò e, torcendole un braccio di mala maniera, la portò di peso al palazzo. Quinziano, steso sempre sopra al sofà, vestito d'oro, gli occhi mezzi chiusi dal sonno arretrato, la faccia gonfia di vino, i capelli sollevati dai diavoli che gli facevano compagnia, inferocito per lo smacco subito, ordinò: "Buttatela nella cella più buia e torturatela".

L'amore che aveva provato per Agata era diventato un odio profondo; finisce sempre così quando dici no a un maschio, il rifiuto è peggio delle corna.

"Va a finire che se questa testarda mantiene il punto, le altre prenderanno coraggio e per non essere da meno anche l'ultima delle bagasce si negherà senza appello" pensava Quinziano. Intanto a quel gran cornuto del boia non gli parve vero di mettersi a munciuniari carne giovane e si fregava le mani ripassando tutto il repertorio che suo padre gli aveva insegnato.

Per fare contento al suo padrone e per suo piacere personale, il boia si dedicò ad Agata con tutta l'anima. Le tirò braccia e gambe, le strappò la carne con le tenaglie, la marchiò con i ferri delle vacche, ma quella resisteva e faceva no con la testa. Ammaccata e lorda, con un vestitino stracciato, la riportarono a Quinziano. Nel salone delle udienzè c'era un silenzio che si poteva tagliare con il coltello, la gente non aveva gana nemmeno di respirare.

"Se sei libera e nobile perché ti vesti come a una schiava?" le chiese il governatore sprezzante dall'alto del suo trono, con la faccia tirata e le mani che gli ballavano dal nervoso.

"Non è l'abito che fa il monaco. Io sono nobile perché sono vicina a Cristo, l'unico padrone che riconosco" rispose lei, con una vocina leggera come a un soffio di vento a primavera, ma ferma, senza neanche un piccolo tremolizzo.

Accecato dalla rabbia, con le vene del collo gonfie, Quinziano sentenziò: "Strappatele le minne!".»

Mia nonna, per dare enfasi al racconto, imitava ora la voce profonda e cavernosa del governatore, ora quella dolce e aggraziata della santa, agitava le mani, strabuzzava gli occhi, corrugava la fronte risultando più comica che drammatica. Ma quando diceva: "Strappatele le minne!", il tono era particolarmente grave e io morivo di paura, spalancavo gli occhi come un pesce in difficoltà, incassavo la testa nelle spalle e mi portavo le mani al petto.

«Agatì, beddruzza mia, e non è che ti puoi spaventare per un racconto. È storia vera, ma oramai è passata e lo sai che il Padreterno non manda prove a come capita. Agata poteva sopportare qualunque cosa, sennò che santa era? A te che sei picciridda non ti può succedere niente di grave, ci sono già tua madre e tuo padre a farti difficile la vita, non ti bastano? Va', piglia le ciliegine che decoriamo le cassatelle.»

Tenendomi le mani sulle minnuzze che ancora non mi erano spuntate, scendevo dal mio sgabello, aprivo con fatica gli sportelli della credenza, guardavo tra gli scaffali pieni di tazzine scompagnate, scatoline di metallo, pezzi di spago avanzati, pacchi di pasta, poi, trovato il barattolo delle ciliegie candite, lo afferravo con cautela e tornavo di corsa ad ascoltare la fine della storia.

La decorazione era una fase particolarmente delicata e io percepivo tutta la solennità di quel momento. Le cassatelle dovevano assomigliare a seni veri, altrimenti correvamo il rischio di scontentare la santa che, suscettibile com'era, avrebbe potuto toglierci la sua protezione. La nonna si metteva gli occhiali, apriva le persiane per far entrare più luce, poggiava una ciliegina, si allontanava un poco dal tavolo e controllava che fosse centrata bene; poi si riavvicinava e ne metteva un'altra, fino a quando non aveva decorato tutti quei magnifici dolci. Nel frattempo, senza interrompere il lavoro, continuava a raccontare.

«Quando il governatore ebbe parlato, scese nel salone un silenzio tremendo. Si poteva sentire la furia della tempesta nel suo petto, lo scruscio della paura nel cuore della gente, il ribollire dei pensieri nelle teste dei carnefici. Fu un attimo, e due minnuzze bianche, piccole, rotonde finirono insieme con una tenaglia nera sopra a un piatto d'argento. La Santuzza per il dolore cadde a terra svenuta e un grido sfuggì dalla bocca dei presenti. Due soldati, sebbene disgustati da quei buchi neri e sanguinanti sul petto di Agata, dovettero eseguire gli ordini ed evitando di guardarla la trascinarono per le braccia e la chiusero insieme alle sue minne in una cella, buttata via come a un sacco di munnizza.»

Il racconto era così ricco di particolari che lo vivevo tutto sulla mia pelle. Il dolore della Santuzza era il mio e me lo sentivo nelle braccia, nel petto, nella testa, mentre le lacrime se ne scendevano sole sole. La nonna mi asciugava gli occhi con la punta di una mappina: «Agatì, non ti scantare che adesso viene il bello. La Santuzza, stinnicchiata lunga lunga sul pavimento, senza coscienza, si lamentava e tremava tutta. La cella era buia, fredda, in lontananza l'Etna rumoreggiava. Più morta che viva, sentiva il freddo che le saliva dai piedi e si riparava raccogliendo le gambe davanti al petto, come un bambino dentro la pancia della mamma; pregava la Madonna, invocava Dio perché la facesse morire, chiamava la mamma, a tratti delirava.

Quando un'onda di calore le scaldò il corpo, la picciotta pensò con sollievo che finalmente era arrivata la sua ora. "Agata, Agata!" una voce antica la chiamava con insistenza. Un vecchio era comparso dal nulla, accompagnato da un picciriddu che faceva luce con una lanterna. Era niente meno che san Pietro. La Santuzza lo riconobbe subito, forse per la lunga barba bianca, l'aria serafica o la forza dello sguardo. Provò ad alzarsi, ma le gambe non le ubbidirono. Il vecchio sollevò una mano, la benedisse e le minne tornarono al loro posto, incollate, sode e belle. La baciò sulla fronte e se ne andò, lasciandola completamente guarita.

La mattina dopo il governatore aspettava che gli portassero il corpo della virginedda morta e conzata sopra a un catafalco. Ti puoi immaginare la faccia di lui quando, arrivato nella sala delle udienze, se l'attrovò davanti sana come un pesce e determinata a dirgli no un'altra volta. Cominciò a gridare, a tirare in aria tutte le cose che ci capitavano sottomano, prese di petto il boia e il suo aiutante, poi, con la faccia da pazzo, acchiappò alla virginedda e, mormorando frasi sconnesse, la buttò sopra ai carboni ardenti: chi fa da sé fa per tre. Un fumo nero, denso, e un gran puzzo di carne bruciata riempirono la sala, mentre la gente tossiva e gridava per l'orrore. All'improvviso un boato sordo, forte e cupo coprì le urla dei presenti. L'Etna eruttò magma bollente e una scossa di terremoto fece sussultare il palazzo. Le colonne di marmo crollarono, il soffitto cadde rovinosamente, seppellendo sotto un cumulo di pietre l'infami consigliori di Quinziano e il suo boia. Nostro Signore si era definitivamente incazzato. Agatina, questa è una di quelle parole che non devi mai ripeterlo, giuralo!».

«Te lo giuro, nonna» dicevo con la mano destra sul cuore.

«Il governatore, che come tutti i prepotenti si scantava pure dell'ombra sua, vista la mala parata acchiappò alla picciuttedda e con le sue stesse mani la tolse dal fuoco. Troppo tardi, era già morta.»

Il racconto lasciava nell'aria odore di santità e ricotta. Sul tavolo della cucina tanti dolcetti tondi, vicini a due a due, la ciliegia rossa al centro a imitare il provocante capezzolo. La fede e la devozione di mia nonna erano riposte in quelle cassatelle, l'irrinunciabile rito della tradizione della famiglia Badalamenti.

Prima di andare via le contavo e ricontavo: una, due, tre, dieci, venti, trentadue, erano sempre in numero pari, due per ogni nostra parente che, grazie a loro, avrebbe potuto godere della protezione di sant'Agata per tutto l'anno.

LU CUNTU
(Il racconto)

I

«Agata, c'è gente, vieni ad aiutarmi.»

«Arrivooo.»

La ragazza posa la penna, gira dietro al bancone e con un sorriso mansueto si mette a servire i clienti.

Agata, che molti anni dopo sarebbe diventata mia nonna, dopo la scuola lavorava nel forno della sua famiglia. Il padre, il mio bisnonno Gaetano, era un uomo buono che aveva accettato tutte le disgrazie della sua vita con rassegnata fede cristiana. L'indole mite e il carattere accomodante ne facevano un individuo molto diverso dai suoi compaesani malpassotti, come erano chiamati gli abitanti di Malupassu, famosi per crudeltà e ferocia. Il paese, oggi noto come Belpasso, era un piccolo centro alle pendici dell'Etna.

Gaetano aveva fatto suo il motto MELIOR DE CINERE SURGO scritto sotto lo stemma della sua città. Il senso letterale non gli era chiaro, però una volta gliel'avevano spiegato e lui l'aveva interpretato a modo suo, che poi è l'unico modo che abbiamo di capire le cose. In conclusione, Gaetano s'era fatto persuaso che l'araba fenice era lui stesso e sarebbe risorto ogni volta dalle proprie ceneri: per questo nelle difficoltà non si dannava mai l'anima. Pacifico e tranquillo, soffriva però i cambiamenti di tempo. Certi giorni s'alzava dal letto con le braccia e le mani che gli formicolavano e, quando meno se l'aspettava, diventava rigido gli occhi gli scivolavano all'indietro, cadeva a terra e un filo di bava gli correva dalla bocca. Dopo un poco si svegliava come da un sonno profondo, leggermente inturdunuto ma sereno, come se tornasse dal paradiso.

Sua madre, buonanima, diceva che era colpa delle maccalubbe, piccoli vulcani d'acqua, fango e gas che eruttavano periodicamente nelle campagne attorno al paese, provocando uno sconquasso. Tutte le volte che *lu sangu di li sarracini* colava dalle maccalubbe, a Gaetano veniva un attacco epilettico e le case cadevano per colpa delle scosse sismiche che immancabilmente seguivano il fenomeno eruttivo. E infatti lontano dalla terra rossa e sabbiosa delle salinelle dei cappuccini all'antico monastero di San Nicolò l'Arena, zona di maccalubbe, a Gaetano non succedeva mai di cadere a terra tutto d'un botto e di tremare come se fosse posseduto dal demonio. Ogni volta che lo vedeva trantuliare, sua madre si faceva il segno della croce e accendeva un cero a sant'Agata, preoccupata che la casa gli cadesse di sopra.

Il medico l'aveva definito meteoropatico, ma la gente del quartiere diceva che era magico, che aveva i poteri, così quando dovevano prendere decisioni importanti si presentavano da lui per consultarlo, portando un poco di frutta e qualche uovo in cambio della profezia. Ai familiari di Gaetano, tutti morti di fame e miserabili da generazioni, non sembrò vero di avere a disposizione cose da mangiare, perciò trovarono il modo di alimentare le voci sul conto del ragazzo, costruendogli attorno un'aura di mistero.

La madre regolava il traffico dei pellegrini, fissava l'orario delle consultazioni dell'oracolo, aveva persino stilato un tariffario. Con le uova, la farina, lo zucchero che la gente portava al piccolo non solo tutta la famiglia rimediava il pranzo, ma le femmine riuscivano ad azzizzare dolci, pane, pizze, mostazzoli a Natale, torroncini, cassatelle, ravioli di ricotta, biscotti alle mandorle che poi andavano a vendere al mercato. Quando tirarono su un poco di soldi, cambiarono quartiere e aprirono un forno vero.

A Gaetano crescendo passarono tutte cose, i fenomeni magici scomparvero, e si accomodò così bene nel mestiere di fornaio che diventò in poco tempo notissimo: il suo era il pane migliore di tutta la provincia.

Sua moglie Luisa, la mia bisnonna, ragazza graziosa e battagliera che veniva da una famiglia di zolfatari, poveri ma evoluti, l'aveva conosciuta per strada, durante gli scioperi dei Fasci dei lavoratori siciliani. Luisa era entrata nel movimento dei Fasci con tutti i sentimenti. Un giorno che si trovava a Catania per affari, scendendo per la via Etnea Gaetano era rimasto imparpagliato in mezzo a una folla che gridava, correva, alzava bastoni; pareva uno scecco in mezzo ai suoni. All'arrivo della polizia la gente aveva cominciato a scappare, mentre lui era fermo a un incrocio come paralizzato e il vecchio tremore alle gambe, passando per la pancia, se ne saliva verso le braccia. Si preparò a cadere stinnicchiato a terra come ai tempi delle maccalubbe.

Luisa se lo trovò davanti all'improvviso, dritto impalato come un baccalà. Capì immediatamente che il picciotto soffriva di un disturbo, un qualche cosa che non lo faceva muovere da dov'era. Lesta l'acchiappò per la giacca e se lo tirò dietro, prima che il ragazzo rimanesse lì a farsi pestare come l'uva.

Gaetano l'amò subito: mite e tranquillo con i maschi, con le donne era focoso e irruento. Lei in un primo momento non ne volle sapere, le era sembrato troppo arretrato, con tutte quelle fisime che la fimmina è fimmina, il masculu è masculu, la famiglia è famiglia, la moglie deve stare a casa a badare ai figli; era troppo lontano dalle idee di Luisa, a cui piaceva dire con orgoglio: «Io sono socialista!».

Quando però Giacomo, il fratello più piccolo di Luisa, fu ucciso nel massacro dei Fasci a Caltavuturo, quando Beppe Giuffrida fu condannato a una vita di carcere duro, quando il presidente del Consiglio Crispi cominciò a menare botte da orbi contro ai lavoratori dei Fasci, lei cadde nello sconforto: «Maliritta isola, terra ingrata che ci condanna a essiri schiavi e tutta la vita prosecuti!». Luisa ebbe un ripensamento e decise di sposare il malpassotto, meglio conosciuto come "il Meteorologo".

Fu lei stessa a prendere l'iniziativa, perché Gaetano aveva oramai perso ogni speranza di conquistarla Durante una passeggiata lo baciò sulla bocca, gli forzò con la sua lingua i denti e lui, colto di sorpresa, anziché assecondarla li serrò ancora più forte. Allora lei si aprì la camicetta per mostrargli i seni grandi, morbidi, e gli disse: «Ora che mi hai disonorata mi devi maritare». Lui non se lo fece ripetere due volte.

La cerimonia si svolse il mese dopo a Catania nella chiesa di Sant'Agata, gli sposi furono festeggiati con ceci e vino. Anche Luisa imparò a cuocere il pane e si adattò a una vita priva di passione politica ma piena di soddisfazioni di altra natura.

II

Gaetano iniziava il suo lavoro quando ancora la gente dormiva al caldo. Lui impastava pane, conzava focacce, infornava biscotti che era notte fonda. Però le minne di sant'Agata, i tradizionali dolci votivi, li confezionava sua moglie, perché lui quelle tortine bianche e tremolanti non le poteva proprio guardare, diceva che gli davano alla testa.

Per questo il cinque di febbraio di ogni anno la mia bisnonna apriva gli occhi pieni di sonno e si vestiva al buio, lesta lesta. Lasciava il letto di malavoglia, ché la casa non aveva riscaldamento. Rabbrividendo scendeva al piano di sotto e infilava la porta della putìa, stringendo tra le braccia la sua bambina addormentata. Agata, la mia nonna, era allora una truscitedda rosa che continuava il suo sonno tranquilla vicino alla bocca del forno, la zona più calda della casa.

«Buongiorno, Tano», Luisa buttava le braccia al collo del marito, gli porgeva la bocca da baciare e aderiva con il suo corpo morbido a quello di lui. Gaetano era uno che si entusiasmava facile e senza perdere tempo le metteva le mani sulle minne, immediatamente disponibile a fare l'amore. Lei lo allontanava con fatica e, con uno sguardo malizioso da sotto in su, senza mai smettere di accarezzarlo, lo ammoniva: «Viiih, lasciami perdere, che è tardi! Nzà ma' non finisco le cassatelle, chi ci va davanti alla Santuzza? Metti che se la piglia a male? Magari mi secca il latte!». La bambina era arrivata dopo alcuni anni di matrimonio, quando Luisa non sperava più di poter diventare madre. Perciò era particolarmente rispettosa della Santuzza, perché la creatura era una grazia ricevuta: non per niente le aveva dato il nome Agata. Tano non aveva mai gana di allontanarsi da lei ed era pure geloso di sua figlia, che aveva libero accesso alle minne di Luisa in qualunque momento, ma di fronte alla santa riponeva le armi e, recalcitrante, obbediva alla moglie. Sotto sotto anche lui temeva quel sentimento a metà tra il permaloso e il dispettoso che non è solo dei siciliani, ma anche dei loro santi. Perciò le girava le spalle, fingendosi offeso, si asciugava il sudore dalla fronte e furiosamente spaccava la legna per calmare i bollori.

Luisa, soddisfatta del potere che esercitava sul marito, si aggiustava la cuffietta che tratteneva sulla testa i lunghi capelli neri, si allacciava il grembiule bianco inamidato e, sistemata la figlioletta di pochi mesi in una cassetta di legno, si chiudeva nel retrobottega. La bambina dormiva ignorando quelle schermaglie amorose che solo di rado si facevano un po' più rumorose e arrivavano a turbare il suo sonno. In quei casi emetteva qualche piccolo mugolio, allora la madre, pronta, l'attaccava alla minna e le cantava dolcemente:

> Dormi figghiuzza cu' l'ancili tò,
> dormi figghiuzza e fa' la vò vò.
> Oh, oh, oh, dormi figghiuzza e fa' la vò vò.

III

Luisa era quasi felice, solo quel fratello morto giovane le pesava sulla coscienza, come se fosse stata colpa sua. A dirla tutta, non le era chiaro se fosse stato il fratello a trascinarla nella rivolta di Caltavuturo o se lei, primogenita di una famiglia dotata di coscienza politica, forte dell'ascendente che esercitava sui suoi parenti che le riconoscevano intelligenza e senso pratico, avesse influenzato le decisioni di lui, più piccolo e perciò facilmente suggestionabile. Quando Gaetano era al forno a lavorare Luisa spremeva qualche lacrima, che era veloce ad asciugare appena sentiva per le scale i passi del marito, convinta com'era che agli uomini "una moglie chianciulina ci rompe i coglioni".

La passione politica era stata sostituita dall'amore per Gaetano che, sebbene semianalfabeta, nell'arte erotica aveva dimostrato la perizia di un chirurgo. Lui conosceva per istinto il corpo femminile in ogni suo recesso, in ogni sua piega. Fin dalla prima notte di nozze Gaetano non aveva avuto la benché minima esitazione e aveva dato subito prova delle sue capacità. Era stato imbarazzante per Luisa sentirsi esplorata in ogni anfratto dalle mani di lui, bianche di farina anche in quell'occasione. Quelle dita agili la toccarono tormentosamente per diverse ore, in quell'unico ambiente che condividevano con i suoi genitori. Soldi i due giovani sposi non ne avevano, perciò si erano accomodati nella casa di lei, in uno spazio che era stato loro riservato in attesa di tempi migliori. Una tenda di stoffa pesante garantiva quel minimo di riservatezza di cui abbisognano le coppie, specie se giovani e fresche di matrimonio.

Gaetano, per niente inibito dalla contiguità con i suoceri, ma piuttosto deciso a soddisfare qualche arretrato, dopo le mani aveva preso a usare anche la bocca; lei lo aveva lasciato fare sospirando, mugolando e, quando i suoni che le scappavano suo malgrado arrivavano allo strato più superficiale della sua coscienza e poi alle orecchie, avvampando ancora di più per il timore che i genitori potessero sentire e giudicare. Certo, avrebbe anche potuto allontanarlo, ma aveva braccia e gambe molli, si sentiva liquida liquida e invece di respingerlo si spalmava su di lui, pareva un macco di fave. Gaetano era appassionato e sensibile e, mano a mano che passavano i giorni, la sua tecnica si affinava e il corpo di Luisa rispondeva con gioia sempre più intensa alle sue carezze.

Quando, dopo un anno, ebbero una casa tutta per loro, festeggiarono l'avvenimento amandosi per una notte e un giorno intero. Lui non si stancava mai e lei era profondamente gratificata dall'attrazione del marito. Per la prima volta sentiva che qualcuno le apparteneva completamente. Bastava uno sguardo, un'occhiata schermata da un battito di ciglia, perché Gaetano lasciasse qualunque occupazione e si dedicasse devotamente alla moglie, che non mancava mai di compiacerlo con un gridolino finale.

Sulle minne grandi e bianche di Luisa Gaetano ci dormiva proprio, e quando era sveglio le accarezzava con la delicatezza e la tenerezza che quei due monumenti richiedevano. Se per caso, travolto dalla passione amorosa o occupato a sperimentare nuove vie, lui si concentrava su altre zone del corpo, lei l'acchiappava per la testa e lo tirava a sé fino a quando lui prendeva a succhiarle le minne con la voracità di un neonato.

Luisa custodiva le sue minne come un tesoro prezioso, riservando loro cure e attenzioni a non finire. Le lavava meticolosamente, le massaggiava con l'olio di mandorle dolci, stava a lungo allo specchio a guardarle, compiaciuta della bellezza che irradiavano tutto intorno appena liberate dalla rigida corazza che erano i reggipetti dell'epoca. Certe volte, a furia di massaggiare, toccare, ammirare, magari le scappava un orgasmo solitario che la faceva arrossire e sentire in colpa nei confronti del marito, escluso da quel godimento.

La nascita della figlia Agata era stata per lei la ciliegina sulla torta e il periodo dell'allattamento fu particolarmente felice, perché la boccuccia della picciridda le succhiava le minne con tanta delicatezza da provocarle un piacere continuo. In quel periodo Luisa aveva stampata sulla faccia un'espressione di soddisfazione difficile da trovare tra le femmine di Belpasso.

La devozione di Luisa per sant'Agata nacque la notte che Gaetano le sbottonò la camicetta e prese a tormentarle il seno per la prima volta. Il piacere fu così acuto da rasentare l'estasi. Il senso di benessere che lo seguì le sembrò un'opera di Dio, per il tramite della Santuzza che protegge il petto delle femmine. Perciò Luisa si era consacrata a sant'Agata e si raccomandava sempre a lei perché le conservasse le minne integre e belle per tutta la vita. Il marito, al quale il solo pensiero di quel petto generoso regalava erezioni fuori del comune, condivideva il sentimento religioso della moglie.

Per gratitudine Luisa cominciò a produrre nel forno del marito i dolci della Santuzza. Nel giro di poco tempo la fama di quelle prelibatezze si sparse in tutta la provincia catanese e la gente dei paesi vicini, Riposto, Zafferana Etnea, Nicosia, andava ogni cinque febbraio dal malpassotto per comprare le minne di sant'Agata migliori di tutta la Sicilia orientale.

Luisa impastava velocemente la farina con le dita grassocce, setacciava la ricotta, mescolava la crema, azzizzava piccole, tonde, profumate cassatelle. Durante la cottura si sprigionava nell'aria un odore di vaniglia che solleticava il naso di Gaetano, lui di nuovo aveva un guizzo e tentava un altro approccio con la moglie, che però lo teneva al posto suo. Una volta sfornate, le cassatelle venivano ricoperte di glassa bianca e guarnite infine con la ciliegina rossa.

Accontentata la santa, con la coscienza tranquilla di chi ha compiuto il proprio dovere, Luisa faceva la mossa di tornarsene a casa con le mani appiccicose, qualche filo di capelli sopra agli occhi che scansava soffiando verso l'alto con la bocca, il viso arrossato dalla fatica e gli occhi bassi: ma uno sguardo di sottecchi era sufficiente a provocare il marito, che cercava la minima scusa per pigliare fuoco, metterle le mani addosso e fare l'amore senza tanti convenevoli, così come gli veniva meglio.

A lei quella passionalità piaceva pure molto, ma un poco si vergognava di trovarselo sopra mentre erano nel forno e poi la preoccupazione che un cliente, entrando nella putìa all'improvviso, li potesse cogliere l'uno sopra all'altra, lui con le brache calate e il respiro affannoso, lei prona e sottomessa, la tratteneva dal dare libero sfogo ai suoi istinti. Ma, alla faccia del pudore, finiva sempre per dare sazio al marito prima di salire a casa. «Meglio svergognata che cornuta» diceva per giustificare ai propri stessi occhi tanta sfrontatezza.

Nel mese di maggio di un anno che non so, una mattina che recitava la novena alla Madonna, Luisa, toccandosi la minna sinistra, all'altezza del cuore, si accorse che qualche cosa non andava. La pelle attorno al capezzolo era dura e arripuddata. Si guardò allo specchio, «Talìa che malanova!» mormorò a mezza bocca. Sull'areola era spuntata una nocciolina tonda, legnosa, di colore rosso scuro, che pareva un secondo capezzolo. "Speriamo che Gaetano non se ne accorga" pensò allarmata, "magari ci faccio schifo e smette di fare all'amore."

Dopo una settimana il nodulino era sempre lì e non se ne voleva andare. Tra le lenzuola Luisa faceva le contorsioni per non far capire niente al marito. Si sbottonava la camicia sempre dal lato sano, era lesta a porgergli la minna buona, aveva pure cambiato posto nel letto, così Gaetano si trovava a portata la minna giusta. Poi la nocciolina diventò una nocchia, e dopo qualche mese una noce. Luisa andò dalla levatrice del paese.

«Zà Marì, me la dovete dare una ricetta per la minna.»

«Che c'è, ancora allatti? Non è troppo grande la picciridda?»

«No, zà Marì, è che ci trovai una cosa che prima non c'era.»

«Viiih, che sei pillicusa! E quanto tempo passi a guardarti le minne?»

«Zà Marì, vossia lasciate perdere il babbìo. Mi pare che s'è pure fatta un poco più grande, e Gaetano alle minne mie ci tiene assai. Però lui non ne deve sapere niente, che se gli fa schifo capace che poi va a buttane.»

«Che sei scantata!»

«No zà Marì, non sono scantata per le minne, ma Gaetano c'ha un modo di toccarmele che a me fa venire le ginocchia molli, poi mi sale tutto un calore da dietro e alla fine mi lascia contenta e soddisfatta. Perciò, se a vossia non ci dispiace, me le vorrei conservare buone ancora per un poco di tempo.»

«Senti senti, alla moglie del malpassotto ci piace avere toccate le minne.»

«Zà Marì, vossia faciti il mestiere di levatrice stando muta, che in questo caso *una parola è picca e due sono assai*. Non ce l'avete qualche cosa per sanarmi le minne?»

«Che fai, ti offendi? Vabbè, lasciamo perdere. Prenditi un cucchiaio di semi di lino la mattina, uno la sera. Poi, quando c'è la luna piena, pesta nel mortaio olio, cannella, ciuri di zafferano, foglie di menta e un pipareddu. Mettilo sopra alla minna malata e pure a quella buona, dicci un'Ave Maria a sant'Agata, tempo un mese la minna torna nuova e tuo marito ti darà soddisfazione.»

Luisa ebbe un bel daffare tra semi di lino da ingoiare e unguento da spalmare di nascosto a Gaetano che, a causa di quelle stranezze, era diventato sospettoso e malfidato.

"Va' viri che a forza di allattare quella buttana ha avuto tanto di quel piacere che magari non ne vuole più sapere di me!" si ripeteva il malpassotto; perciò, offeso nel suo orgoglio di maschio, quasi quasi aveva preso in antipatia la piccola Agata, che aveva considerato fin dalla nascita una specie di rivale in amore.

Dopo sei mesi di quelle manovre e di quei sotterfugi a Luisa si spaccò la pelle della minna, il sangue prese a uscire una goccia ogni tanto, poi due gocce, poi fu uno stillicidio continuo. Le camicette erano sempre macchiate, anche se lei si legava una fascia stretta stretta attorno al petto. Il cinque di febbraio dovette buttare i dolci che aveva preparato per la festa di Sant'Agata. Le cassatelle riuscirono brutte, basse, acchiancate, la glassa invece che bianco candido era di un colorino pisciato e si staccava in pezzettini che cadevano nel piatto e rimanevano là appiccicati. Le ciliegine pendevano strabiche da un lato o dall'altro. I paesani rimasero a bocca asciutta e per il malpassotto quello fu un segno di malagurio.

La mia bisnonna raddoppiò le preghiere e mise in mezzo pure santa Lucia e santa Cristina. Accese ceri, recitò ogni sera il rosario e persino l'oraziunedda a santa Rita, la santa delle cose impossibili. A giugno, un anno dopo la comparsa della nocciolina, cominciò la manciaciume, un prurito incontenibile in tutto il corpo, che le tolse il sonno della notte. "Sarà colpa delle fave" pensava Luisa, ma per sì e per no si grattava fino a scorticarsi quando il marito dormiva o era fuori di casa.

Dopo l'estate cominciò a tossire, comparve la febbre. Il collo, l'ascella e il braccio dal lato della minna malata si gonfiarono. Luisa non aveva più l'energia per alzarsi dal letto. Il fornaio era ignorante ma da giovane aveva avuto il dono della premonizione, la gente lo pagava per le sue profezie, e lui oramai da mesi sentiva che la disgrazia incombeva sulla sua famiglia. Intuiva che c'era sospesa una malanova, che la moglie gli nascondeva qualcosa, ma cosa? Lei si rifiutava di rispondere alle sue domande. Gaetano amava così tanto le donne che di solito non gli era difficile carpirne i segreti più intimi, ma sua moglie non gli concedeva alcuna confidenza.

Una mattina, esasperato da quel muro di silenzio,

minacciò di lasciarla dicendo che si sentiva un estraneo in casa sua, allora Luisa tra le lacrime gli mostrò il seno e Gaetano capì. La prese in braccio come una bambina, l'accarezzò, la lavò con grande delicatezza, le mise il vestito buono e disse che la voleva portare dal miglior dottore della zona, tale Durante Francesco di Letojanni.

Luisa con le poche forze che aveva attaccò turilla: «Ma che, il Durante? Mai, meglio morta!».

«Perché, che è? Non è buono?»

«È un mostro! È amico intimo di Francesco Crispi, quello che ha fermato i moti di Caltavuturo con il sangue, ha fatto ammazzare mio fratello Giacomo. Vuoi vedere che ammazza pure a me?»

«Ma che dici?» Gaetano cercava di farla ragionare. «Quello è il meglio dutturi della Sicilia e magari del Continente!»

«E chissà quanti piccioli ti fotte...»

Ma questa volta Gaetano non sentì ragioni, le minne di sua moglie erano sacre e lui si sarebbe impegnato trispiti e tavole del letto, persino i materassi pur di farla guarire.

Entrarono nello studio del dottore piangendo e ne uscirono disperati. Il medico, con tutto il sadismo di cui spesso sono capaci i chirurghi, parlò chiaro, non risparmiò ai due poveretti alcun particolare né diede loro speranza. Luisa era condannata, la malattia non le lasciava scampo e ne sarebbe uscita «... solo con i piedi avanti. Bisogna operare, tagliare via la minna, i muscoli e forse pure il braccio, avvelenare, bruciare... Ma non garantisco nulla».

Luisa e Gaetano tornarono a casa in uno stato di prostrazione profonda, presero a pregare la santa, fecero voti, promesse.

La mia bisnonna se ne andò con l'anno nuovo, lasciando nella casa un fetore terribile di cavoli e broccoli che la zà Maria aveva consigliato di mangiare mattina, pomeriggio e sera per combattere la malattia. Moglie e marito avevano ubbidito, perché tutto sembrava meglio che perdere quel prezioso tesoro che li aveva legati in un rapporto profondo, solido, indissolubile.

Luisa aveva perso la sua vita a causa di una misteriosa malattia che era partita da una minna e le aveva mangiato in poco tempo il resto del corpo, le forze, l'energia segreta dell'esistenza. Gaetano pensò di annegare nel mare della disperazione, ma imparò quasi subito a nuotare perché Agata, la figlia, aveva bisogno di lui e del suo lavoro per diventare maestra di scuola elementare... E poi *i morti con i morti e i vivi alla taverna*.

VI

I miei bisnonni sono vissuti a cavallo tra due secoli, l'Ottocento e il Novecento, a Belpasso, piccolo paese della provincia di Catania, città ricca, la cui economia girava tutta attorno alla raffinazione dello zolfo.

La strada principale era un lungo serpente che si snodava sinuoso tra capannoni industriali e ciminiere di mattoni rossi. Il fumo denso che spesso velava il sole era il segno tangibile della vivacità della borghesia imprenditoriale dell'epoca, che produceva ricchezza e regalava la speranza di una vita migliore, il sogno del riscatto sociale. Lo zolfo raffinato veniva immagazzinato su mercantili che attendevano alle banchine del porto il pieno carico per partire. Il traffico delle merci era aumentato a dismisura. Persino gli stranieri investivano nell'industria locale e il Banco di Sicilia aveva aperto la sua prima filiale.

Gaetano era forse l'unico uomo della provincia a non partecipare alla frenesia collettiva. Il suo naturale ottimismo era stato spazzato via dalla perdita di Luisa, il ricordo della moglie lo tormentava, la solitudine lo inaspriva, il dolore lo macerava. La picciridda intanto era diventata una picciotta graziosa e di buon carattere. La sua educazione era stata affidata a una sorella del padre di molti anni più grande di lui, acida *signorina* senza figli. La zia aveva modi spicci quando si rivolgeva alla nipote, ma era timorosa e arrendevole in

45

presenza del fratello, di cui aveva molta soggezione. Dalla madre, Agata aveva ereditato una certa serenità d'animo che conferiva al suo viso un'espressione dolce, angelica. Mentre Gaetano malediva il destino e soffriva per la sua condizione di uomo spaiato, la figlia non si sentiva particolarmente sfortunata, si considerava soltanto orfana di madre Fu l'approccio pragmatico nei confronti della vita ad aiutare Agata nelle difficoltà che il destino non le avrebbe fatto mancare.

I catanesi prosperavano, Gaetano soffriva, Agata cresceva, ma *bon tempo e malo tempo non dura tutto il tempo*: all'improvviso la vita prese un'altra direzione, e come al solito la novità arrivava dall'America. La buona nuova fu un metodo più semplice e meno oneroso di estrazione dello zolfo messo a punto negli Stati Uniti da un certo signor Frasch. La mala nuova fu che l'industria catanese venne rapidamente tagliata fuori dal mercato internazionale. Più di cinquecento operai si trovarono dall'oggi al domani in mezzo alla strada.

Lo scoppio della guerra fece poi crollare il traffico portuale. Il sogno siciliano di crescita sociale e progresso economico s'infranse. La vita divenne all'improvviso austera. Gli uomini furono richiamati al fronte. Gaetano, vedovo e con una figlia a carico, riuscì a evitare l'arruolamento, ma molti isolani disertarono e si diedero alla macchia, vivendo di rapine e furti.

La Sicilia entrò in uno dei suoi ricorrenti periodi bui. La vita umana non aveva valore e il riconoscimento dei diritti ai cittadini non garantiti dalle istituzioni avveniva solo grazie all'intervento dei potenti di turno. Gaetano destinò una parte del pane che produceva a chi non ne aveva, così da sentirsi in pace con se stesso, mentre un'altra parte finiva ogni giorno sulla tavola del capomafia al quale avrebbe potuto rivolgersi nel momento del bisogno. In questo modo il fornaio riuscì a godere di benefici e privilegi che agli altri erano negati. Il suo rimase uno dei pochi forni attivi in tutta la provincia e lui travagghiò freneticamente, tenendo a bada cattivi pensieri e camurrie.

Finita la guerra la situazione peggiorò. Le promesse del governo, soprattutto quelle relative alla terra, non furono mantenute. I ragazzi tornati dal fronte, delusi nelle loro aspettative, per soddisfare i bisogni essenziali si diedero al brigantaggio. In difesa dei loro beni i proprietari terrieri presero a rivolgersi ai mafiosi, che si arricchirono e rafforzarono la loro presenza sul territorio. Ma la situazione economica del fornaio rimase sempre stabile.

Agata intanto era diventata una donna. Il suo fisico si era modificato, il corpo esile si era riempito attorno ai fianchi con curve rotonde e aggraziate, il collo, lungo e bianco – tra il viso ovale e le spalle delicate – era in parte coperto dai lunghi capelli neri, il torace sporgeva in avanti e sosteneva i suoi seni alti e invitanti.

La metamorfosi era stata improvvisa e Gaetano, preoccupato che le minne della figlia potessero riportargli alla memoria quelle della moglie, risvegliando così il dolore, evitava di guardarla e in sua presenza non staccava gli occhi dal pavimento. La ragazza soffriva moltissimo di questo atteggiamento del padre, si convinse che lui non l'amava e si legò alla vecchia zia Filomena, unico elemento femminile della casa che, nonostante fosse una sprovveduta, in qualche occasione fu utile a mitigare le asperità di una famiglia monca.

Oltre al buon carattere, Agata aveva ereditato dalla madre la ricetta di quelle famose minne che avevano turbato suo padre al punto che ora, dopo la morte di Luisa, non ne voleva sentire neanche l'odore. Fu Agata a non darsi per vinta e a voler continuare l'opera della madre. La ragazza aveva un carattere di ferro, silenziosa, vera femmina di panza. Determinata, pochi grilli per la testa, lavorava nel forno e non si lamentava; raramente si concedeva qualche attimo di malinconia, di solito alla sera, quando, prima di andare a letto, si abbandonava ai ricordi e lasciava uscire dal suo giovane cuore tutta la tenerezza che durante il giorno reprimeva. Pregare le dava conforto e in quelle parole mormorate a fior di labbra Agata trovava equilibrio e certezze.

VII

Domenica di primo mattino, alle sei, vossia viene alla
messa, aspetto all'ultima fila, davanti alla statua di
santa Lucia, che all'altare di sant'Agata ci sono sem
pre troppe persone. Non accetto rifiuti.

Firmàto
Sebastiano Badalamenti

Il pizzino arrotolato Agata lo aveva trovato tra le monete che servivano a pagare mezzo chilo di pane rimacinato. "Ma questo bardasceddu che vuole?" pensò. "E
chissà a quante femmine inquieta." Quel tono di comando le aveva fatto saltare la mosca al naso.

Il ragazzo la fissava con occhi di fuoco. Un mare in
tempesta si agitava nel suo corpo magro e nervoso,
che sembrava non tradire alcuna emozione. Solo gli
angoli della bocca, carnosa e sensuale, a tratti si tiravano verso l'esterno. Era questo l'unico segno che distingueva il suo volto granitico da quello di una statua di sale.

"Pare uno navigato" pensava Agata senza abbassa-
re gli occhi, "ma è inutile che s'illude, sazio non gliene
do" e nel dargli il resto poggiò le monete sulla mano
di lui, sfiorandone il palmo con un dito. L'arrivo del
fornaio interruppe quel flusso di sguardi e il ragazzo
si affrettò a uscire dalla putìa con una riverenza e un
saluto rispettoso: «Voscenza benedica».

A dispetto di queste considerazioni, la lettera aveva colpito il bersaglio e, nonostante la sua fermezza, Agata rimase turbata. La notte la passò sveglia a cercare di scrivere la risposta; strappò parecchi fogli prima di trovare le parole giuste per rifiutare quell'invito perentorio. Non è che poteva accettare al primo colpo, cosa avrebbe potuto pensare Sebastiano di lei? Rifiutare ma senza offendere, questa era la sua strategia. Quel ragazzo così volitivo in verità le piaceva assai e voleva lasciargli la porta aperta.

Come sempre le difficoltà del corteggiamento stavano nel difficile equilibrio tra concessione e negazione, che rende ancora più desiderata l'amata, più preziosa la relazione. La confidenza porta malacrianza, la superbia porta solitudine. Agata cercava il modo appropriato per dire *nì*. All'alba le parole vennero da sole:

> La domenica vado sempre alla messa delle sei, ma mi siedo davanti a sant'Agata e non posso cambiare posto, si tratta di una promessa fatta sulla tomba di mia madre, pertanto credo che lei non si offenderà se non posso accettare il suo invito davanti a santa Lucia; solo il vescovo può sciogliere il mio voto e in questo momento non mi pare il caso di scomodare a Sua Eccellenza per fare contento il primo che entra nel negozio. Se poi non le piace come prepariamo il pane mi usa la cortesia di dirlo a mio padre, lui saprà come accontentarla.

La lettera, scritta di getto, rimase nel suo cassetto per qualche giorno prima che Agata si decidesse a consegnarla. Sebastiano ogni giorno entrava per comprare il pane, controllava l'involucro di carta marrone e andava via deluso. Al quarto giorno di attesa, Agata pensò che era ora di dare una risposta, se non voleva passare per maleducata. Il biglietto, arrotolato e profumato, Sebastiano lo trovò tra la carta oleata e due bocconcini all'anice.

Il ragazzo lesse quelle righe sgarbate tutte d'un fiato e non se la tolse più dalla testa. Il giorno dopo tornò al forno e con un'espressione da compare Turiddu stampata sulla faccia fece scivolare tra le dita di Agata un altro dei suoi pizzini:

Gentilissima Signorina Agata,
lietissimo rispondere alla sua lettera, ritardataria e tanto desiderata, ma io mi accontento lo stesso. Voglio dirle in un primo tempo che lei è molto scaltra, però ha da fare con una persona che di tanto in tanto le cose le comprende al volo. Il suo pane mi piace assai e avrò motivo di parlare con suo padre solo se lei si presenta domenica alla prima messa.

Il tono di chi non ammette repliche e non accetta rifiuti conquistò il cuore di Agata che, come la maggior parte delle donne, scambiava la prepotenza per forza, l'aggressività per sicurezza. La domenica andò alla prima messa e si sedette davanti a santa Lucia.

Iniziò così la storia d'amore tra i miei nonni, con un pizzino al giorno. Sebastiano metteva la lettera in mezzo ai soldi, lei dentro alla busta del pane, insieme alle mafaldine calde.

Gentilissima Signorina Agata,
lei non ha bisogno di prendere informazioni, ci penso io a chiarire. Incomincio a dirle, come lei sa sono impiegato di ferrovia, con undici anni di servizio. Poi la informo che ho un poco di proprietà che mi rendono 400 lire al mese. In occasione della presente l'informo anche che nacqui il 13 marzo 1910. Le vorrei poi dire che ho intenzioni serie verso di lei e che spero reciprocamente lei avrà con me. In questi giorni ho fatto servizio alla stazione di Sant'Erasmo, forse settimana prossima dovrò andare a Messina a trovare mia sorella che fa residenza lì con suo marito, e c'è anche mio fratello che fa il soldato. Speranzoso in una sua risposta pre-

sto, intanto mi interessa avere assicurato da lei che io conto per lei come io le assicuro, nel modo più assoluto, che lei conta per me. Inviandovi i più sinceri e sentiti saluti e strette di mano, mi firmo

Sebastiano Badalamenti

La risposta non si fece attendere e arrivò dentro a mezzo chilo di pane rimacinato, farina di grano duro, sesamo e papavero:

Gentilissimo Signor Sebastiano,
come lei sa io sono maestra elementare, la sua lettera mi ha fatto molto piacere, ma colgo l'occasione per dirle che le mie intenzioni sono tanto serie che, se lei ne ha gana e non si offende, posso pure insegnarle a scrivere un italiano corretto, perché da quello che leggo mi pare che lei di istruzione ne mastichi poca. Comunque, quando sarà il momento, è meglio che parli prima con mia zia, perché mia madre è morta e mio padre risulta spesso essere un poco nervoso. La prossima settimana ci possiamo vedere all'orologio di Santa Lucia dopo l'infornata della sera.

Fra lettere speranzose, quelle di Sebastiano, e risposte evasive, quelle di Agata, la corrispondenza andò avanti per qualche mese.

La zia Filomena aveva intuito che qualcosa bolliva in pentola: certi improvvisi cambi d'umore della nipote che era sempre stata così equilibrata, l'espressione sognante del suo viso, ma soprattutto il fatto che non riusciva più a catturarne lo sguardo. Decise di affrontarla direttamente.

«Agata, l'hai chiusa la porta del forno?»

«Ah, zà Filomè, l'ho dimenticato di nuovo!», un sospiro lungo e profondo sottolineò il suo dispiacere.

«Agatì, che hai?»

«Niente, zà Filomena, è che, con questo sole, a stare in casa mi pare di essere in prigione.» Agata si affac-

ciò sull'uscio di casa e si mise a canticchiare: «Si mari-
tau Rosa, Saridda e Pippinedda, e io ca sugnu bedda
mi vogghiu marità...».

«Uccello in gabbia o canta p'amuri o canta pi raggia! Tu
non me la conti giusta, Agata.»

«Zà Filomena, vossia lo sapete tenere un segreto?»

«Dipende.»

«Zà Filomena, vossia mi dovete aiutare.»

«Macari chistu! Lo sapevo che c'era qualche nova.»

«Zà Filomena...» Agata prese un gran respiro e poi
disse tutto d'un fiato: «Mi voglio fare zita con Sebastiano
Badalamenti e vossia dovete parlare con mio padre».

«Bedda matre! E chi ce l'ha il coraggio di dirlo a
Gaetano?»

«Vossia.»

Alla zia Filomena quasi venne un infarto. "Quello
è così geloso di sua figlia..." pensava, ma Agata aveva
bisogno di aiuto e lei non si sarebbe sottratta ai suoi
compiti di vice madre.

«Agata, dicci al tuo zito che mi scrive una lettera e
mi spiega le sue intenzioni.»

«Grazie, zà Filomena, 'u Signuri vu paga e 'a Madonna v'accompagna!»

Gentilissima Signorina,
con la presente vi faccio capire quello che vossia non
avete capito. Se nulla c'è di contrario vi chiedo la mano
e se non vi dispiacete, senza che rimanete muta, mi usate la cortesia di rispondermi. In seguito alla vostra decisione provvederò per lo spiegamento. Se vossia siete
curiosa di sapere le mie condizioni, me lo scrivete, che
io mi farò premura di informarvi minutamente. Atten-
do risposta, vi invio infiniti saluti e mi firmo
Sebastiano Badalamenti

La lettera, tra consecutio ardite, verbi mal coniugati,
pronomi inappropriati, aveva tutte le caratteristiche di

un'intimazione, pertanto la vecchia signorina, rimasta impressionata dal tono perentorio, si affrettò a rispondere al focoso spasimante della nipote e com'era nel suo stile, misurato, e in quello della sua famiglia, prudente, lo convocò in chiesa per la prima messa. Guardandolo fisso negli occhi, senza muovere un muscolo della faccia, sibilò: «Parli con mio fratello», che significava: "La nostra famiglia non è contraria".

«Come vossia comanda» rispose il ragazzo, lapidario ma soddisfatto.

Seguirono giorni di trepidante attesa per Sebastiano, che per lo *spiegamento*, come lo chiamava, dipendeva da suo padre, il quale nel frattempo, proprio quando lui ne aveva più bisogno, era stato ricoverato all'ospedale; per Agata ci furono momenti di angoscia, temeva le reazioni del padre. Gaetano infatti, nonostante il carattere mite, era geloso della figlia, che crescendo somigliava ogni giorno di più alla madre, l'unica donna che lui avesse adorato. Agata si sentiva anche particolarmente sola e insicura, senza una guida adeguata in un momento così delicato.

Ma, si sa, *matrimoni e vescovati dal Ciel son destinati*.

VIII

La proposta di matrimonio è ancora oggi un evento destabilizzante per le famiglie siciliane. Il potere maschile, che si fonda sul controllo della vita e del corpo delle donne, viene messo a dura prova dallo sposalizio che è, dai preliminari fino alla cerimonia finale, un vero e proprio passaggio di proprietà. Molte sono le variabili dalle quali dipende la felicità degli sposi, prima tra tutte la dote della donna, che costituirà il capitale iniziale della famiglia.

Pigghia a una ca fa cent'unzi e no ca ti li porta, "sposa una che sa far soldi e non una che te li porta in dote", è uno dei tanti modi di affrontare la questione secondo l'antica saggezza popolare.

Né Agata né Sebastiano avevano rocche al sole, pertanto la questione patrimoniale era fuori discussione. La vera complicazione era rappresentata dall'assurda gelosia del mio bisnonno che, da buon siciliano, non poteva tollerare l'idea che un estraneo toccasse la sua proprietà. Il timore, poi, che una deflorazione prematura potesse trasformare la primizia in merce avariata influenzava in modo determinante il comportamento dei padri di allora, che imponevano divieti e restrizioni, e quello delle figlie, che assumevano atteggiamenti cauti e scostanti nei confronti dei loro pretendenti.

Agata davvero non sapeva come comportarsi. Amava Sebastiano, provava per lui un sentimento dolce che le riempiva il cuore, la testa e qualche volta anche la pancia. Avrebbe voluto accarezzarlo, lasciarsi baciare, stringersi al corpo di lui che intuiva forte e muscoloso, ma temeva le reazioni del padre se l'avesse sorpresa, il giudizio dei compaesani e quello del suo stesso fidanzato, che avrebbe potuto considerarla una poco di buono.

L'assenza della madre giocava a suo sfavore e la zia Filomena, pur intuendo che al cuore non si comanda, non era in grado di consigliarla.

«Gaetano, certo Agata si sta facendo grande...» L'anziana signorina provava a parlare con il fratello dell'imminente fidanzamento e, per non affrontare l'argomento in maniera diretta, cominciava da lontano. Coperta da uno sciallino nero, dalla parte opposta del bancone del forno, cercava di portare Gaetano ad affrontare la spinosa questione della dote. Non era facile inchiodarlo alle sue responsabilità di padre, da quell'orecchio proprio non ci sentiva e sgusciava tra i sacchi di farina come un'anguilla davanti al pentolone con l'acqua bollente.

«Vero è» Gaetano non aveva neanche alzato gli occhi dal crivo che serviva a setacciare la farina, «mi sembra ieri che era una truscitedda rosa tra le minne di Luisa...», e già la parola *minne* aveva fatto avvampare di vergogna la zitellona.

«Gaetano, non fare il vastaso, ti può sentire la picciotta.»

Da dietro la porta Agata ascoltava trepidante la conversazione, ogni tanto sporgeva la testa dallo spiraglio e con gli occhi implorava la zia di continuare a parlare.

«... Certo le lenzuola e la cutra ce le dobbiamo dare... ci sono quelle del corredo di tua moglie dentro alla cascia, non sono mai state usate... ma i materassi?»

«'A figghia na fascia, 'a robba na cascia» replicò Gaetano, che era come dire: "Il corredo è già stato preparato nella cassapanca quando Agata era in fasce, io non darò nulla di più" e concluse la conversazione. Pensando al matrimonio della figlia, Gaetano avvertiva un senso di solitudine disperata che lo rendeva brusco e irascibile.

Le mogli conoscono bene i turbamenti che agitano i sonni dei loro uomini e sanno, nel momento dell'intimità, rabbonirli, modularne gli umori, mitigarne le irrazionalità, lenire le sofferenze con un bacio, una carezza, un "ti ricordi?". Tra un sospiro e l'altro strappano promesse di calma e accondiscendenza, conducono insomma il loro gioco e riscoprono, proprio in quelle occasioni, la potente arte della seduzione. Solo una madre è in grado di gestire con oculatezza le trattative prematrimoniali. E chi non ce l'ha? Si affida alla Madonna, chiede aiuto al prete, ricorre alla fuitina mettendo la famiglia di fronte al fatto compiuto.

Per la prima volta nella sua vita, Agata viveva con angoscia la condizione di orfana e percepiva tutta la propria solitudine. La mamma le aveva lasciato la ricetta delle minne di sant'Agata, un animo sereno, un sentimento religioso autentico e la certezza granitica di potersela cavare da sola; ma la situazione era incerta, e lei si consumava nella ricerca dell'occasione giusta per inchiodare il padre alle sue responsabilità.

IX

Cara Agata,
ringrazio lei e sua zia che mi hanno autorizzato a parlare con suo padre. La ringrazio pure che mi avvisa la difficilità del carattere di suo padre, ma di fronte a due cuori che si amano la difficilità si chiama facilità. La informo che in questo momento non mi è possibile parlare con papà (il suo), perché papà (il mio) si trova in convalescenza, aspetterò che lui stia bene, cosicché possa venire dai suoi per spiegare il matrimonio.

Incredibile, Sebastiano aveva azzeccato il congiuntivo, le lezioni di italiano di Agata erano state utili.

... sennò papà (il suo) potrà dire "lei, sapendo suo padre così, che non può venire, perché viene?". Ma comunque vorrei prendermi il lusso di onorarmi a scrivere dandoti del tu. Grazie della proposta accolta, riceviti i più sinceri e sentiti saluti e strette di mano
il tuo Sebastiano che ogni notte ti sogno

Lezioni utili ma non miracolose.
Intanto passavano i giorni, il fidanzamento non era stato ancora reso ufficiale, Sebastiano era diventato più ardito e Agata faceva fatica a tenerlo a bada, dovendo contrastare anche il proprio desiderio. A ogni appuntamento doveva impegnarsi con tutte le sue forze per raffreddare i bollori del picciotto che cercava di avere ra-

gione della sua virtù. La ragazza sapeva bene che, una volta disonorata, non le sarebbe rimasto altro che avvizzire dentro al forno del padre, sempre che lui, bontà sua, glielo avesse permesso. E davvero non sapeva come comportarsi di fronte alle avance di Sebastiano.

La vecchia zia Filomena probabilmente sarebbe morta di vergogna se solo avesse dovuto prendere coscienza di certe forme di intimità; la mamma in Cielo era muta alle sue richieste; alle amiche, se così si potevano chiamare le sue ex compagne di scuola, certe cose non si potevano confidare. Rimaneva la comare che le aveva fatto da madrina alla cresima, ma con lei non aveva confidenza, perciò Agata consumava le sue notti tra preghiere, sospiri e litanie: «Quando t'invoco rispondimi, Dio, mia giustizia; dalle angosce mi hai liberato; pietà di me, ascolta la mia preghiera... in pace mi corico e subito mi addormento, tu solo, Signore, al sicuro mi fai riposare».

Anche questa volta Dio tardava a rispondere e, come al solito, Agata dovette cavarsela da sola. Scrisse allora alcune lettere glaciali con lo scopo di contenere l'esuberanza di Sebastiano e salvaguardare il suo onore. La mossa si rivelò sbagliata, perché il ragazzo, convinto che la fidanzata volesse sottolineare la propria superiorità, si offese.

Poi ti scusi se hai scritto molto, ma perché ti scusi? A me mi piace leggere il tuo scritto, contentandomi anche se mi dici improperi, cosa che la tua degna persona non sa fare. Se hai tempo e vuoi scrivere mi fa molto piacere. Non mi prolungo per non rendermi noioso, con probabilità domattina partirò, per dove non lo so, e non so per quanti giorni, se non mi vedi senza stare in pensiero. Arrivederci.

Sebastiano non era uno che potesse essere accarezzato contropelo e poi, una volta presa una posizione, non era tipo da tornare sui suoi passi o, come diceva lui, da rifardiarsela.

Tu devi sapere che lo stazzonaio quando fa le pentole mette il manico dove a lui ci pare e così mi sembrava che volevi fare tu. Ma con me non è il caso, perché anch'io sono dello stesso mestiere, tutte le volte che posso farlo metterò il manico dove mi pare, s'intende capitando l'occasione.

Giusto per far capire chi comandava.

Ma anche se profondamente risentito, e pur tenendosi sulle sue, il ragazzo non interruppe la corrispondenza e continuò a inviare pizzini con una certa regolarità.

Io sono stato malo abituato per il passato; sono conosciuto e mi sanno celebre le signorine e anche i genitori mi hanno cercato, ma io non ho mai voluto acconsentire, mentre ora mi riesce difficile con te e la tua famiglia... ma capisco che ho fatto male ad avvisarti di tutti i minimi sospiri che io ho fatto.

Sbollita la rabbia, Sebastiano cercò il modo per ristabilire la confidenza con la sua innamorata. L'occasione si presentò il giorno della festa di Sant'Agata, quando la ragazza aggiunse nel sacchetto del pane una di quelle famose minne che la mattina presto aveva preparato con particolare cura. Quando Sebastiano addentò il dolce si trovò in bocca, oltre a una morbida crema profumata di cannella, un minuscolo pizzino ammiccante:

Hai capito cosa ti perdi?

La sera aspettò Agata all'orologio di Santa Lucia e tra scuse, spiegazioni, promesse, tentennamenti da parte di lei, ricatti, minacce, sguardi torvi ma focosi da parte di lui, fecero pace. Si abbracciarono stretti stretti, Sebastiano eccitato dall'insperata remissività di Agata, lei disorientata e incuriosita da quel qualcosa di nuovo e sconosciuto che spingeva con forza, attraverso i vestiti leggeri, contro il suo ventre.

Una cosa avrebbe dovuto esserle subito chiara: la vita matrimoniale non sarebbe stata una passeggiata. Sebastiano aveva mostrato un carattere ombroso, irascibile, spigoloso come il settimanile di legno rustico che serviva a conservare la biancheria pulita. Nonostante le difficoltà, il cattivo carattere del fidanzato e le angherie del padre che non voleva lasciarla andare, a Natale i due ragazzi furono finalmente marito e moglie. Liberi di amarsi nella casa di via Alloro 10, davanti alla chiesa della Gancia, nel cuore della città di Palermo dove il lavoro di ferroviere di Sebastiano li aveva portati.

Signuri, vi ringrazio che sugnu maritata, prima ero davanti alla porta, ora sugnu 'n mezzo alla strata!

X

A Palermo Agata diventò terziaria francescana, pregava di continuo, tutta la sua vita era una preghiera; all'alba la messa quando ancora tutti dormivano, al tramonto i vespri prima che facesse buio, poi il rosario, e nelle pause piccole litanie mormorate a fior di labbra.

«Dal sorgere del sole al suo tramonto sia lodato il nome del Signore... buono e pietoso è il Signore, lento all'ira e grande nell'amore...» La serenità del suo viso incantava, la forza che sprigionava dal suo corpo rassicurava. La liturgia era fonte di consolazione, le conferiva resistenza alle avversità, nutriva il suo ottimismo, sosteneva la sua fiducia nei confronti della vita.

Dopo la morte della madre Agata aveva dovuto occuparsi da sola della propria educazione sentimentale. Il padre non si era più risposato, il dolore della perdita di Luisa ne aveva represso la natura passionale; zia Filomena, che di Luisa avrebbe dovuto prendere il posto nella vita della nipote, era vergine e con poche speranze di cambiare condizione. Agata si era dovuta arrangiare tra testi sacri, vite delle sante, confessioni al parrino, perciò sull'argomento sapeva picca e niente. Alla fine si era pragmaticamente fatta persuasa che "quella cosa" si deve fare per forza per avere figli.

Sebastiano, dal canto suo, più che focoso era irruente, perché sentiva oscuramente di non capirle, le donne, forse anche di non amarle davvero, ma che erano una cosa di cui non poteva fare a meno. Quando, subito dopo le nozze, in pochi minuti ebbe ragione della virtù della moglie, realizzò con sgomento che le femmine non erano cosa sua, anzi, se avesse potuto scegliere avrebbe preferito vivere con un amico piuttosto che con Agata. Ma non si sottrasse agli obblighi matrimoniali, nzà ma' potessero dirgli che era purpu.

Consumò il matrimonio in treno, nel trasferimento da Catania a Palermo. La carrozza era vecchia e priva di corridoio centrale, con accesso diretto al binario. Grazie alla sua qualifica di operaio specializzato ferroviere, Sebastiano aveva ottenuto l'ultimo scompartimento, il più riservato, e ne aveva bloccato l'accesso dall'interno. Facendo sfoggio della sua virilità, per ben quattro volte partì all'attacco.

Agata non riusciva a credere ai suoi occhi: aveva della vita un'idea dura, era abituata ad andare al cuore delle cose, senza fronzoli e perdite di tempo, ma non immaginava quanto sbrigativo potesse essere il marito mentre faceva "quella cosa". Senza quasi ammetterlo con se stessa, aveva fantasticato di carezze, baci, parole dolci mormorate tra i capelli... Sebastiano la prese sul sedile del treno, non ebbe neanche voglia di spogliarla e di guardare quel magnifico seno che la moglie aveva avuto in eredità dalla mamma, ma della cui funzione erotica ignorava tutto. Agata non ebbe particolari difficoltà, era solo un po' stupita che Nostro Signore avesse scelto un modo così complicato per far sì che gli sposi potessero "diventare una carne sola" e avesse confinato in quel lontano recesso del suo corpo il segreto della gioia ma anche dell'infelicità del mondo.

Il forte movimento ondulatorio che la carrozza del treno imprimeva ai loro corpi rese più agevole e meno fastidiosa la perdita della verginità che la commare, la mattina del matrimonio, mentre l'aiutava a indossare l'abito bianco, aveva descritto come un dolore e una umiliazione infernali, colpa del peccato originale che le donne si portano dietro. Ad Agata sembrò persino, ma solo per qualche secondo, di essere percorsa da un fugace piacere, un leggero calore che all'improvviso le salì al volto, passando dalla pancia.

Fu l'unica volta, nell'intera sua vita matrimoniale, che le accadde insieme al marito. Le minne morbide, bianche e a pera coperte da una sottile canottiera di pizzo rimasero al loro posto, Sebastiano non provò neanche a toccarle attraverso la camicetta. Agata allora si fece persuasa che sarebbero potute servire solo ad allattare. Non ne era pienamente convinta, ma se ne fece una ragione, almeno per quello che riguardava il suo rapporto con il marito. Certo non capiva perché gli sguardi dei maschi se li fosse sentiti proprio là quando passeggiava per Belpasso con la zia.

Arrivati a Palermo, una volta collaudata la vita a due, le cose non migliorarono, e anzi con l'abitudine Sebastiano divenne persino più frettoloso: la notte dentro al letto le alzava appena un poco la lunga camicia, ed era diventato così veloce che Agata certe volte quasi non si accorgeva di lui, allargava le gambe e continuava a dormire.

Di giorno Agata il seno lo teneva stretto in fasce di cotone, anche per non provocare la gelosia di Sebastiano, cui bastava la minima scusa per prendere fuoco. A lungo andare, a forza di stringerle e appiattirle contro il torace, le minne erano così scese che facevano tutta una cosa con il ventre, appoggiate alla pancia grossa e svasata erano diventate il sostegno di tutto il corpo.

Sebastiano non era cattivo, anzi, ma ignorante e geloso come l'ultimo dei Borboni: ogni scusa era buona per alzare la voce e le mani, persino la messa del mattino era motivo di sospetti e discussioni. «Agata, dove

sei stata? Non ti ho trovata dentro al letto, dov'eri?»
Questa domanda segnava di frequente l'inizio di un'in-
terminabile litigata, che si concludeva inevitabilmente
con un paio di timpulate.

Agata non voleva e non poteva rinunciare alla sua
vita religiosa, così continuava con caparbietà ad andare in chiesa, incurante delle rimostranze del marito. La
testa coperta da una veletta di pizzo nero, la borsa scura sotto al braccio, l'immancabile messale con la coper-
tina di cuoio e le iniziali dorate stampate sul dorso, il
rosario di corallo rosso tra le mani coperte dai guanti
scuri, gli occhi bassi, usciva da casa inseguita dai santiuni del marito, che era arrivato a sospettare una tresca con il vecchio parroco, diabetico e completamente cieco. Lei faceva finta di niente e andava per la sua
strada senza raccogliere le provocazioni.

Tuttavia, una volta che Sebastiano esagerò, la nonna
dovette ricorrere all'aiuto del padre. Successe all'inizio
del matrimonio, nel mezzo dell'inverno, quando ancora non avevano figli di cui lei si dovesse occupare.
A Sebastiano ci girarono le scatole e la chiuse a chiave nella stanza da letto. Agata, preoccupata più per la
sua anima che per la sua libertà, riuscì con la compli-
cità di una vicina a chiedere l'intervento dei parenti. Il
padre arrivò con i suoi quattro fratelli, capeggiati dalla zia Filomena che ne voleva conto e soddisfazione.
Mite com'era, Gaetano non aveva nessuna intenzione
di menare le mani, anzi era profondamente convinto
che si dovesse trattare di un malinteso, piccole schermaglie tra moglie e marito, cionondimeno si era fatto
persuadere dai fratelli e si era portato dietro il fucile
da caccia, quasi a scopo ornamentale. «*Meglio dire che
saccio ca chi sapiva*» aveva sentenziato mentre nascondeva la doppietta sotto al mantello.

«Sebastiano, c'è cosa?» Il fornaio, seguito dalla de-
legazione dei parenti, dopo i saluti di rito cercava le
parole adatte a non urtare la suscettibilità del genero,

che oramai era il marito di Agata e aveva pieno potere su di lei.

«Nzù» fu la laconica risposta di Sebastiano che, muovendo la testa verso l'alto, negava l'evidenza con quello strano modo di dire *no* che hanno i siciliani e che invece in qualsiasi altra parte del mondo significa *sì*.

«Ma Agata non c'è?» Gaetano si guardava intorno, mentre la sorella gli dava gomitate nei fianchi come per dire: "Spicciati. Che fai, perdi tempo?".

«Nzù», per la seconda volta Sebastiano negò facendo un cenno affermativo; non ci fu il terzo diniego, perché Sebastiano non era san Pietro e Gaetano era solo un modesto fornaio, anche abbastanza seccato per il lungo viaggio che aveva dovuto affrontare. Perciò, con tutta la ferocia di cui era capace il suo animo buono e sinceramente preoccupato per l'incolumità della figlia, aggrottò le sopracciglia e puntò il dito contro il genero: «Te la sei sposata, ma non c'hai messo il cappello sopra all'anima di Agatina!». E le canne grigio scuro della doppietta fecero capolino dall'orlo del suo mantello.

Agata fu liberata e per il resto dei suoi giorni Sebastiano non provò più a ostacolare le preghiere della moglie. Ingoiò il rospo ma continuò a murmuriarsi a mezza bocca e a masticare veleno ogni volta che lei andava in chiesa. Quelle bestemmie dette a denti stretti addoloravano Agata, che considerava il marito un vile, perché se la prendeva con Nostro Signore.

Tanto rabbioso era lui, quanto pacifica lei. Qualunque vicenda, dalla più seria alla più banale, Agata l'accoglieva con serena rassegnazione e fiducia nel futuro; le differenze di carattere tra di loro furono in poco tempo evidenti, un solco largo e invalicabile li separò e non ebbero mai la sensazione di appartenere l'uno all'altra.

Una volta i ladri – sicuramente degli sprovveduti se immaginavano di trovare oggetti di valore in uno stabile come quello di via Alloro – penetrarono nella loro casa e rubarono lenzuola, coperte, le finte perle regalo del matrimonio e i pochi soldi dello stipendio di Sebastiano, che si aggirava per le stanze violate mosso da una disperazione smisurata rispetto al danno subito.

«Calmati, Sebastiano...» Agata cercava di fermare il flusso di bestemmie che erompeva dalla bocca del marito mettendola terribilmente a disagio. «Non sopporterò davanti ai miei occhi azioni malvagie; detesto chi fa il male, non mi avrà vicino...»

«Ma a chi potevano interessare quattro lenzuola vecchie e due lire messe in croce?» Sebastiano si interrogava e malediceva il destino, il Padreterno e tutti i santi che gli venivano in mente.

«È segno che ne avevano più bisogno di noi, il Signore ce ne renderà merito» fu la conclusione serafica di Agata.

Il suo fatalismo rassegnato funzionava come un detonatore sul marito, che dava la stura a improperi fantasiosi e variegati. Il giorno dopo la nonna chiamava il prete per benedire la casa, i familiari, i balconi, il cortile, i vicini.

La nonna era buona, docile, silenziosa, prudente; e aveva, fin dai primi giorni del matrimonio, preso l'abitudine di non contraddire il marito o rispondere alle sue imprecazioni.

Anche durante le riunioni di famiglia, in ottemperanza alla tradizione che vuole le donne all'oscuro di tutto, lei si teneva in disparte e non partecipava alle conversazioni dei parenti. Se ne stava in cucina, preparava da mangiare, lavava i piatti, tenendosi a debita distanza da ogni discorso che da un momento all'altro potesse trasformarsi in discussione e poi degenerare in rissa. Entrando dalle finestre sempre spalancate, d'inverno e d'estate, una corrente d'aria attraversava la casa e la puliva dalle maldicenze e dalle considerazioni malevole che Agata, per coerenza religiosa, non poteva accettare. Nonostante la sua riservatezza, i familiari non la lasciavano in pace, c'era sempre qualcuno che le gridava dietro: «Agata, che sei, quariata frisca?». L'espressione, che letteralmente si traduce nell'ossimoro "scaldata fredda", non significava niente, era solo un modo per sottolineare la realtà – cioè la caparbia estraneità di nonna Agata alle meschinità umane – con le prime parole che passavano per la testa a quel branco di ignoranti che erano i parenti del marito.

Era sempre in piedi, mia nonna, le sedie per lei avevano più che altro una funzione ornamentale. Nella sua cucina friggeva carciofi panati, cardi leggeri e croccanti; la sua frittura era considerata la migliore di via Alloro e, con questa scusa, i commensali seduti attorno al tavolo da pranzo la relegavano ai fornelli e si facevano servire di tutto punto.

Nel corso degli anni Sebastiano aveva perso ogni interesse nei confronti di Agata, cui non riservava nemmeno una carezza. Persino quella gelosia che lo tormentava non era una manifestazione d'amore, ma un modo per rimarcare il possesso: sua moglie faceva parte degli arredi. Eppure ogni anno a Ferragosto – forse il caldo, magari l'astinenza forzata cui lei saltuariamente lo costringeva per punirlo delle sue intemperanze – Sebastiano apriva l'anguria, tagliava velocemente il cuore e lo porgeva alla moglie con aria amorevole, come se fosse un mazzo di rose.

Puntualmente l'anno dopo, a maggio, lei partoriva un nuovo figlio. La questione non era se le piacesse o no fare l'amore, semplicemente il marito fischiava e lei, ubbidiente, si presentava a bordo letto. Cosa Agata desiderasse, le sue delusioni, le amarezze, il bisogno di tenerezza, nessuno poteva saperlo, lei era troppo prudente per raccontare i suoi più intimi pensieri; ma ogni tanto sospirava, guardava lontano, alzava le spalle e agitava le mani in un timido abbraccio.

Dei figli, tredici in tutto, dieci morirono subito dopo la nascita, per una crudele selezione naturale o per grazia di una santa bonaria. Come avrebbero potuto mantenerli tutti? Con l'aiuto del Signore ne sopravvissero solo tre: Baldassare, che sarebbe diventato mio padre, forte e determinato, diede alla nonna filo da torcere. Incurante di consigli e botte, andò per la sua strada fin da piccolo, inseguendo il suo destino. Bartolo, il secondogenito, era sensibile, timido e mammone. La sua riservatezza faceva infuriare il nonno, che lo avrebbe voluto più mascolo. Benedetto, detto Nittuzzo, molto più piccolo rispetto ai fratelli, era un vero mascalzone, con poca voglia di studiare. Frequentava cattive compagnie e fu per molto tempo una vera spina nel fianco di mio padre, un moralista irriducibile.

Per una strana casualità e forse per un bizzarro capriccio di mio nonno, anche gli altri figli dalla vita brevissima furono registrati all'anagrafe con nomi che cominciavano con la lettera B: Bernardo, Benito, Biagio, Beata, Benedetta, Benuccia, Bruno, Beato, Battistina, Bonaventura.

Il corpo agile e scattante di Agata si trasformò nell'arco di pochi anni. Le spalle si curvarono, la pancia allargata e rotonda non si distingueva più dalle minne scese verso il basso, le gambe sottili si intravedevano appena dall'orlo della gonna larga, i capelli argentei illuminavano il viso pacato. A cinquant'anni ne dimostrava molti di più, sembrava una vecchia.

XI

«Agatì, piglia l'olio e guarda come faccio; siediti qua vicino, assistimata, che, quand'è ora, mi devi aiutare a fare tante minnuzze; allèstiti, non mi fare perdere tempo, sennò domani alla festa non ci possiamo andare.» Nonna Agata mi ha insegnato a cucinare con infini· ta pazienza. La sua voce ce l'ho ancora nelle orecchie: «Agatì, beddruzza mia, pari la 'Ntamata del presepe. Me la dai sta bottiglia o ti devo fare la domanda in carta bollata?».

Scendo svelta svelta dalla sedia e cammino invece piano, un piede dopo l'altro, le braccia strette, i gomiti piegati, la faccia tesa nello sforzo, nzà ma' dovesse cadere l'olio, non ci sarebbero preghiere sufficienti a scongiurare lutti e disgrazie. Sono una picciridda volenterosa, vestita con una scamiciata celeste e un maglioncino bianco; mi aggiro per la cucina odorosa con una mappina attaccata alla cintura per proteggere il vestito buono da macchie e schizzi.

Le mani della nonna si muovono leggere ed eleganti tra farina, uova, sugna. Da giovane era carina, quando Sebastiano si innamorò di lei. Nella fotografia del matrimonio indossa un vestito corto di pizzo, le finte perle lunghe che se ne scendono sopra alle minne abbondanti, i capelli neri, ricci che si fermano appena sotto le orecchie, piccole e regolari; il collo bianco, lungo, è piegato in avanti; gli occhi grandi e neri manifestano stupore, sembra dire: "Ma guarda che mi doveva capitare". Nel complesso credo che nella foto appaia più graziosa di quanto non fosse nella realtà, con quell'aspetto da agnello sacrificale che le dà una grazia soffusa, un'antica dolcezza sul volto; davvero un'altra persona, se ripenso all'espressione truce che aveva assunto nel corso del tempo. Ha dovuto difendersi, è per questo che aveva l'aria da dura, ma non la dava a bere a nessuno.

Qualche volta, specie quando si rivolgeva ai nipoti, riaffiorava incontrollata tutta la tenerezza di cui era capace e il suo viso ringiovaniva d'un colpo. Quando mio padre urlava, o mi rimproverava, o cercava di reprimere la mia esuberanza, gli occhi della nonna mi sfioravano comprensivi, la bocca si allungava verso l'alto, le labbra si aprivano in un sorriso, i denti irregolari, non più bianchi, si muovevano e «Babbasunazza!» mi sussurrava con una voce così zuccherosa che non potevo sbagliarmi, era chiaro che mi amava. Contrariamente ai miei genitori, delusi e seccati dal mio arrivo, *figghia fimmina nuttata persa*, lei mi accolse come una benedizione del Signore.

La seguivo come un'ombra, le maniche arrotolate fino ai gomiti, l'aiutavo nei lavori di casa, ascoltavo rapita i suoi racconti, eseguivo con precisione i compiti che mi assegnava. Era l'unica che mi dava fiducia, che mi considerava per quello che ero, mai troppo piccola per fare qualcosa e neppure troppo grande per non farne delle altre. La sua voce era un soffio nella corrente della casa che sbatteva le porte facendo tremare i vetri.

«Agatì, beddruzza mia, piglia la sedia che sennò al lavandino non ci arrivi!» Poi mi tirava su per le ascelle e, mentre la tribù dei parenti seduta nella stanza da pranzo si aggiornava sui fatti della famiglia, noi lavavamo i piatti insieme.

Dalla finestra del bagno, esposto a sud, il sole entrava prepotente e invadeva tutta la casa. Per questo motivo la porta non veniva mai chiusa, per lasciare alla luce la libertà di farsi strada nella camera da pranzo, attraverso il corridoio, fino al salotto, che veniva illuminato di riflesso. La casa era povera, l'arredamento essenziale, l'unico lusso erano le due porte, quella della sala da pranzo e quella del soggiorno, costituite da due magnifiche vetrate liberty. Aprendosi nell'ingresso delimitavano un piccolo spazio in penombra, che rappresentava il mio rifugio. In quell'angolo mi sentivo al sicuro e non avevo paura delle sagome che i lumini accesi davanti ai santi proiettavano sui muri, in un terrifico gioco di ombre cinesi, né dei rumori improvvisi che provenivano dalle altre case e attraversavano le pareti fondendosi tra loro, come se il palazzo fosse un unico ambiente dentro al quale uomini e fantasmi stavano a stretto contatto.

Tra le due vetrate trascorrevo molto tempo da sola, con bambole, pezzettini di stoffa che cucivo insieme, gomitoli di filo. Un odore di pane e biscotti si arrampicava lungo la facciata del palazzo, entrava dalle finestre senza bussare e si diffondeva ovunque. All'angolo della strada, proprio sotto al balcone del soggiorno, c'era il migliore forno della zona. Le dispotiche proprietarie, le signorine Zummo, non si erano mai sposate. Basse, grasse, lunghi capelli neri e radi raccolti in un tuppo sulla sommità della testa, le tre zitelle avevano schiavizzato il fratello, unico maschio di famiglia, che non solo aveva dovuto rinunciare all'amore per non lasciarle sole, schette in casa, ma lavorava come un mulo giorno e notte nel retrobottega.

Lo sventurato fornaio preparava il pane in un bugigattolo buio, caldo d'estate e d'inverno, e scontava in vita un inferno immeritato. Impastava biscotti e treccine, morbidi pezzi di pan brioche attorcigliati uno per uno con la precisione di un parrucchiere, cosparsi di zucchero bianco, mentre le sue sorelle spiavano i vicini, parlottavano tra di loro, raccoglievano pettegolezzi, producevano malignità.

Nonna Agata amava via Alloro, la sua casa piena di correnti e soprattutto l'odore di dolci, lievito e farina che la riportava indietro nel tempo, alla sua giovinezza, quando la vita aveva il colore dorato delle mafaldine appena sfornate, la consistenza morbida delle cassatelle che lei stessa preparava, l'odore penetrante dei biscotti all'anice, la lucentezza della glassa che colava tra le sue mani operose.

Se rimanevo a dormire da lei, la nonna mi colmava di attenzioni. Mi svegliava alla mattina con un tocco leggero delle dita, mi conduceva per mano in cucina – sulla tavola apparecchiata c'erano il latte caldo, i biscotti, la panna, persino la cioccolata. Poi dal balcone lei calava il panaro di vimini dove a turno una delle signorine, così si chiamano da noi le zitelle, depositava le mitiche treccine di Alfio Zummo appena sfornate. Le mangiavo con gusto, avevano un sapore inconfondibile che ancora oggi ricordo e ricerco in ogni forno della regione.

XII

Quando morì mio nonno Sebastiano ci fu una sorta di consiglio di famiglia. L'eredità fu divisa senza conflitti tra i figli; l'orologio da ferroviere a mio padre, la stilografica e un paio di gemelli ai miei zii. Rimaneva la spinosa questione di nonna Agata: a chi di loro sarebbe toccata in sorte? Dal momento che Bartolo non era ancora sposato e Nittuzzo tra una fidanzata chiacchierata e amici 'ntisi conduceva una vita scialacquata, mio padre, la cui autorevolezza e il senso di giustizia non erano in discussione, decise che la nonna sarebbe venuta a vivere da noi.

Fu invitata, ma sarebbe meglio dire convocata, una sera di giugno. Seduto dietro alla scrivania, la faccia seria, la vena della tempia destra gonfia e pulsante, mio padre sceglieva con cura le parole con le quali le avrebbe comunicato l'esito del consiglio di famiglia. Papà non parlava, sentenziava, non comprendeva, giudicava, e naturalmente le sue parole erano legge. A dispetto delle apparenze aveva però della madre un timore reverenziale, frutto delle tante botte prese da piccolo (non era epoca di dialogo con i figli) e delle innumerevoli preghiere cui la nonna lo aveva obbligato per piegare la sua volontà granitica e la sua cocciutaggine.

«Mamma, non è che te ne puoi stare sola...» Strofinando con cura le mani l'una contro l'altra come se avesse freddo, un gesto che faceva spesso quando doveva concentrarsi o cercava di trattenere la collera, mio padre aveva esordito con voce flautata, accendendosi una delle tante sigarette. Le parole *quagghiavanu e divintavanu cosi*, materializzando nella stanza risentimento e diffidenza; nelle pause non casuali mio padre e mia nonna si scrutavano e i loro sguardi rivelavano tutto il fastidio di una conversazione sgradita a entrambi.

«Perché, che mi deve succedere?» La nonna stava seduta sul divano del nostro salotto vestita di nero come al solito, le dita giocavano con l'orlo della gonna, lo arrotolavano e poi lo tiravano nuovamente verso il basso.

«No, mamma, non pigliare subito d'aceto... è che alla tua età, senza offesa, ti puoi sentire male.» Era l'avvio di una sottile strategia, l'ansia e la preoccupazione come testimonianza d'amore filiale.

«E che cosa mi puoi fare tu, che sei giudice? Casɾ mai ci vuole il dottore.» Le parole della nonna erano macigni.

«Ma chessò, la sera, sola... macari ti piglia la malinconia, da noi ci sono i bambini... ti fanno compagnia.»

Si dice che i nipoti siano gli ostaggi degli dèi, che se ne servono per ricattare gli umani e piegarli al loro volere. Così mio padre ci strumentalizzava, nella certezza che la nonna, in virtù dell'affetto profondo che la legava soprattutto a me, avrebbe detto di sì e gli sarebbe stata anche grata. Ma nonna Agata, al contrario, dopo tredici figli, di cui dieci morti appena nati, per proteggersi dal dolore ripetuto di quei neonati sepolti pochi giorni dopo il parto aveva sviluppato un sentimento quasi di antipatia nei confronti dei bambini, di cui non voleva sentire nemmeno l'odore. Uno dei suoi racconti biblici preferiti era la Strage degli innocenti: fare leva sui nipotini non fu solo inutile, ma persino controproducente.

«Intanto sola non sono, perché con me c'è Nostro Signore, e tu faresti bene ogni tanto a ricordartelo. Il fatto di essere un giudice non ti salva l'anima. Forse sei uomo di giustizia, ma da qui a essere giusto ce ne passa.» Mio padre proprio non si aspettava che la sua generosa offerta venisse rifiutata categoricamente. Non mi è difficile immaginare i pensieri che giravano nella sua testa: "Ma come si permette, è mia madre ma sempre fimmina è! Dovrebbe essere contenta che io mi preoccupi per lei! A me, un giudice, così si risponde? È proprio vero: *fai bene e scordatillo*".

La nonna, come la maggior parte delle vedove, passato il tempo del pianto e consumato quello del rimpianto, cominciava ad assaporare la libertà ed era decisa a difenderla con le unghie e con i denti. «Poi i tuoi figli se li deve crescere tua moglie, come me con voi.» Poverina, aveva fatto la serva a tutta la sua famiglia, ci mancava solo che adesso la nuora, mia madre, la trasformasse in cuoca, bambinaia, tuttofare a tempo pieno, senza lo stipendio e con l'obbligo di esserle pure grata. «Comunque, nel caso in cui mi sentissi sola, potrei sempre venire a trovare Agatina che, con rispetto parlando, mi pare l'unica che a casa tua c'ha un poco di sentimento. E con questo non ne parliamo più.»

«Ma mamma, che stai dicendo? Io mi sto solo preoccupando...» Il leggero tremolio della voce e delle mani di mio padre tradiva la rabbia che montava.

«Te lo dico per l'ultima volta, preoccupati per l'anima tua e lasciami stare tranquilla con i miei ricordi e con i miei pensieri.» Nonna Agata si alzò dalla sedia e se ne andò in cucina, che anche a casa nostra era il suo luogo preferito. La discussione venne chiusa bruscamente e mai più riaperta.

XIII

Il circoletto dei parenti continuò ancora per alcuni anni a riunirsi a casa della nonna ogni cinque di febbraio, anche dopo la morte di mio nonno Sebastiano. La messa e i dolci erano per onorare la Santuzza, la pasta con il broccolo affogato, le frittelline di neonata, i carciofi panati, le fragoline con la panna per festeggiare l'onomastico di tutte le Agata della famiglia. Alla vigilia la nonna preparava il sugo, nettava la neonata dalle alghe sfuggite al controllo del pescivendolo, panava i carciofi.

Il giorno della festa, all'alba, se ne andava in chiesa; l'immancabile velo sui capelli bianchi oramai da tanto tempo, le mani giunte, la nonna passava in rassegna i suoi morti, pregava per noi vivi e finiva sempre con un «Mi raccomando ad Agatina». Accendeva un cero e, forte delle sue certezze, tornava a casa dove il figlio Bartolo, l'unico non ancora sposato, sebbene fidanzato da un'eternità, dormiva il sonno del giusto. Lo svegliava con una tazza di caffè e un sorriso.

Bartolo, avvolto in un pigiama di flanella a righe, si stirava e si allungava con una serie infinita di rumori. Era un uomo colto, anche se così distratto da sembrare rimbambito, dall'espressione sognante e dagli occhi tondi che, a causa di una forte miopia, era solito stringere fino a farli diventare due minuscoli punti neri. Molto legato alla madre, le dedicava versi che declamava a voce alta nei più svariati momenti della giornata. Era il suo modo di dimostrarle gratitudine per le attenzioni che la nonna non gli faceva mai mancare, a costo di irritare la fidanzata che, dopo il matrimonio, gliele avrebbe fatte pagare tutte, rivelando memoria e capacità vendicativa fuori dal comune. Mia nonna aveva per Bartolo una predilezione. Adorava i versi che il figlio componeva per lei e lo ascoltava rapita da tanta sapienza. Considerava i suoi due figli laureati un miracolo di sant'Agata. Nittuzzo, il più piccolo, non aveva voluto studiare, ma per lei non costituiva un problema, perché: «Non bisogna chiedere troppo a Nostro Signore, Agatì, nzà ma' si secca, capace che ti toglie quello che ti ha dato».

Mio nonno Sebastiano, che a stento leggeva e scriveva, non era molto sensibile al fascino della cultura, come avrebbe potuto apprezzare la dolcezza della poesia, la pienezza della letteratura? Per lui ogni occasione era buona per schernire i due figli curvi sui libri, minati nel fisico da anni di studio, sempre senza soldi, perché è difficile accucchiare pranzo e cena con la cultura. «Ma che andate pensando?» era solito apostrofare Bartolo e Baldassare. «Ma quale magistrato, ma quale professore? Ora vediamo se troviamo un posticino alla Regione.» Quando mio padre diventò pretore, si inorgoglì tutto d'un botto: troppo tardi, pochi mesi dopo sarebbe morto, senza lasciare traccia del suo passaggio nella vita dei figli e nella memoria dei nipoti.

Nemmeno il giorno del suo onomastico la nonna tralasciava le pulizie di casa: conzava i letti, passava lesta la scopa sui pavimenti, poi si pettinava i capelli fini e radi, si metteva il vestito della festa e trionfale entrava in cucina.

«Ora non mi disturbate.» Era l'unico momento in cui le era permesso dare ordini. Si muoveva con grazia tra i fornelli, le mani accarezzavano le stoviglie, le gambe volteggiavano leggere su un pavimento di perlato di Sicilia, sconnesso e crepato in più punti. Le pentole sporche si accumulavano nel lavandino di cemento, l'acqua scorreva dal rubinetto sempre aperto e schizzava intorno in piccole gocce che la luce del sole faceva brillare.

XIV

Il regalo dei miei genitori per il mio onomastico era un vestito nuovo. Lo trovavo ai piedi del letto la mattina, appena sveglia. Lo indossavo subito, mi piaceva da morire cambiarmi d'abito, ero piccola ma già molto vanitosa. Aspettavo che i miei genitori mi caricassero in macchina insieme con mio fratello per raggiungere il resto della famiglia, a casa della nonna. Ero emozionata e curiosa di aprire il pacchetto che avevo adocchiato in sala da pranzo fin dal giorno prima, euforica per la giornata di festa, in pace con me stessa perché le cassatelle erano già pronte e io avevo svolto il mio compito con serietà e devozione; anche la Santuzza, credevo, avrebbe potuto essere contenta. Percorrevamo con la nostra Fiat 600 le stesse strade dell'autobus numero 15.

Il naso incollato al finestrino, rannicchiata in un angolo, vedevo scorrere davanti ai miei occhi le immagini di gru e ponteggi che avrebbero fatto la fortuna dei vari Vassallo, Moncada, Cassina.

Le visite ai parenti e le ricorrenze erano le uniche occasioni che avevo di incontrare altri bambini, perché mio padre, temendo che facessimo amicizia con i figli di qualche mafioso, ci faceva vivere in uno stato di quasi completo isolamento. Nonostante le sue precauzioni, il mio compagno di scuola preferito, Enrico, un bambino con un faccino tondo, lo sguardo dolce, le orecchie a sventola, portava un cognome tristemente famoso. Era il figlio di un boss ucciso alla fine degli anni Sessanta. Un pomeriggio di scirocco, nonostante l'imminente Natale, un commando di tre uomini travestiti da finanzieri aveva fatto irruzione negli uffici di un noto costruttore, dove si stava discutendo il futuro urbanistico della città. Il padre del mio compagno non aveva reagito e si era finto morto. Poi all'improvviso aveva estratto la pistola che... si era inceppata. Quando si dice il destino! La foto del piccolo Enrico, mano manuzza con il padre, venne pubblicata con grande enfasi da tutti i quotidiani. Fu in quell'occasione che il cordone sanitario che mio padre aveva ossessivamente costruito attorno alla sua famiglia si rivelò inconsistente.

Abitavamo un grande appartamento in un palazzone di dieci piani, sorto pochi anni prima per mano di un mafiosetto che, abbandonati i pantaloni di fustagno e le scarpe rinforzate con i chiodi dei campieri per indossare la grisaglia degli imprenditori, si era riciclato come costruttore.

La mia stanza, piena di sole, dava sul giardino di una costruzione dei primi del Novecento, di proprietà di una nota famiglia palermitana, ricca, potente e invidiata. Il profumo dei fiori si mischiava con l'odore del mare, raggiungeva le mie finestre e mi provocava un languore nell'anima e un formicolio nel naso. Al mattino presto i carrettieri abbanniavano per la strada.

Da un giorno all'altro la villa, il suo giardino, persino i grossi topi che scorrazzavano tra i rami delle magnolie sparirono. Una mattina al posto del mare, dei fiori, del cielo, trovai un muro spesso, duro, di colore arancio-rosso. Sporgendomi dal terrazzo potevo toccarlo con la punta delle dita. L'intonaco ruvido mi graffiava i polpastrelli e mi lasciava sulla pelle un colore giallino, come di malattia.

Improvvisamente la mia stanza diventò la cella di una prigione. Mi sembrò un dispetto fatto a me sola, in realtà si trattava di un fenomeno ben più drammatico: era in atto il sacco di Palermo. Complice l'amministrazione comunale, la città in un decennio cambiò volto, mentre i mafiosi si muovevano indisturbati nelle maglie di una società onesta, ma anche compiacente e omertosa. La Conca d'Oro diventò di cemento davanti ai miei occhi.

Don Ciccio Abella aveva raso al suolo quasi tutte le ville della città per costruire edifici altissimi che cancellarono la vista del mare e fermarono la brezza che mitigava il caldo rovente delle giornate estive. Da carrettiere, aveva girato con un asino ricoperto di giummi colorati e abbanniato la propria mercanzia sotto le finestre dei signori: «Accattatevi 'u saleee, un chilo dieci lireee». Poi, dopo una breve fuitina, aveva sposato Teresa, la donna senza minne, ed era entrato in affari con i suoi cognati, cambiando radicalmente il corso della propria vita.

La famiglia della moglie aveva fatto i soldi durante la guerra con il mercato nero, Ciccio si era subito integrato, e anzi, in poco tempo aveva assunto su di sé il controllo degli affari. Teresa lo aveva sposato in preda a una forte suggestione, convinta che il batticuore che provava vicino a lui fosse amore. Ciccio aveva mani grandi e pesanti, e lasciava crescere le unghie dei mignoli ritorte e affilate. Estate e inverno Teresa portava maniche lunghe e calze scure, per nascondere i segni che la notte il marito le lasciava su tutto il corpo. Lui a Teresa la odiava perché non aveva minne. Gli pareva di fare l'amore con un masculu; quel petto piatto come una palanca di cantiere da una parte lo innervosiva – «Teresa, pari un picciutteddu di quattordici anni» –, dall'altra lo rassicurava, «Quelle femmine tutte culo, panza e minne» gli davano una specie di vertigine. A forza di lividi le aveva fatto fare cinque figli, poi aveva smesso di addingarla. La sera arrivava tardi, si addormentava vicino a lei, oramai non la muzzicava né la pizzicava più. Teresa provava sempre un gran batticuore quando sentiva i passi pesanti del marito sulle scale, ma a quel punto aveva capito che non si trattava di amore ma di scantu. Ciccio era diventato un capo e le sue mani sapevano essere ancora più pericolose di prima.

Dopo il mercato nero ci fu la cooperativa, al secondo figlio vennero gli appalti delle fogne, al terzo traslocarono. Erano appena entrati nella nuova casa, più adatta a un uomo di successo, quando arrivò trafelato Nanni, il capocantiere a Borgo: «Don Ciccio, venite, vi cercano». Muto e impassibile lui aveva continuato a mangiare. Teresa lo taliava, il cuore faceva *tum tum tum*, lui non aveva neanche accennato a muoversi. Nanni, che era ancora di primo pelo e amava segretamente quella donna senza minne, insistette:

«Don Ciccio, ci dissi che è cosa urgente.»

«Che è novità? Le cose sono urgenti quando mi pare a mia! Chista è camurria.» Teresa teneva le mani giunte e pregava in silenzio, coraggio di rivolgersi al marito non ne aveva.

A Nanni scappò dalla bocca solo solo: «Don Ciccio, vossia non corre? Si tratta della vostra famiglia». Fu in quel momento che il timore vago che da mesi tormentava Teresa, l'ansia che la costringeva a prendere medicine, si concretizzò nella certezza di un fatto luttuoso. La donna trovò il coraggio di parlare, anzi di urlare: «Che è, Nanni, c'è cosa grave? È successo qualcosa ai miei fratelli?» e intanto i suoi occhi cercavano quelli del marito. Il cuore le batteva all'impazzata e lei ci aveva poggiato le mani sopra, perché temeva che, senza la protezione delle minne, uscisse fuori dal petto e cadesse sulla tavola a sconzare il pranzo del marito.

Li avevano ammazzati, i suoi fratelli, tutti e due insieme. Lo stesso don Ciccio, suo marito, aveva dato l'ordine e adesso era il capo indiscusso. Teresa non ebbe bisogno di spiegazioni per comprendere pienamente quello che aveva intuito fin dalla prima notte di nozze, quando il marito l'aveva spogliata, le aveva passato una mano sul petto e aveva fatto un gesto con il pollice e l'indice della mano destra che voleva dire: "Niente, manco pari femmina!". Poi con disgusto l'aveva girata con la faccia contro il muro e in piedi, tirandole i capelli, se l'era fottuta umiliandola, una, due, tre volte. La sua vita apparteneva a una bestia feroce e adesso era completamente sola nelle mani di lui.

Vestì il lutto, pianse senza fare rumore, ma poi dovette ricominciare a vivere, perché nel frattempo era incinta un'altra volta. Forse l'eccitazione del potere, l'adrenalina di tutto quel sangue, magari il senso di sfida al destino, fatto sta che dopo l'omicidio dei due cognati don Ciccio aveva ricominciato a cercarla dentro al letto.

Nello stesso tempo si era messo in affari con politici e banchieri che la sera passavano per casa sua a prendere ordini, a portare documenti, a contare soldi. Teresa ora doveva preparare da mangiare e apparecchiare con l'argenteria, perché una sera sì e l'altra pure avevano ospiti importanti, il sindaco compreso, che si spartiva il sonno della notte con suo marito.

Dopo la Conca d'Oro, don Ciccio passò alla cementificazione di via Libertà, la strada più elegante di Palermo, le cui numerose ville liberty furono abbattute una dopo l'altra per fare posto ad altissimi palazzi dal profilo anonimo e ordinario.

Dal finestrino della macchina osservavo l'alternarsi dei colori delle facciate, i balconi spogli, mentre mio padre guidava e sbuffava. Mi sono sempre domandata perché i miei genitori ci abbiano generato, irritati com'erano dal nostro vociare e infastiditi dal nostro esistere. Anche per loro non credo che si sia trattato di una scelta. La società dell'epoca lo imponeva: non avere figli era segno di malattia o di impotenza sessuale e loro, sotto questo aspetto, desideravano essere il più normali possibile.

XVI

La voce squillante della nonna risuonava nella sala buia: «Agatì, beddruzza mia, come sei graziosa con quel vestitino, vieni che ho una sorpresa per te». Sullo sparecchiatavola ogni anno c'era un regalo per me. Aspettavo emozionata quella sorpresa, che aveva in sé la gioia del gesto d'amore. Per gli altri parenti, mia madre compresa, c'era solo il dovere di festeggiare la santa, invece la nonna pensava a me con allegria e non mi avrebbe mai abbandonata.

Mi giravo il pacchetto tra le mani, il cuore in tumulto per quelle attenzioni che tutti gli anni non mancavano di meravigliarmi.

«E avanti, aprilo, non lo vuoi sapere che è?» Non avevo fretta, non mi interessava quello che c'era dentro, mi bastava che la nonna si fosse ricordata ancora una volta di me. Ce ne mettevo di tempo a farmi persuasa, poi l'aprivo timorosa. La carta aveva una consistenza leggera e mettevo cura di non strapparla: anche quella faceva parte del regalo e per anni, fino al mio trasloco in Continente, l'avrei conservata insieme con nastrini, lettere, pizzini, mollette e tutto quello che sarebbe potuto diventare un ricordo, con la precisione di un'archivista e la meticolosità di un feticista.

«Agatì, ora che ti sei fatta più grande in chiesa ci devi venire con un velo in testa... il fazzoletto a quello serve, per la messa, e poi ti bisogna la borsa per messale e rosario. Ti piace?»

Intanto mio padre batteva banco con i parenti, mia madre gli teneva bordone e più nessuno sembrava accorgersi di me.

Nascosto il regalo nella mia tana, seguivo la nonna in cucina. «Vieni qua che ti metto una mappina davanti alla vesta, che se te la sporchi chi la sente poi a tua madre?» La nonna friggeva i carciofi nell'olio bollente, li asciugava di quello in eccesso, io li salavo e li disponevo su un piatto grande, che mia madre portava a tavola. Ognuno di noi aveva un compito, che era stato assegnato considerandone il grado di difficoltà e in relazione all'abilità personale: quello più pericoloso a nonna Agata, il meno gravoso a me, quello di totale soddisfazione alla mamma. La tovaglia bianca, i piatti di porcellana, i bicchieri del servizio buono, le bottiglie di cristallo con il vino davano il senso della festa.

La nonna era infaticabile, cucinava per tutti, era così naturale che lei lo facesse che nessuna delle donne della famiglia si offriva di aiutarla. Le frittelle morbide di neonata erano un anticipo di mare, si materializzavano sulla tavola subito dopo i carciofi e sparivano in un attimo. La nonna si sedeva insieme a noi appena era pronta la pasta, mangiava in fretta la prima cosa che le capitava, poi di corsa in cucina a montare la panna.

La crema di latte la portava a ogni festa lo zio Vincenzo, il fratello del nonno che di mestiere faceva il lattaio. Nonna Agata la sbatteva con un movimento del braccio omogeneo, ritmico e misurato, sembrava di assistere a un rito sacro. Le fragole segnavano l'inizio della primavera, mi coloravano le labbra di un rosso sbiadito e il loro profumo, delicato e penetrante come quello di un neonato che ha appena fatto il bagno, si mescolava nella mia bocca a quello dolce delle treccine delle sorelle Zummo, cariche di zucchero e uva passa.

Alla fine del pranzo, insieme al caffè arrivavano a

tavola le cassatelle, accolte da un applauso. Il vassoio grande era coperto da montagnole bianche, ammiccanti, messe vicine a due a due, che invitavano prima di tutto a toccarle, poi a leccarne la glassa e infine a morderle delicatamente, per non ferirle. Appena le addentavo la crema di ricotta, zucchero e cioccolato riempiva ogni angolo della mia bocca, la sentivo spalmarsi sul palato; chiudevo gli occhi e il piacere si spandeva per tutto il mio corpo di bambina e si mischiava a una sensazione di protezione e fiducia, perché secondo le convinzioni della nonna la cassatella mi avrebbe tenuto lontana dalle malattie e, nel caso più sfortunato, mi avrebbe fatta certamente guarire. Le minne di sant'Agata erano l'assicurazione per la mia salute, il dolce amuleto che mi avrebbe accompagnato nella mia vita di donna.

Le minne della nonna, della cui bellezza nessuno, tanto meno il marito, aveva avuto sentore, grazie a sant'Agata rimasero in buona salute per tutto il tempo della sua vita. Altri furono i problemi e le malattie nei confronti dei quali non esistevano né amuleti, né antidoti, né santi protettori.

Segnata nell'infanzia dalla morte della madre, la nonna aveva concentrato tutta la sua fede religiosa su sant'Agata, implorandola di proteggerla dalla terribile malattia che le aveva portato via la mamma prima che avesse il tempo di conoscerla e amarla.

Ogni mattina, quando era sola a casa, Agata liberava le sue minne dalle fasce che le tenevano schiacciate e sacrificate e le osservava a lungo davanti allo specchio, compiacendosi per la luce di bellezza che irradiavano sotto al suo collo. Ne sentiva la consistenza morbida, ne apprezzava la regolarità della superficie, le lavava con delicatezza, seguiva con il dito il contorno del capezzolo, le asciugava con movimenti rotatori, alla fine le massaggiava con olio di mandorle dolci, proprio come faceva sua madre, buonanima, anche se lei non poteva saperlo.

Questo semplice atto di cura qualche volta le procurava un mite tepore, seguito da un soffuso rossore al volto, mentre una sensazione di calore liquido dall'ombelico si spandeva verso il basso fino alle gambe, poi riprendeva la via della pancia, come un'onda, un piacevole va e vieni di cui Agata non capiva l'origine; e allora chiudeva gli occhi, abbandonava la testa all'indietro, perdeva i contorni del proprio corpo. Infine, soddisfatta per quel piacere tanto lieve quanto fugace che il marito non era mai stato capace di regalarle, ricopriva di nuovo le minne con le fasce di lino, strette strette, a proteggere il suo prezioso tesoro.

Era l'unica parte del suo corpo alla quale la nonna dedicava cura e attenzione. Gli altri organi lei non sapeva nemmeno di averli. Il cuore, per esempio, pensava di averlo lasciato al suo paese, quando, giovane sposa, si era trasferita a Palermo; della sua testa e della sua memoria, di cui non conosceva i santi protettori, non aveva cognizione, tanto che non si accorse che poco per volta stavano smettendo di funzionare.

La malattia che la stava lentamente trasformando in un pallido fantasma aveva un nome difficile: Alzheimer. Freni inibitori ed emozioni rimasero inalterati fino alla fine, mentre le funzioni logiche e la memoria della nonna presero il volo in occasione di un inopportuno trasloco, che diede il colpo di grazia alla sua identità già indebolita. Negli ultimi anni di vita la nonna aveva lasciato la casa di via Alloro e si era trasferita all'ottavo piano di un palazzo moderno, con doppio ascensore, uno di quegli orribili mostri sorti alla circonvallazione della città, in una delle zone cementificate da don Ciccio Abella, con il quale la famiglia Badalamenti si era nel frattempo imparentata.

Nittuzzo, il fratello più piccolo di mio padre, aveva sposato Concetta, una delle figlie del boss, creando imbarazzo tra i suoi parenti, che non avevano soldi ma dormivano sonni tranquilli e morivano tutti nel loro letto.

XVIII

Cettina Abella in Badalamenti era una donna piccola di statura, rossa di capelli, senza minne anche lei come la sua mamma, dai modi volgari e l'andatura provocante. Alla festa di fidanzamento mio padre si rifiutò categoricamente di partecipare, nonostante le continue sollecitazioni di mia madre e la promessa di una memorabile pignoccata al miele, di cui era ghiotto.

«Baldassare, è tuo fratello...»

Silenzio.

«E non è che ci possiamo sciarriare con tutti...»

Niente.

«Guarda, ci ho comprato un regalo... un lenzuolo ricamato a chiacchierino.»

Neanche uno sguardo di traverso.

«Che fa, ci vado io con la picciridda?»

In casa dei miei genitori, diversamente che nella pubblica amministrazione, valeva la regola del silenzio-negazione. Se mio padre non diceva un sì chiaro e tondo, con voce forte, dimostrando di aderire alla proposta con piena consapevolezza, quello che volevi te lo potevi dimenticare, ci potevi mettere una croce sopra. Così la mamma si rassegnò a sciarriarsi con il cognato, restringendo ancora di più la cerchia delle persone e dei parenti che le era permesso frequentare.

Zio Nittuzzo, contrariamente a quel che si sarebbe potuto prevedere, dimostrò grande rispetto per la delicata posizione del fratello magistrato e continuò a farci visita per tutti gli anni a venire, lasciando sempre a casa la moglie. In segno di parziale apertura, mi fu concesso di partecipare alla festa di fidanzamento con nonna Agata che, in qualità di capofamiglia, nonostante disprezzasse profondamente la nuora e tutti i suoi, avrebbe *spiegato* il matrimonio. Io ero il simbolico ramoscello d'ulivo teso tra i due opposti schieramenti.

Trovammo gli Abella, i parenti, gli amici, gli amici degli amici, seduti con le spalle al muro nella stanza più grande della casa. In un angolo il tavolo con il buffet, alle pareti, appesi a un lungo filo teso tra un chiodo e un altro, il corredo della sposa, mutande e biancheria comprese.

Le femmine della famiglia Abella non avevano minne, perciò tutti quei reggipetti in bella mostra erano assolutamente fuori luogo e fuori misura, ma servivano a dimostrare la potenza del clan. Lo zio Nittuzzo non ci pensava proprio, a quelle minne secche e a quel torace della fidanzata che pareva piallato, perché Cettina aveva in compenso un sedere tondo e nervoso che lei non mancava mai di annacare da un lato e dall'altro. «Dove manca, Dio provvede» era stato il commento di nonna Agata, quando si era accorta che le mani di mio zio correvano furtive e veloci al fondoschiena della fidanzata.

Certamente quelle natiche rappresentarono il collante segreto di un matrimonio male assortito. Nittuzzo teneva in testa un unico pensiero, avere ragione di quel culo tondo, duro, muscoloso, il cuddureddu, come lo chiamavano tra di loro i due fidanzati nell'intimità. Cettina glielo concesse prima di arrivare all'altare, emettendo un suono gutturale e ampio come di vacca alla monta.

Lui la amò perdutamente per tutti gli anni a venire.

I primi segni della malattia della nonna cominciarono a manifestarsi dopo la morte di nonno Sebastiano. Nulla di veramente importante, ma perdeva spesso le chiavi di casa, interrompeva i discorsi a metà, qualche volta le mancavano le parole. Nessuno di noi ci fece caso, pensavamo che il fatto di vivere sola l'avesse resa distratta. Aveva poche energie e la sua volontà si era fatta meno granitica. Il trasloco fu l'ultima decisione cui partecipò con un certo grado di consapevolezza. Pochi giorni dopo smise di fare considerazioni di buon senso, si rinchiuse in se stessa e perse ogni legame con il suo tempo. I ricordi divennero eterei, evanescenti, la memoria cominciò a funzionare a intermittenza, restituendole immagini antiche, di un passato che apparteneva solo a lei e dal quale tutti noi eravamo esclusi.

Quando se ne andò dalla sua vecchia casa di via Alloro, la nonna dovette abbandonare gli oggetti accumulati nel corso degli anni e considerati inutili dalla nuora Cettina, la cui volgarità non mancava mai di concretizzarsi in comportamenti irrispettosi dei diritti altrui. La coscienza della nonna si frammentò, come se quei pezzi di spago usato, apparentemente inservibili, buttati via con irresponsabile leggerezza, fossero invece l'insostituibile filo che teneva insieme i suoi ricordi. Le poche cose di valore che possedeva, tra cui le finte perle che mio nonno Sebastiano le aveva ricomprato dopo il furto, in uno dei suoi rari atti di tenerezza, le furono sottratte dalla nuora ingorda, misera, violenta; e con esse prese il volo l'ultimo barlume di identità.

Il quartiere di palazzoni tutti uguali, senza il forno delle signorine Zummo, i rintocchi delle campane della Gancia, il muro di palazzo Abatellis che la nonna guardava dalla finestra della sua vecchia camera da letto, le fece perdere il senso dell'orientamento, perciò smise di uscire di casa e la sua autonomia, quella che aveva difeso con le unghie e con i denti alla morte del marito, andò perduta nel giro di qualche mese. Priva di tutti i suoi abituali riferimenti, nonna Agata prima ancora che dell'Alzheimer fu vittima della terribile famiglia Abella, che la rapinò dell'unica cosa davvero preziosa che possedeva, la sua identità. Solo per questo apparentemente si dimenticò di me, la sua adorata Agatina, di se stessa e infine della vita.

Insieme con la ricetta delle minne di sant'Agata ereditai da lei un foglio di carta stropicciato sul quale erano stati annotati matrimoni, nascite, morti, una sorta di elementare albero genealogico della famiglia, e insieme a esso un profondo senso di estraneità alla famiglia. Forse per questo ancora oggi cerco sempre qualcuno che mi appartenga e a cui appartenere.

LU CUNTU NA LU CUNTU
(Il racconto nel racconto)

I

«Agatì, tu con "la Calabresa" in giro non ci devi andare!» Mia nonna Margherita agita minacciosa il suo dito
indice davanti al mio naso. È tosta, alta, magra, gli occhi tondi da miope, un naso aquilino che nel corso degli anni è diventato il becco di un uccello.

«Perché, che ha la Calabresa che non va?» rispondo con aria impertinente, le mani sui fianchi e il mento all'insù con aria di sfida.

«Niente. Però se ti vedo in giro con lei non ti faccio uscire più da casa e le calze lunghe te le puoi
scordare!»

Il tono non ammette repliche e poi alle calze lunghe
ci tengo assai, nzà ma' la nonna dovesse mantenere il
punto... Il patto era che, se non avessi fatto tante storie,
per Santa Lucia, anche se non è la mia festa, avrei avuto le calze. Ora mantenere la parola data sarà davvero
difficile, perché a me la Calabresa piace assai. È grassa, mangia tutto quello che trova, gira per la campagna
senza timore, non si lava mai, sa le cose dei grandi e poi
ha promesso di portarmi a vedere le vacche di suo padre... ubbidire a mia nonna questa volta non sarà possibile, e poi il tredici dicembre pare così lontano.

I miei nonni materni vivono a Malavacata, tra Palermo e Agrigento, nel cuore della Sicilia. La provinciale divide il paese per lungo, e ai suoi lati sorgono
due bar, la chiesa, il circolo dei combattenti, la scuo-

la elementare, il municipio, l'ambulatorio del medico
– mio nonno Alfonso –, le casine sdirrupate dei contadini, qualche palazzina nuova, il patrimonio immobiliare di povera gente emigrata per fame in Germania che pensa di seppellire un passato di miseria sotto
una colata di cemento.

Il paese è tutto qua, per il resto campagna. Le colline attorno sono dolci e proteggono gli abitanti come
in un abbraccio materno. Anche i colori qui sono ras-
sicuranti, perché tornano uguali a se stessi a ogni stagione. Li ho ancora negli occhi: il marrone dei campi
arati di fresco, il bianco della neve, il verde smeraldo
delle fave e del grano nuovo in primavera, il giallo delle restucce d'estate.

II

Mio nonno, il dottore Alfonso Guazzalora Santadriano, dopo aver abbandonato Palermo e una brillante carriera universitaria, si era rinchiuso in quel paese dal nome sinistro, Malavacata, per il resto dei suoi giorni.

Era un tipo strano, dalle mani lunghe e le gambe corte, come lo descriveva suo fratello più piccolo riferendosi rispettivamente agli scappellotti che era solito allungargli nei momenti di rabbia e alla sua naturale inclinazione a dire bugie. Proveniva da Montiduro, esteso feudo le cui terre all'inizio del secolo appartenevano a tre sole famiglie, tra le quali anche la sua. I Guazzalora, da generazioni proprietari di una masseria ai margini del paese, erano gente moderna, comunista, dai comportamenti bizzarri per l'epoca. Poco religiosi, forse addirittura atei, venivano considerati mangiapreti e scomunicati, ma erano i signori della zona, perciò meritavano rispetto.

Assunta Guazzalora Santadriano, la mia bisnonna, aveva l'animo e la forza di un brigante: dotata di una struttura grande, corpulenta, non bella, di cattivo carattere e molto volitiva. Scendeva la mattina presto nei campi insieme ai contadini, li controllava, li spronava e se c'era bisogno lavorava insieme a loro, resistente a qualsiasi fatica, la prima a cominciare e l'ultima a finire.

Nelle notti d'estate rimaneva persino a dormire nei

101

campi. Portava i capelli annodati in una lunga treccia nera che arrotolava attorno alla testa e infilzava con una serie di forcine d'osso, le guance sempre arrossate, la bocca carnosa, il labbro superiore leggermente arricciato e sovrastato da una sottile peluria nera, la pelle scurita dal sole dei campi, le mani callose e forti. Il corpo grande possedeva l'agilità di un gatto, abituata com'era a saltare da un sasso all'altro, ad affondare nel fango fino alle ginocchia e a venirne fuori senza sforzo.

La gonna la raccoglieva e la teneva per comodità fissata alla cintura. La gente sorrideva alla vista dei suoi mutandoni bianchi, che lei non faceva nulla per coprire. Le scarpe di cuoio duro allacciate alla caviglia contrastavano con la camicetta sottile di merletto candido; un medaglione legato al collo con un nastrino di velluto pendeva tra le grosse minne, strette in un busto scuro le cui cordicelle venivano allentate quando, sotto lo sforzo fisico, il respiro si faceva corto e frequente.

I contadini delle sue terre abbassavano gli occhi davanti a quelle nudità mostrate con disinvolta impudicizia ed evitavano qualsiasi commento, intanto perché era sempre la figlia del padrone, e poi perché Assunta il rispetto se l'era conquistato con la fatica. Se c'era da zappare teneva in mano la vanga come uno di loro, mungeva le pecore, aveva persino messo a punto una tecnica di parto tutta sua, adatta sia alle donne sia agli animali, tanto che se c'era lei si evitava di chiamare il veterinario o la levatrice, a seconda dei casi.

Quando il vitello premeva per uscire e la vacca si annacava tormentata dal dolore delle doglie, lei si metteva vicina vicina, le parlava con voce bassa, monocorde, direttamente in un orecchio, fin quasi a ipnotizzarla; la convinceva che quel vitello prima lo metteva al mondo, meglio era per tutti. La mucca, presa con le buone, si faceva persuasa, smetteva di lamentarsi, partoriva con velocità, poi le leccava le mani in segno di ringraziamento. Le bestie ne riconoscevano il passo vigoroso, tanto che all'avvicinarsi di donna Assunta interrompevano il loro ruminare, alzavano la testa, giravano il collo e la salutavano con muggiti prolungati.

Questa simbiosi con gli animali e la cura della campagna di cui si faceva carico senza risparmio le avevano fatto sviluppare un carattere forastico, burbero. Di poche parole, preferiva l'azione, era coraggiosa e diversa dalle donne dell'epoca. Girava per i campi anche la notte, munita di un fucile che teneva sotto le gonne, proprio come zonna Peppina Salvo, la leggendaria "regina di Gangi", figlia e moglie di criminali, Peppina aveva preso su di sé il ruolo di capobanda alla morte del marito. Fu l'ultima ad arrendersi davanti al prefetto Mori e, al momento dell'arresto, nascose sotto la gonna denaro e oro, il frutto di anni di rapine. Zonna Peppina teneva nei mutandoni il suo tesoro, come del resto tutte le donne del mondo.

Il marito, il mio bisnonno, donna Assunta lo aveva conosciuto al tempo del grano: un bandito di passaggio che batteva le campagne evitando le strade frequentate e le piazze dei paesi. Si erano incontrati ai margini dell'aia in una notte d'agosto, quando l'aria ferma ad aspettare l'alba condensa sugli uomini i sogni e li trasforma in desideri. Il cielo era un pezzo di stoffa scura, tesa tra le stelle che ne bucavano la trama. Si dormiva fuori dalle case, all'aria aperta, vinti dalla stanchezza, fiaccati dalla calura, inturduniti dal vino. Persino i cani erano crollati nell'immobilità di quella notte e nel silenzio irreale da fine del mondo. Sembrava che il supremo puparo avesse lasciato cadere i fili che tenevano in piedi i burattini, spento le luci del teatro, chiuso gli occhi anche lui e privato così l'universo criato del suo soffio vitale.

Assunta camminava come una sopravvissuta in quel deserto e le sue gonne, sollevate come al solito fino alle ginocchia, mostravano nel buio della notte il pallore della pelle nuda, che rifletteva la luce della luna. Aveva allentato i lacci della camicetta per disperdere il calore accumulato durante il giorno, il suo petto gonfio si sollevava in un respiro corto e frequente: era quello l'unico segno della sua irrequietezza, della malinconia che tormenta le ragazze quando desiderano un uomo, anche se magari non hanno consapevolezza di cosa manca loro.

Gaspare le comparve davanti agli occhi all'improvviso. Avrebbe fatto bene a restare nascosto, era pur sempre un brigante e rischiava non solo la galera, ma anche la vita. Il lucore della pelle di Assunta lo attrasse però irresistibilmente, spazzando via ogni forma di prudenza da quell'uomo oramai senza donne da molti giorni: troppi per uno la cui potenza sessuale era nota e apprezzata tra tutte le compagne di banda.

Il nero degli occhi di lei fu il fuoco sulle stoppie del suo desiderio. Non ci fu bisogno di grandi discorsi, né di parole d'amore, né di promesse. Lui si avvicinò, lei gli andò incontro, si unirono con la naturalezza che il contesto suggeriva, senza ritrosie. Anche in questo la mia bisnonna aveva idee chiare. Probabilmente nel corso degli anni passati a contatto con le bestie aveva maturato gesti semplici e diretti.

Gaspare era giovane, forte, sano, ma stanco di scappare e di opporsi a uno Stato troppo spesso capace solo di sopraffazione e ingiustizia. Si fermò in casa di Assunta, la famiglia di lei lo accolse e, da comunista qual era, lo sfamò senza fare domande, lo rivestì, gli costruì una falsa identità. In poche settimane i due si sposarono. Ebbero otto figli e fecero l'amore ogni notte che passarono insieme, senza saltarne una. Assunta dimenticò ogni forma di irrequietezza, appagata dall'amore e sfiancata dal lavoro dei campi che la rendeva salda e forte come un ulivo centenario. Partorì come le sue mucche, con sana rassegnazione. Gaspare non lavorò mai, né mai l'aiutò nei campi. Mangiava, dormiva, pensava, accumulava energia che poi restituiva alla moglie notte dopo notte; lei l'accoglieva con gratitudine e, muovendosi continuamente, spostando il suo corpo massiccio dai campi alle stalle, dalla cucina al letto, sopra e sotto il marito, assorbiva e metabolizzava tutto quello di cui aveva bisogno.

Anche la morte prematura di Gaspare per un attacco di malaria non fu per lei una tragedia, durante la sua breve vita matrimoniale aveva goduto abbastanza dei piaceri dell'amore. La cura dei figli, sette maschi e una femmina, la impegnava tenendola lontana da quella naturale malinconia che è il veleno quotidiano cui spesso le donne non sanno rinunciare.

Col tempo si aggiunsero le preoccupazioni economiche. La campagna rendeva sempre di meno e i gabellotti avevano accresciuto le loro pretese, costringendola a pagare un pizzo esagerato. Ma la sua era una forza antica, che veniva dal nucleo più profondo della personalità, da quel luogo misterioso che appartiene solo alle donne e a cui esse attingono per resistere alle avversità. Lì Penelope traeva forza per sfuggire alle insidie dei Proci, è lì che Andromaca si rifugiava per lasciare libero Ettore di andare incontro a un destino di morte. Lì, in fondo al cuore, oltre la mente, oltre il corpo, oltre le convenienze, oltre le apparenze, dove ogni dubbio si scioglie e la potenza si coagula in un grumo pulsante. Lì Assunta, come tutte le altre prima e dopo di lei, trovò forza, coraggio, perseveranza. Il suo carisma aumentò nel tempo, i contadini le riconoscevano autorità e autorevolezza, dirimeva controversie, combinava matrimoni, dispensava consigli ai giovani, li aiutava a trovare la loro strada.

Nel corso degli anni il suo corpo non subì grandi trasformazioni: tetragona nelle forme, aveva però acquisito un magnetismo erotico e una carica sensuale incomprimibile. Si sussurrava che la sua energia stesse tra le gambe, in una protuberanza che i suoi amanti, tutti quei ragazzi di cui combinava i matrimoni e che teneva in prova nel suo letto, erano obbligati ad accarezzare fino a quando Assunta, sazia, li lasciava andare. Il segreto della pelle del suo viso, tesa, trasparente e senza rughe, era tutto lì, in quella camera da letto dove la notte iniziava gli adolescenti, svegliava i timidi, sfiancava gli esperti. Nessuno ebbe a lamentarsi di questo suo privilegio, e se molte ragazze del feudo ebbero una felice vita matrimoniale forse parte del merito fu di donna Assunta Guazzalora Santadriano.

Crebbe i suoi figli da sola, senza un attimo di cedimento, lavorando di giorno e amando la notte. Li fece studiare tutti, perché nessuno di loro aveva un fisico adatto a lavorare nei campi: uno diventò ingegnere, uno fu senatore, due avvocati, uno pianista, uno prefetto, mio nonno Alfonso medico, la femmina sposò un ricco proprietario terriero.

Assunta morì a sessant'anni tra le braccia dell'ultimo timido che a lei si era rivolto perché gli trovasse una moglie. La salma, composta nel salotto con le solite camicetta bianca e gonna nera, fu visitata da tutti i maschi del podere. Il viso di donna Assunta aveva un'espressione estatica, le labbra atteggiate a un sorriso e ombreggiate da un baffo grigio e folto che nel corso degli anni era cresciuto per effetto degli ormoni, di cui la natura era stata con lei generosa e che erano la causa, insieme a un'indole fiera e indipendente, della sua condotta libertina.

III

Mio nonno Alfonso all'età di sette anni lasciò Montiduro per la città di Palermo. Abitava una stanza in affitto e gestiva le giornate in piena autonomia, organizzandosi pranzo e cena, andando a scuola, amministrando i pochi soldi che la madre ogni mese gli mandava per il suo mantenimento. A otto anni cominciò a fumare e non smise mai, nemmeno dopo un infarto che a soli quarant'anni lo portò in rianimazione, ma che non ebbe alcuna conseguenza sulla sua salute futura e nemmeno sulle sue abitudini. Era ancora un bambino quando incontrò la sua prima donna, una buttana sulla trentina che lo aveva preso in simpatia e l'accoglieva in casa dopo il lavoro, facendolo dormire tra le sue gambe. Donne e sigarette furono il centro della sua vita, il punto di equilibrio nello squilibrio, il fine di ogni azione, la spinta propulsiva, il rifugio, la consolazione.

Forse era bello, non saprei dire, certo è che le femmine non gli resistevano. Sposò mia nonna Margherita appena laureato. La incontrò a Modica in circostanze misteriose, nulla infatti si sa di lei se non che suo padre faceva il giornalista e morì giovane, lasciandola orfana a sei anni. Forse tutto questo mistero serviva a coprire un segreto doloroso o vergognoso, ma nessuno della famiglia ha notizie al riguardo.

Da laureato mio nonno diventò assistente presso la

cattedra di Oculistica dell'università di Palermo. Faceva ricerca sui globi oculari trafugati nella notte nei cimiteri della città. Al tramonto indossava il mantello e usciva senza dare spiegazioni, né la moglie gliene chiese mai.

Le tesine sperimentali, necessarie all'epoca per conseguire la libera docenza, erano frutto di sangue, quello rappreso dei cadaveri, e sudore, quello di mio nonno, che in non poche occasioni si trovò a scavare la terra e a profanare tombe, pur di ottenere ciò di cui aveva bisogno. E ogni anno, prima di consegnare i lavori in segreteria, si recava dal suo professore perché vi apponesse la firma.

«Professore, permette?»

«Che c'è, Guazzalora? Ha finito il giro delle visite?»

Il nonno si sbottonò il camice candido, intrecciò le mani dietro la schiena ed entrò nello studio del professore carico di aspettative. Sapeva di valere molto: era già un medico apprezzato tra la borghesia palermitana e le sue ricerche avevano una speciale nota di originalità che lo distingueva dal mucchio informe dei colleghi.

«Professore, il reparto è a posto, ho fatto il giro, ho dato le consegne alla caposala, il primo intervento è per domani alle sette.»

«Grazie, Guazzalora, ci vediamo domani.»

«No, professore, scusi... le volevo chiedere se ha avuto il tempo di dare un'occhiata alle mie relazioni, quelle che le ho consegnato la settimana scorsa. Sa com'è, i termini per la presentazione della domanda scadono tra due giorni...»

«Sì, le ho viste... eccellenti, ottimo lavoro, davvero bravo!»

Mio nonno sciolse le mani, portò le braccia lungo i fianchi, sentendo che la tensione cominciava a svanire, lasciando libero anche il collo di girare a destra e a sinistra.

«Guazzalora, che fa, dorme? Può andare.»

Alfonso era disorientato, non capiva l'atteggiamento del suo superiore, pensava di ritirare i documenti firmati e invece... Fu il professore stesso a toglierlo dall'imbarazzo: «Ah, Guazzalora, non gliel'avevo detto, si sieda che ne parliamo. Sa, un medico non è davvero bravo se non sa fare il lavoro di squadra. Prima di lei ci sono tre colleghi più anziani, nei prossimi tre anni lavorerà per loro, poi toccherà a lei. La saluto, Guazzalora, ci vediamo domani in sala operatoria».

Mio nonno ingoiò il rospo, non era epoca di diritti, ma solo di doveri, e il professore disponeva della vita e della morte dei suoi assistenti.

Masticando veleno, nonno Alfonso si adeguò a quella regola non scritta e per tre anni lavorò per i suoi colleghi, continuando a uscire al tramonto per le sue ricerche. "Il conte Dracula del cimitero di Sant'Orsola", così lo avevano soprannominato i necrofori che, dietro modesto compenso, gli segnalavano la presenza di cadaveri freschi in attesa di sepoltura.

Al terzo anno di specializzazione il dottore Alfonso Guazzalora Santadriano, che il suo primario chiamava solo per cognome, privandolo del titolo che gli avrebbe dato troppa importanza, aveva prodotto cinque lavori sulla Chlamydia Trachomatis, banale infezione degli occhi che, a causa della scarsa igiene e delle condizioni di miseria in cui versavano allora i contadini siciliani, provocava lesioni permanenti e cicatrici tali da rendere ciechi i bambini già a dieci anni d'età.

Quel giorno il nonno si presentò nello studio del professore Angelo Paternò con il cuore colmo di speranza. Era stato ubbidiente, aveva fatto lavoro di squadra e, secondo i patti, adesso era arrivato il suo turno.

Era un luglio caldo, lo scirocco soffiava su Palermo esacerbando gli animi della gente che, in assenza di condizionatori, manifestava un nervosismo fuori dal comune e attaccava briga con facilità. Mio nonno era pure un tipo fumantino, lo scirocco certo non l'aiutava e il pensiero della libera docenza che la volta prima si era dissolta come un miraggio lo stava facendo diventare pazzo.

«Buongiorno, professore, posso entrare?» la voce gli uscì in falsetto.

«Entra, Guazzalora. Che fu? Problemi al reparto? L'hai controllata la cataratta dell'onorevole Cucco?»

Il professore nel frattempo si era preso confidenza, dal *lei* era passato al *tu* e trattava mio nonno con una irritante condiscendenza.

«Sì professore, l'onorevole è tranquillo, al reparto è tutto a posto, ma le volevo parlare dei miei lavori. Sa, domani scadono i termini per la presentazione della domanda...»

«Guazzalora, di che stai parlando?»

«Ma, professore, della libera docenza.»

«Guazzalora, sei sposato?»

«Professore, ma che c'entra?»

«Rispondi, Guazzalora, le domande le faccio io.»

«Sì, professore, sono sposato.»

«E ne hai, figli?»

«Veramente, professore, non capisco...»

«Guazzalora, ti ho già detto che le domande le faccio io!»

«Sì, professore, ne ho tre.»

«E ne hai, problemi economici?»

«No, professore, riesco a dargli da mangiare e a vestirli.»

«E come fai a guadagnare?»

Mio nonno cominciò a fumare dal naso e dalle orecchie, ma, siccome la sua carriera dipendeva da quel miserabile quaquaraquà che si stava rimangiando la parola data, cercava di modulare l'incazzatura, perciò rispose con voce flautata.

«Ma professore, che vuole, ho lo stipendio di assistente universitario, il pomeriggio mi arrangio a fare ambulatorio, la notte ci sono le guardie e alla fine del mese ho i soldi che mi servono.»

«Allora, Guazzalora, a te questi lavori non ti abbisognano, perché già hai una casa, una moglie, tre figli, e mangiate tutti. Quest'anno i tuoi lavori vanno al fidanzato di mia figlia, ché altrimenti non si possono sposare.»

«Professore, ma che dice? Mi aveva dato la sua parola... ogni promessa è debito», mio nonno provò a intavolare un confronto democratico e civile.

«Guazzalora, ti avevo detto che un buon medico è uno che sa fare lavoro di squadra, è questa la base della medicina moderna. Anche se qualche volta nella squadra è uno solo che lavora. Questo ti attocca di fare, Guazzalora, ammuttare travagghiu! E poi te l'immagini che la figlia del professore Angelo Paternò si sposa a un dottorino sconosciuto, senza neanche la libera docenza? Ne va del mio prestigio, ma in fondo anche del tuo, non sono forse il tuo primario?» e le sue labbra si allargarono in un sorriso di compiacenza che tuttavia da quel giorno in avanti non poté più esibire in pubblico.

La sedia gli arrivò sugli incisivi, che caddero tintinnando sul ripiano di metallo della scrivania, mentre la lacerazione del labbro superiore e la lussazione della mandibola gli stamparono sulla faccia un'espressione di profonda contrizione, che lo fece assomigliare a un beccamorto per il resto dei suoi giorni. La gente prese a considerarlo uno iettatore e la sua fortuna di medico naufragò insieme con la libera docenza del suo assistente, il dottore Alfonso Guazzalora Santadriano.

Mio nonno evitò la denuncia penale solo perché Angelo Paternò, cattedratico di prestigio e di fama regionale, non poteva ammettere pubblicamente lo scacco, né poteva raccontare la verità. Anche se universalmente praticato, il nepotismo era un modo di agire disdicevole, si fa ma non si dice.

Il nonno si trovò dall'oggi al domani medico condotto di Malavacata. La nonna Margherita, che in quei primi anni palermitani aveva goduto di una vita discretamente agiata, del consenso sociale e anche di una certa mondanità, tra teatri e circoli letterari, sprofondò dalle luci della città al buio della provincia agricola. Ma dei tormenti e delle difficoltà che sicuramente l'accompagnarono in questo improvviso trasloco sappiamo poco o nulla: di sé non ha mai parlato, vera femmina di panza.

IV

Il carattere del nonno da cattivo diventò pessimo. Lunatico come una donna in menopausa, cambiava repentinamente umore senza un motivo apparente. Piccolo di statura, aveva un portamento fiero e l'incedere sicuro di chi conosce le proprie qualità; nel complesso lo si poteva definire un uomo di fascino, di certo le donne ne erano irresistibilmente attratte. Gli occhi grandi, grigi, colmi di passione, i capelli candidi già in giovane età, indossava d'estate e d'inverno abiti bianchi, scarpe e coppola intonate. Si innamorava con una certa frequenza, si fidanzava in casa una volta all'anno – per questo la sua famiglia non rappresentava un ostacolo – e, nei periodi di pausa, assicutava le servette che la nonna per fargli dispetto licenziava dall'oggi al domani.

Durante il fascismo contro la sua stessa volontà gli avevano fatto indossare la divisa di federale, in considerazione del fatto che era la persona più autorevole e più in vista del paese. Poco ideologico, non avvezzo alla disciplina e all'ubbidienza che il regime pretendeva dai normali cittadini e soprattutto dai suoi rappresentanti, ben presto fu radiato dal partito con una lettera piena di improperi che la nonna Margherita conservò a testimonianza dell'inettitudine del marito.

Nel luglio del '43 a Malavacata arrivò un battaglione di soldati americani. Erano entrati nel paese tra due file di contadini, con le coppole in mano e la faccia basita, che non sapevano se piangere o esultare. Consapevoli che i nuovi visitatori erano comunque invasori, quei poveracci stavano sulla strada a guardare, a sopportare, a organizzare una sorta di resistenza passiva, *càlati junco che passa la china*. I proprietari terrieri, lesti a passare dalla parte del vincitore, avevano costituito comitati di accoglienza, preparato pranzi di benvenuto e cene di gala. Chi si era esposto molto con la precedente amministrazione si ritirò in montagna, in qualche sperduto possedimento, aspettando che l'euforia del nuovo cancellasse dalla memoria vecchie malefatte.

Malavacata era un paese arretrato, isolato dal resto del mondo, cui si giungeva lungo trazzere polverose che si snodavano tra campi e colline. La stazione ferroviaria distava circa cinque chilometri e si raggiungeva a piedi o a dorso di mulo.

Per i paesani, che non avevano mai incontrato gente di fuori, i soldati americani rappresentarono il primo contatto ravvicinato con lo straniero. Ne avevano fatta di strada per arrivare così impiastrati, quegli uomini che comunque sorridevano in modo rassicurante, mostrando denti bianchi e dritti tanto diversi dai loro, neri e marci per la malaria e la denutrizione.

«Bedda matri, che nivuro! Sti 'ngrisi sono proprio lordi!» Per i malavacatesi, mio nonno compreso, chiunque venisse da fuori, anche solo dalla città vicina, era *'ngrisi*, cioè "inglese".

«L'acqua ci voli... lordi come sono è meglio che si lavano... acqua, allistitivi!» Furono portate giare e brocche traboccanti, sapone e cenere. Ma più quegli uomini si lavavano, più la loro pelle splendeva di un colore tra il marrone bruciato e l'ebano. A Malavacata nessuno aveva mai conosciuto un nero, non v'era dubbio perciò che lo scuro della pelle fosse una conseguenza della scarsa igiene, del fango; i paesani aspettavano fiduciosi che l'acqua e il sapone riportassero al colore naturale quei volti che per uno strano maleficio avevano denti bianchissimi. Quando fu evidente che il nero non era grascia e non sarebbe mai venuto via, i malavacatesi si rinchiusero nelle loro case tra urla, invocazioni e preghiere.

«Bedda matri! Lu diavulu!»

«Madunnuzza bedda, proteggici!»

Al prete fu chiesto di intervenire con un esorcismo ufficiale e anche le ma'are – le fattucchiere che facevano filtri d'amore, levavano il malocchio, curavano in caso di necessità malattie, ma sempre di nascosto perché in concorrenza con il prete e il medico – in questa occasione furono consultate alla luce del sole.

Ci vollero diversi giorni, tante stecche di sigarette e molti chili di *ciunchi*, "chewingum", per convincere i paesani che i neri erano uomini come loro, uguali a loro e qualche volta anche meglio. In poco tempo si raggiunse la parità tra invasi e invasori grazie alle donne del luogo, che di questi ultimi colsero i lati migliori ed esaltarono le qualità. L'amministrazione del paese fu affidata all'avvocato Schininà, esponente mafioso di spicco.

Schininà aveva pessimi rapporti con mio nonno Alfonso, di certo non per questioni politiche, come si potrebbe pensare. L'avvocato era da tempo invidioso delle femmine che giravano attorno al dottore, perciò, approfittando del potere che gli era piovuto come una grazia dal Cielo, per togliersi dai piedi il rivale in amore lo denunciò al tribunale di guerra come fascista. I soldati dell'esercito effettuarono una perquisizione, durante la quale trovarono sotto al letto un vecchio fucile da caccia.

Il "sequestro delle armi", come lo definirono nel verbale redatto dall'autorità di guerra, aggravò la posizione del nonno, che a causa del suo carattere orgoglioso non faceva nulla per alleggerire le accuse che pendevano sulla sua testa. Lo portarono all'Ucciardone, il carcere di Palermo, dove mia nonna, affrontando viaggi avventurosi un po' per treno, un po' per mulo, gli portava arance e biancheria. Ma grazie alla lettera che attestava lo scarso attaccamento del nonno all'ideologia fascista e che era stata gelosamente conservata da sua moglie con ben altri intenti, Alfonso dimostrò la sua innocenza e tornò in paese da eroe. Quell'aura da perseguitato politico lo rese ancora più affascinante e carismatico, le donne non lo lasciarono più in pace.

Lo sbarco degli Alleati era stato fortemente voluto da Cosa Nostra, che durante il Ventennio si era dovuta ridimensionare sotto l'azione decisa del prefetto Mori. Nel confuso periodo che seguì lo sbarco, dunque, il passaggio alla democrazia fu gestito dai mafiosi locali, i quali con il consenso degli Alleati si insediarono all'interno delle istituzioni, gestirono l'ordine e garantirono la giustizia.

Alfonso Guazzalora Santadriano, degno erede di una famiglia comunista, che aveva subìto il fascino di Natoli e dei Beati Paoli, che aveva frequentato i cimiteri palermitani nottetempo e, nonostante gli studi scientifici, era irrimediabilmente attratto dai misteri e dalle pratiche esoteriche, fondò allora una società segreta, con lo scopo di divertirsi un po' e di tenere sotto scacco i nuovi potenti, avvocato Schininà compreso. Forte del suo ruolo di medico, che gli permetteva di entrare nell'intimità delle famiglie e di conoscerne i segreti inconfessabili, radunò la maggior parte dei malavacatesi in una loggia che ubbidiva ai suoi ordini.

In tempi in cui il confine della legalità si sposta di continuo, le garanzie e i diritti si dissolvono con facilità, solo l'amicizia con i potenti può garantire la sopravvivenza. E certe volte neanche l'appartenenza al clan dominante è sufficiente a condurre una vita tranquilla.

I contadini analfabeti che rappresentavano la maggioranza della popolazione di Malavacata accorsero numerosi per mettersi sotto la protezione del dottore, che aveva fama di essere vicino al popolo e non per niente era chiamato "il Comunista".

La cerimonia per entrare a far parte della società segreta era coreografica e ispirata ai rituali mafiosi. I congiurati si incontravano nell'ambulatorio, dove il nuovo affiliato giurava fedeltà con la mano sinistra poggiata su un teschio, quello utilizzato da mio nonno all'università per i suoi studi di anatomia, e la mano destra sul cuore. Alla fine il nonno recitava con aria trubbula alcune frasi latine: «Post prandium aut stabis aut lente deambulabis...», i dettami della scuola di medicina salernitana erano i fondamentali del rito di affiliazione.

Per qualche mese si riunirono come carbonari ogni sera. Mio nonno veniva informato di quello che succedeva, si parlava di giustizia sociale, si sognava un avvenire migliore, si tenevano sotto controllo i nuovi amministratori. Non durò a lungo: il solito Schininà fece una segnalazione anonima e il nonno fu arrestato ancora una volta. Ma tornò in libertà dopo poco, appena i giudici compresero che i "resti di sacrifici umani" altro non erano che il teschio utilizzato dal dottore per motivi di studio e le "formule magiche" erano banali regole di igiene del corpo. Il nonno fu portato in trionfo e festeggiato come un eroe. Riprese a sognare, a inquietare le donne, a innamorarsi, a trafficare con la politica.

V

Il bandito Giuliano imperversava nella Sicilia occiden-
tale, osannato e venerato da gente semplice, capimafia,
politici. Mio nonno diventò separatista e continuò a fare
quello che aveva sempre fatto, curare gratuitamente la
gente, i poveri perché non avevano soldi, i ricchi perché gli sembrava di cattivo gusto farsi pagare.

«Dutturi, dutturi!» Il nonno era seduto in cucina
con la sua immancabile tazza di caffè quando Gesuela arrivò trafelata.

«Che hai? Che successe?» Nonna Margherita era già
dalla mattina presto in attesa di Gesuela, il suo bollet-
tino quotidiano di informazione. Non c'era nascita,
morte, tradimento, corna, legnate, respiro, peto di cui
non fosse al corrente e non riferisse alla sua padrona
in tempo reale.

«Signura!» Gesuela era senza fiato per la corsa.

«Gesuela, pari babba. Parla.»

«Signura, un vivamaria... Giuliano è alla muntagna.»

«Sì, macari chistu! Che ci fa Giuliano in questo paese di allasimati senza sordi?»

«Signura, Giuliano è alla muntagna. Totò Manica-
morta è alla caserma, a dire ai carrabbineri di starisi
'nchiusi e nun nèsciri sino a dumani.»

«Alfonso», mia nonna rivolta al marito, «ti pare possibile?»

Mio nonno si tolse la coppola, si grattò la testa come a riordinare le idee e poi con aria indifferente: «Certo che mi pare possibile, sta accompagnando la sorella Mariannina qui da noi perché ha bisogno di una visita agli occhi».

«Signura, che c'avevo detto? Conzo la tavola? Preparo lu cafè?»

«Gesuela, non è che abbiamo invitati, se vengono è perché hanno bisogno di qualche cosa.»

Mariannina Giuliano arrivò in paese sottobraccio alla madre Maria; furono accolte con gli onori di due regine dai paesani in festa. Giuliano era fermo al pizzo della montagna per vegliare sull'incolumità e l'onore delle due donne. Il nonno curò Mariannina gratuitamente: «Ci mancherebbe altro, fare pagare alla sorella di Giuliano!».

VI

La signorilità del nonno e il suo scarso attaccamento al denaro avevano creato parecchi problemi economici alla famiglia, che versava oramai in una situazione di reale indigenza. La nonna Margherita, la donna del mistero, doveva arrangiarsi e consumava le sue giornate tra fame, miseria, cappotti rivoltati, scarpe di pezza. Metteva a tavola ogni giorno pasta, patate e una serie infinita di improperi per il marito, che non era in grado di garantire la sopravvivenza sua e dei suoi figli. Si rivolgeva a lui di malagrazia, e con disprezzo lo aveva soprannominato "l'Eroe dei due mondi"; ma il Garibaldi di Malavacata da quell'orecchio non ci sentiva.

Stanca di far la fame e approfittando della recente riforma agraria, con la quale la terra era stata redistribuita ai braccianti trasformandoli in piccoli imprenditori, la nonna organizzò una cooperativa di contadini. Cominciò subito a guadagnare più di un professionista, senza contare che ora la famiglia aveva cibo in abbondanza e lana per i vestiti.

Subito l'invidia si fece viva nei panni del solito avvocato Schininà, che inviò una serie di lettere anonime al maresciallo dei carabinieri, in cui si segnalavano irregolarità nei registri contabili e frode fiscale. Si trattava evidentemente di un altro tentativo di colpire il dottore Alfonso Guazzalora. Gli ispettori arrivarono agguerriti, studiarono minuziosamente i libri contabili e dovettero arrendersi: mia nonna era pulita come acqua di fonte. Il nonno cominciò a guardarla con occhi diversi e ad ammirarne la capacità e l'intraprendenza.

Margherita aveva avuto l'intuizione di convertire la vecchia società segreta del marito in una preziosa rete di connessione tra pastori, contadini e mugnai del latifondo dei Calà Ulloa, signorotti della zona, e i piccoli coltivatori dei feudi contigui, resi indipendenti dalla riforma. Una volta alla settimana nella piazza del paese si svolgeva il mercato. I piccoli produttori barattavano o vendevano le loro merci e poi di corsa comunicavano le cifre del ricavato a donna Margherita che, dalla cucina della sua abitazione, dirigeva tutte le operazioni.

La nonna non poteva mettere il naso fuori di casa, la sua segregazione era la modalità con la quale mio nonno difendeva il suo onore e anche il proprio status di professionista. "Io sono ricco e mia moglie non ha bisogno di uscire di casa per lavorare": era questo il vero significato della segregazione femminile dell'epoca.

La riforma agraria sollecitò anche l'anima comunista di mio nonno, che da qualche tempo sonnecchiava. Decise che era ora di finirla con lo sfruttamento dei contadini e che era arrivato il momento di dare loro le terre, così come la legge prescriveva.

A cavallo di un bianco destriero, sventolando una bandiera rossa, occupò assieme ai suoi amici alcune terre dei Calà Ulloa, sinistri proprietari dalle pance tonde di colesterolo e le gambe bozzolute di tofi gottosi. Manco a dirlo fu un'altra volta arrestato, mentre ai contadini fu assegnato solo un piccolo appezzamento di terreno chiamato 'u gattareddu, una pietraia arida come il cuore degli amministratori locali.

Il nonno rimase in carcere per qualche mese e le cose ricominciarono ad andare male. La nonna, relegata a casa, poco poteva fare contro la potenza dei grandi proprietari terrieri, che a quel punto le erano aperta-

121

mente avversi. In un anno il bilancio della cooperativa dal verde brillante virò al rosso, e furono di nuovo fame, miseria, cappotti rivoltati, scarpe di pezza, l'uovo ogni tanto e la carne una volta al mese.

Ma *bon tempo e malo tempo non dura tutto il tempo*: le nuove elezioni scongiurarono il pericolo comunista, vinse la Democrazia Cristiana che estese l'assistenza sanitaria attraverso le mutue, mio nonno cominciò suo malgrado a guadagnare, nonna Margherita si acquietò e tornò a occupazioni da vera signora quale era, il violino e la matematica.

VII

Pare che mia madre sia incinta. Nessuno me lo ha comunicato ufficialmente, nzà ma' mi dovessi impressionare. La parola *incinta* non si può dire, semmai si usa il verbo *comprare*. «Ha comprato un bel masculiddu», «Quando compra sua figlia?»

Mi sembra di aver capito che ad agosto mia madre *compra* e, come conseguenza dell'incauto acquisto, si lamenta ogni due per tre. Dice che non può badare a tutto, che si stanca, che le fanno male le gambe, che non trova una cameriera che l'aiuta, che mio padre è molto esigente, che la nausea non le dà pace, insomma, si comporta come una vecchia stufficusa.

Ogni tanto qualcuno mi domanda: «Che vuoi comprato, fratellino o sorellina?». Se mi avessero interpellato prima avrei risposto: "Niente. Non voglio nessuno che mi mandi via da casa, che mi renda infelice ancora prima di arrivare; se fosse per me non lo vorrei nemmeno conoscere". Ma ai bambini non è dato scegliere, così con aria svagata rispondo: «Un cane». Il cretino di turno ride perché pensa di capire più di me, questo è il mondo dei grandi. Conclusione, all'inizio delle vacanze estive mi portano come ogni anno dai nonni a Malavacata.

«Lì c'è l'aria buona, Agatì, ti apre l'appetito.» Mio padre sottolineava i vantaggi di quella vacanza con troppa enfasi, perciò mi aveva resa sospettosa. «Agatì, la nonna ti prepara il brodo di gallina... e poi sai come torni robusta» mia madre faceva invece leva sulla mia vanità, «vedrai che bella faccia bianca e rossa che ti viene in campagna.» Sarà, ma a me tutte quelle premure mi avevano resa malfidata e forastica come una gatta che ha appena sgravato.

Dopo le vacanze estive i miei genitori non vennero più a prendermi e io iniziai a frequentare la scuola elementare del paese.

I miei si comportarono come i genitori di Pollicino, mi accompagnarono nel bosco e non tornarono più. Io, proprio come lui la seconda volta, non ero preparata e non avevo i sassolini in tasca per segnare la strada, perciò mi addentrai nel bosco per cercare un riparo. Invece della moglie dell'orco trovai per fortuna i miei nonni che mi resero felice, trovai Ninetta la cammarera, una donna piena d'amore che mi accolse tra le sue grandi minne materne, una maestra dolce, comprensiva e piena di premure che capì tutte le mie difficoltà e mi aiutò a superarle.

Ma perché i miei genitori abbiano scelto di lasciare me, una bambina docile che aiutava a casa, mangiava e dormiva senza fare storie, si accontentava di poco, giocava silenziosa, tranquilla, tenendosi mio fratello Sebastiano che invece rompeva tutto, si lagnava, non li lasciava riposare di giorno né dormire di notte, è un mistero doloroso, che ancora oggi mi tormenta l'anima.

All'inizio, il fatto che mio padre e mio fratello si godessero mia madre non mi andava proprio giù, e per questo li ho odiati profondamente. Loro tutti insieme a casa, mentre io sola e abbandonata morivo d'invidia... la nostalgia mi opprimeva il petto e mi accorciava il respiro, come se fossi asmatica. Poi ci feci l'abitudine, il senso di oppressione mi lasciò libera, mi trasformai in una bambina felice.

Fingevo. I danni di quell'abbandono sarebbero esplosi violentemente anni e anni dopo.

Con le sue stramberie e il suo affetto il nonno Alfonso era riuscito a consolarmi. Abitavamo una vecchia casa scomodissima e scombinata. Si entrava direttamente in una cucina buia, che ne rappresentava il cuore. Al centro un tavolo di legno scuro e grande, dove mangiavamo e che all'occorrenza diventava scrivania, piano di lavoro, asse da stiro.

Mia nonna, ogni sera prima di cena, tra piatti e stoviglie ci faceva i conti. Su un quadernino nero annotava minuziosamente quante uova, pere, fave, pomodori, mandorle, cachi, o, a seconda della stagione, zorbe, fichidindia, olive avesse portato il contadino; sulla stessa riga quanto avrebbe ricavato dalla vendita di quel prodotto. Era il suo modo di contribuire al bilancio familiare, negli ultimi tempi migliorato grazie ai rimborsi delle mutue, ma comunque insufficiente a soddisfare i bisogni di tutti.

Mio nonno aveva un cattivo rapporto con i soldi. Non solo faceva fatica a guadagnarli, ma appena li aveva in mano li spendeva in cose inutili. «E si capisce, non basta che sono malati, pure i soldi gli vuoi chiedere?», era la sua risposta alle pressioni della moglie, che lo esortava a riscuotere le parcelle.

Si occupavano di me anche due zie gemelle, Nellina – devotissima della Madonna della Luce, sposata con il nuovo medico del paese, acerrimo nemico di mio nonno – e Titina, ancora *signorina*, maestra elementare che, in attesa di *lu postu governativu*, per pagarsi qualche sfizio dava lezioni private a una serie di zucconi analfabeti. E poi c'era Ninetta la cameriera, detta anche "Addinedda", gallinella, che viveva nella parte più bassa e povera del paese; sua madre era la buttana ufficiale della provincia, perciò le era toccato un marito nullatenente, senza gana di lavorare, che nessuna donna cosiddetta onesta avrebbe preso, ma si sa che le colpe dei padri ricadono sui figli. Addinedda più che una gallina era una bestia da soma, aveva una serie di picciriddi a distanza di dieci mesi l'uno dall'altro, lavorava fuori e dentro casa e manteneva tutta la sua famiglia con quel poco che guadagnava. Ma la 'nciuria se la guadagnò sul campo, come una sorta di medaglia: a chiunque si lamentasse di un fastidio, una malattia, una disgrazia, Ninetta rispondeva stizzita: «*'A gaddina fa l'uovo e al gallo gli abbrucia 'u culu!*». A forza di sentirglielo dire, i paesani presero a chiamarla Addinedda.

Il suo corpo grasso e sformato non le rendeva giustizia, perché era dolce e d'animo fine. Non sapeva né leggere né scrivere, firmava con una croce. A fine mese riceveva un sussidio di invalidità, che andava a ritirare alle Poste.

Ero piccola ma già sapevo scrivere grazie alla televisione e al maestro Alberto Manzi, che mi aveva insegnato anche a esprimermi in un italiano corretto, ché da noi si usava comunicare solo con il dialetto. La maestra del paese perfezionò la mia educazione.

Ninetta mi considerava la picciridda sua e mi accontentava in tutto. Mi trasportava in braccio su e giù per le scale, mi colmava di tenerezza e affetto ben più di quanto il suo stipendio non la obbligasse a fare. Mi ha anche insegnato una preghiera che ancora oggi recito prima di addormentarmi:

Iu mi curcu na lu me letto,
cu' Maria na lu me petto,
iu dormu, idda vigghia,
si c'è cosa m'arruspigghia.

(Io mi corico nel mio letto, / con Maria nel cuore, / io dormo, lei veglia, / se succede qualcosa mi risveglia.)

VIII

«Mamma, mammaa, mammaaa!»

«Titina, c'è cosa? Ti senti male? Che ti abbisogna?» Nonna Margherita accorre preoccupata al letto della figlia che si è appena svegliata, come al solito piangendo. «Mamma, lo sai che ho la pressione bassa e la mattina mi abbisogna il caffè per alzarmi» risponde lei con voce piagnucolosa. È sempre così lagnosa Titina, non trova un fidanzato e ha paura di rimanere zitella. La sua malasorte di volta in volta consiste nel caffè annacquato, la spallina della sottoveste scucita, una macchia sulla camicia, la stagione fredda o calda, insomma, ne ha sempre una.

La nonna l'adora, è la sua figlia preferita e per ogni cosa che dice le fa il controcanto: «Vero è! Ragione ha! Mischina, con questo freddo che deve fare? Mischina con la poca salute che ha...». Titina passa il tempo a lamentarsi e la madre a mischiniarla. Io le osservo curiosa e ogni tanto gli faccio la ripassata, con una vocina in falsetto ripeto i lamenti di Titina: «Ahhh, mi fa male la gamba... Bedda matreee, lo scarafaggio, là vicino alla sedia, che schifooo...», lo scappellotto mi arriva regolarmente tra capo e collo. Ora però mi sono fatta più furba e prima di commentare aspetto che torni il nonno: davanti a lui non hanno il coraggio di reagire e posso dire quello che mi passa per la testa senza ritorsioni.

Da qualche tempo ai lamenti di Titina si sono aggiunti i sospiri di Nellina, la sorella gemella, che a orari fissi arriva a casa con aria contrita e atteggiamento sofferente. Se per una il problema è trovare un marito, per l'altra è *comprare* un figlio, che ancora non arriva dopo anni di matrimonio. Nel paese la gente ha cominciato a sparlare: «E che, la figlia del dottore è malata?».

«Figghia non solo, pure moglie di dottore è!»

«E che vuole dire? Forse che i dottori malattie non ne hanno?»

«Vero è, non ci avevo pensato. Non può essere che il dottore, il marito voglio dire, ha qualche cosa?»

«Lui è un poco anziano, non può essere la prostata?»

«Ma, veramente qua in paese c'è gente che ha comprato a settant'anni...»

«Non è che lui fa il dottore per babbìo?»

«Ci manca solo chistu!»

«Magari manco sa curare la gente...»

«O macari è lento d'incascio!»

L'impotenza del dottore, a sua volta genero dell'unico Dottore del paese con la D maiuscola, cioè mio nonno, è per i paesani l'oggetto preferito delle conversazioni. Sembra impossibile che il marito di Nellina non sia capace di ingravidarla, cosa di fantascienza, cosa "di cuntarla al medico". All'inizio la gente se lo raccontava quasi in un bisbiglio, poi qualcuno ha cominciato a dirlo ad alta voce e la questione ha assunto risvolti politici.

I medici condotti allora controllavano un bel pacchetto di voti ed erano in grado di condizionare le elezioni comunali, regionali e perfino nazionali. Mio nonno Alfonso era stato per molti anni l'unico medico nel raggio di chilometri: signore indiscusso della terapia, dispensava salute, esercitava un potere dispotico e garantiva un discreto numero di voti al Partito comuni-

sta, nelle cui fila militava anche suo fratello più piccolo, che sarebbe poi diventato deputato.

Dopo la fine della guerra gli abitanti di Malavacata
erano aumentati, a dispetto del flusso migratorio verso la Germania. Nel comune era stata pertanto istitui-
ta la seconda condotta medica. Il nuovo dottore, che
di nome faceva Gnaziu, appena arrivato in paese aveva impalmato la zia Nellina che, preoccupata di morire zitella, se l'era accaparrato in fretta e furia, incurante dell'opposizione del padre. Gnaziu aveva faticato
non poco per trovare i mutuati, considerando che nonno Alfonso era ossequiato come un semidio dalle famiglie di cui conosceva ogni segreto. Nellina lo aiutò, girando in lungo e in largo per il paese alla ricerca
di nuovi pazienti.

Non si trattava solo di aumentare le entrate a fine
mese, ma di acquisire il controllo dei voti durante le
elezioni, stringere legami con i referenti nazionali dei
partiti e godere quindi di ulteriori benefici. Nellina era
donna di Chiesa, suo marito democratico e, ovviamente, cristiano. Ogni mutuato portava con sé i voti della
famiglia, perlomeno cinque, e i medici tenevano i loro
pazienti per le palle.

La lotta tra i due rivali fu particolarmente sanguino-
sa, anche perché si svolgeva all'interno della stessa famiglia, e disorientò i paesani che, privi di una coscienza politica, parteggiavano ora per l'uno ora per l'altro,
solo sulla base di simpatia o convenienza. Da un lato
la sterilità di Nellina costituiva un grave pregiudizio
per il marito – come medico perché non era capace di
curarla, come uomo perché non era capace di coprir-
la –, dall'altro regalò un gran vantaggio a mio nonno,
impenitente femminaro, la cui virilità non era messa
in discussione. La nonna, spesso chiamata in causa,
manteneva un'apparente neutralità.

Per circa trent'anni nonno Alfonso fu comunque in
grado di condizionare la vita politica di Malavacata,

inasprendo l'animo della figlia e facendosi odiare dal genero, che dovette aspettare la morte del dottor Guazzalora per avere la sua rivincita.

Intanto ogni mattina Nellina andava in chiesa alla prima messa, sgranava il rosario davanti alla statua della Madonna e alle undici, puntuale, si presentava a casa dei genitori con una serie di lastime. Madre e figlie sedevano allora in grazia di Dio attorno al tavolo della cucina e le gemelle andavano avanti per ore a confidare alla madre i rispettivi crucci, a litigare su chi avesse più motivi per disperarsi e a concordare su qualche pettegolezzo carpito nell'ambulatorio del marito di una o del padre di entrambe.

Erano assistite da Ninetta, che veniva considerata persona di famiglia; tuttavia se la cammarera ne combinava una delle sue, attorno a quello stesso tavolo si sussurrava: «Una spia pagata va buttata fuori. Certo Gesuela era un'altra cosa, e 'na volta si accontentavano di un poco di mangiare, ora le devi pure pagare», e così via, dando libero sfogo alle consuete recriminazioni delle padrone che rimpiangono sempre la penultima cameriera, le cui qualità sembrano emergere solo quando non c'è più.

IX

«Ma', come ti sembrano le mie mani?» Titina oggi è stranamente allegra. Mia nonna strabuzza gli occhi da miope: «Perché, che hanno le tue mani che non va?». Titina, stizzita ma ancora allegra, sbatte le palpebre dietro agli occhiali spessi: la miopia è una malattia di famiglia, anche lei è costretta a usare lenti spesse come fondi di bottiglia, che per il peso hanno deformato a madre e figlie il naso, facendole assomigliare a uccelli rapaci.

«Ma', tu non capisci proprio niente! Lo sai che le mani sono uno strumento di seduzione?»

La nonna assume un'espressione interrogativa. Titina incalza: «Ma', lo sai che ho le stesse misure di Brigitte Bardotte?», si alza dalla sedia e fa un giro su se stessa. Le mie zie hanno minne così grandi che, anziché eccitare la fantasia degli uomini, finiscono per imbarazzarli, in qualche momento addirittura li impauriscono: c'è da rimanere soffocati. Come facciano, poi, a stare dritte in piedi è un quesito di fisica meccanica; prive di un adeguato contrappeso, sembrano sul punto di cadere in avanti da un minuto all'altro.

«Signura, preparo lu cafeni?» Ninetta aggiunge spesso il -ni alla fine della frase. «Noni» le fa il verso Nellina.

«Che avete oggi?» La nonna è disorientata, e Titina:

«Ma', te lo ricordi Fanu? Quello della strada sotto la rocca».

«Ma chi? Quello che ci dicono "l'Alto Voltaico"?» interviene Ninetta, lasciando perdere quello che sta facendo.

«Non lo chiamare "Alto Voltaico"! Quello è Baldassare» cioè mio padre «che lo chiama così, solo perché è molto alto e scuro di pelle.»

«Non lo sai che in questo paese anche l'altezza può essere un problema?» Nonna Margherita cerca di sviare il discorso, l'argomento non è di suo gradimento.

E Ninetta: «Signura, che dici, è 'nciuria! Ci dicunu accussì perché è longu, siccu e nivuru come all'africani. C'è un paisi ca sunnu tutti accussì...».

«Dobbiamo parlare di geografia o posso continuare?» Titina replica indispettita.

La nonna cerca di riportare il discorso su un terreno di neutralità: «Ninetta, zitta, vai a passare il sugo».

«Sissi signura, avi a scusari.»

Ristabilita la tranquillità, lontana da orecchie nemiche, Titina si siede e continua: «Insomma, ma', dice che ho le mani da principessa, che ho le stesse misure di Brigitte Bardotte...».

«*Torna parrino e sciuscia!* Sono cose che dicono gli uomini...»

«... e mi ha invitata domenica a ballare» conclude Titina incurante della velenosa interruzione della sorella.

«E lui che ne sa delle tue misure? Va', babba, meglio che lo lasci perdere, perché quello è un disgraziato femminaro» Nellina non demorde e quando può pianta un chiodo.

«Certo, parli bene tu, che per non stare sola ti sei preso al peggior nemico del papà.» In effetti per le mie zie trovare marito non deve essere facile. Non è solo perché sono brutte, è anche che non hanno soldi. Ma sono oneste, di buoni costumi, di ottima famiglia, e questo è stato sufficiente alla fine per accasare Nellina. Basterà anche per Titina?

«Ninetta, l'hai passato il sugo?» mia nonna prova a cambiare discorso.

«Signura, lo staiu facennu.»

«Io comunque, pessì e pennò, domenica ci esco» ritorna Titina a bomba.

«E mettiti l'antifurto» le urla la sorella sghignazzando. L'antifurto, secondo mio padre, era il cappello che le gemelle usavano per uscire. Una specie di scodella che in effetti non donava molto, tanto che mio padre diceva che quella padella le faceva sembrare così brutte che neanche un ladro alla canna del gas le avrebbe addingate, per questo quel cappello, nel lessico familiare, era diventato "l'antifurto".

«Senti a mia, pigliamo informazioni prima.» Nonna Margherita cerca di prendere tempo.

«Ma quali informazioni, c'è bisogno di chiedere a estranei? Te le do io» replica Nellina: non c'è notizia nel paese che lei non sappia nel giro di pochi minuti. «La sua è una famigliuzza modesta, ma onesta. Il padre, rimasto vedovo, si è risposato e poi è partito per il Continente, lì ha fatto un altro figlio. L'Alto Voltaico fa l'impiegato alla Regione e si mangia tutto lo stipendio con le prostitute, non lo vedete come è secco e patito? Quelle sono tutte le buttane che se lo stanno mangiando vivo!»

«Pensa per te e per casa tua, che neanche tuo marito è uno stinco di santo, non mi fare parlare» risponde Titina, che già vede nell'Alto Voltaico l'unica strada per dire addio a una verginità che, mentre per le altre ragazze è un valore aggiunto, nel suo caso rappresenta un difetto di fabbrica.

«Che vuoi dire? Si c'è cosa parra!» risponde la sorella con lo sguardo mafioso; poi cambiando repentinamente espressione aggiunge con voce tremante: «Ci penso per me, ma non basta, ho chiesto a tutti i santi di pensare per me, ma solo la Madonna mi può fare la grazia!».

«Che è, figghia mia? Non vanno bene le cose? Hai preoccupazioni?»

«Mamma, che ti devo raccontare...» Nellina fatica a trovare le parole «come te lo posso dire, niente... anche questo mese niente! La notte un lavorone, girati di qua, mettiti di là, alza la gamba, inarca la schiena, tricche e tracche e niente, non succede niente.»

«Quanto mi dispiace. Certo ora sono passati sei anni, a quest'ora dovevi già essere incinta... tua sorella Sabedda nello stesso tempo ne ha già fatti tre; pure Agatina ha dovuto lasciare a noi, ché non sa a chi dare denzia ora che ha il picciriddu nuovo. Vero è che suo marito è giovane e il tuo è un pochino passato di cottura, ma l'uomo può avere figli fino a ottant'anni. Lo so io tuo padre, femminaro per com'è, quello che mi fa passare. Ogni pancia che passeggia sotto al mio balcone, mi sale il sangue in testa, "eccolo" penso, "il nuovo bastardello del dottore..."»

Nellina interrompe quel flusso di parole con un gesto di insofferenza e scoppia a piangere, la madre e la sorella corrono ad abbracciarla e lei tra i singhiozzi: «Ah, Madonnina mia, pensa per me, fammi la grazia, ché se rimango incinta ti faccio il viaggio a pedi scalzi...».

«Nellina, più che alla Madonna dovresti chiedere a un medico.» Mia nonna è sempre stata una donna laica e pragmatica. E io, oltre ai problemi delle zie, vengo così a sapere che mia madre alla fine ha *comprato*.

X

«Dottore, ce la presta Agatina? Ce la porto tra cinque minuti.» Gnà Gesuela mi tiene la mano con la sua, che spunta da uno scialle nero. Ha la faccia percorsa da solchi lunghi e profondi, i segni di una fatica antica, i capelli grigi e radi raccolti dietro la nuca in un tuppo striminzito, tenuto fermo da forcine d'osso di grandezza spropositata rispetto a quel piccolo ciuffo di capelli arruffati. Le dita nodose, lignee, deformate sono allacciate strette alle mie, sembrano quelle di nonna Agata; ma questa volta sono io a condurre per mano quest'anziana donna, così ingenua e sprovveduta da affidarsi a una bambina per risolvere un problema importante. In quella stretta calda e ansiosa percepisco tutto il suo abbandono.

Il marito è rimasto indietro, la coppola tra le mani in segno di rispetto, la testa inclinata, le gambe magre dentro ai pantaloni di fustagno, le ginocchia leggermente piegate.

«Perché, che ci devi fare con la picciridda?» Il nonno risponde brusco, alza appena un sopracciglio e li guarda di traverso. Gesuela ha prestato servizio da lui quando era più giovane, ha cresciuto la mia mamma e le mie zie. Il marito, Tano, è un uomo tanto buono quanto collerico, incline alla rissa. Per evitare guai grossi aveva escogitato un interessante sistema di contenimento della rabbia. Ogni volta che gli saltava la mosca al naso, correva dalla moglie, anche durante le ore di lavoro. Scuro in volto ed esitante borbottava: «Voscenza benedica, dottore... donna Margherita, permette che mia moglie se ne viene a casa? Ci devo dire una parola». Gesuela si copriva la testa con lo scialle e lo seguiva fino a casa, dove lui le tirava quattro belle timpulate sfasciadenti; poi la donna, con la faccia rossa e la testa rintronata, tornava a lavorare. Queste strane manovre insospettirono la nonna, non si faceva persuasa delle visite di Tano, che capitava avesse bisogno della moglie pure tre volte al giorno. Riuscì, dopo molte pressioni, a far confessare Gesuela.

«Non ci posso credere! E io che avevo pensato che lui aveva un bisogno...»

«Che cosa, signura?»

«Ma chessò, magari un bisogno fisico...»

«E che ci deve abbisognare, signura? Quello uomo è, no picciriddu.»

«Gesuela, che fai la babba cu' mia?»

«Nonsi.»

«Insomma, Gesuela, mi parse che Tano, esuberante, focoso... ho pensato che magari non poteva aspettare la notte per certi bisogni...»

«Vossia, signura, con rispetto parlando, ha gana di babbiare. A Tano l'unica cosa che ci urge è riempirmi la faccia di boffe, nzà ma' deve aspettare, capace che ci pigghia un colpo di sale!»

«E allora fattele dare qua le timpulate, mi pare inutile perdere tempo per strada.»

«Ragione ha! Se voscenza permette, magari me le faccio dare qua sotto alle scale, ché fuori dal portone mi pare male, con la gente che passa...»

«Dove ti pare, Gesuela, basta che state tranquilli e la finite con questo teatrino.»

«Sissi, signora. Tano, basta che mi cafudda, poi è bello tranquillo, pare confessato di fresco.»

Tano ebbe il permesso di picchiare al bisogno la moglie direttamente sul lavoro, fu un notevole risparmio di tempo ed energia.

«Dutturi, allora ce la presta la picciridda?» Gesuela di nuovo chiede al nonno il permesso di portarmi con sé.

«E che ti pare, che è un pacco? Prima mi devi dire a cosa ti serve, poi vediamo.»

«Dutturi, dobbiamo ritirare il vaglia alle Poste, la picciridda ci serve per firmare.»

In paese nessuno sa scrivere, alle Poste trovo una lunga fila di vecchi analfabeti che mi aspettano. È un compito di grande responsabilità per una bambina. Firmo per ognuno di loro il modulo per ritirare i soldi.

Indorante Gaetano, Cascino Rosalia, Giallombardo Concetta, Turone Crocefissa, Nicosia Gesuela, l'impiegato fa l'appello, poi consegna un foglio, ciascuno traccia una croce e io accanto scrivo il nome.

«Grazie, dutturi, con la picciridda subito ci diedero i denari.» Gnà Gesuela mi riconsegna al nonno, che mi accoglie con un'espressione di gioia e le braccia larghe.

«Agatina, ciuriddu miu!» Mio nonno Alfonso non si allontana da me volentieri, sono per lui un passatempo, una compagnia preziosa, e dimostra di non poterne fare a meno.

XI

«Agata, Agatina, picciridda mia, unni sì?» Ninetta è sulla soglia, lo sguardo allungato verso la strada, gli occhi strizzati per mettere a fuoco un'immagine in lontananza. È ora di mangiare, ma io non ho intenzione di tornare a casa.

«Che faccio, rispondo?» domando alla Calabresa che mi tira insistentemente per un braccio.

«Ma lasciala perdere», la Calabresa fa spallucce e si appiattisce contro il muro dell'androne, sotto la rampa delle scale.

«Agatinaaa! Sta picciridda mi fa uscire pazza. Se ne sta tutto il giorno chiusa in casa, poi, quando è l'ora di mangiare, gira, vota e firria, scappa per fuori. È sempre strate strate. Ma ce lo devo dire a donna Margherita: sua nipote è come una zingara, non ha orari per dormire, mangiare... non sta bene, sempre la nipote del dottore è, che malanova!»

A Ninetta ogni tanto scappa la pazienza, e si capisce: ha una famiglia tutta sulle sue spalle, le tocca lavorare come un mulo e poi ci sono pure i figli degli altri da crescere; almeno ai suoi a forza di timpulate insegna l'educazione, ma a me deve trattarmi con mille accortezze. Mia nonna è molto comprensiva, si rende conto della fatica che fa Ninetta ogni volta che è costretta a modulare la voce, a ingentilire i suoi modi. Cerca anche di aiutarla, la fa parlare per ore sperando che tra commenti, sfoghi personali, racconti fantasiosi riesca a dimenticare i suoi guai e a scoprire nuove risorse per affrontare la vita di tutti i giorni.

«Signura, la picciridda non la trovo.» In piedi nello stretto spazio dell'ingresso, tanto grossa da occupare tutta la porta, le mani sui fianchi e la fronte aggrottata, Ninetta ha la faccia rossa per lo sforzo delle scale, piccole gocce di sudore brillano tra la peluria del labbro superiore. «Va bene Ninetta, non ti preoccupare» mia nonna è conciliante, «vedrai che appena sente la fame torna a casa. Ma che hai? Hai la faccia di una mulinciana.»

«Signura, chistu misi nun mi vinniru» Ninetta è seria seria, si tiene la pancia grossa con tutte e due le mani.

«Spiegati meglio perché non ho capito niente.» Nonna Margherita non ha il senso dell'ironia e non sa leggere tra le righe. Le cose gliele devi dire chiare e tonde, altrimenti si scoccia e non ti sta più ad ascoltare.

«Signura, nun mi vinniru, li mè cosi, li regoli, come ci dicite vossia?» Ninetta abbassa gli occhi, una nuova ondata di rossore le sale dal collo verso i capelli. Un conto è dire i fatti degli altri, un conto è parlare di sé, scendere nell'intimità.

«E Ninetta, sarai incinta di nuovo.»

«Nonsi, signura, non può essere, chista è menopausa.»

«Ma quanti anni hai?» Mia nonna, in qualità di moglie di medico, è medico lei stessa, e di solito quando si tratta di disturbi femminili fa lei la prima consulenza, poi se è il caso passa la paziente al marito.

«Cinquanta.»

«La gallina canta! Può essere menopausa, ma tu sei sicura che tuo marito non c'entra proprio niente?»

«Nonsi, stavolta non ci trasi propriu, non ci arrivò a trasiri» è la risposta candida di Ninetta.

«E allora è menopausa, congratulazioni!»

«Signura, ce lo devo dire al dottore?»

«E che ti può fare? Lascia perdere e lavami le scale che sono piene di fango.»

Mio nonno arriva nel mezzo di questo scambio di battute, sente di essere stato nominato e si intromette: «Che c'è, che mi dovete dire?».

«Niente, niente» taglia corto mia nonna, «cose di femmine», tanto oramai la diagnosi è fatta e non vale la pena disturbare un medico, queste sono cose da commare.

XII

«Signura, signura, bedda matri che scanto!» Ninetta gridava, starnazzava con voce acuta e penetrante.

«Che hai, Ninetta?» Mia nonna corse per le scale e a metà c'era Addinedda sdraiata lunga lunga, il secchio rovesciato, l'acqua che colava lungo i gradini rendendoli pericolosamente scivolosi. «Signura, matri mia, mi gira tutto, la pancia mi rivugghia.»

«Hai mangiato qualche cosa?»

«Ma quale manciari, un poco di pasta con la salsa.»

«Magari sei stanca, fa' 'na cosa, vai a casa e riposati.»

«Ci pare facile a vossia... a casa... riposati... ma vossia lo sa che trovo a casa?»

«Ninetta, meglio che lavare le scale. E poi se non ti senti bene... no, vatinni a casa.»

Addinedda di malavoglia se ne tornò a casa sua, agitando il grosso sedere sporgente. Lei non lo sapeva ma stava per fare l'uovo.

La figlia più grande arrivò dai nonni dopo poco: «Dutturi, dutturi, mia madre...».

«Vengo, vengo...» Nonno Alfonso se ne andò con la valigetta dei ferri, sbattendo la porta e mugugnando: «Mangiano tutto quello che ci capita e poi... che camurria. Non si può stare tranquilli, mai. Che ha tua madre? Che si mangiò?».

«Nun lu sacciu, dutturi, grida, ci doli la panza, senti 'na cosa ca camina...»

La casa di Ninetta, una stanza a piano terra, con la statua della Madonna e la bambola di porcellana sopra al letto, era piena di ragazzini muccarusu, dagli occhi sgranati, zitti muti, tutti intorno alla madre che si lamentava.

«Ahi, ahi, ahiahi, dutturi, m'aiutassi.»

«Che ti mangiasti, panzalorda?»

«Dutturi, bedda matre, nenti, nun viu pani da tre ghiorna.»

«Fora, tutti i carusi fora.»

I ragazzi sparirono in un attimo: abituati con un padre violento, bastava uno sguardo truce perché ognuno di loro desiderasse di essere invisibile. La porta si chiuse con un rumore forte dietro le spalle dell'ultimo e Ninetta si chetò, come se le sue lamentazioni fossero una specie di commedia per tenere a bada le richieste della sua famiglia. Una quiete intima calò nella stanza, il dottore prese la mano di Ninetta, si avvicinò alla sua faccia grossa e le bisbigliò in un orecchio: «Ninetta, ma non è che sei incinta?».

«Bedda matri, dutturi, un figghiu? In menopausa? Ma ci pare che sono sant'Anna?»

«No, però sei una camurria, veni ccà e vediamo che hai.»

Il dottore cominciò la visita dall'addome.

«C'è più sivu nella tua pancia che nel porco che hanno scannato! Ma secondo tia con tutto il lardo che hai cosa possono sentire le mie mani? Vero è che sono sensibili, ma manco sono come una radiografia! Addinè, la testa mi dice che stai covando.»

Ninetta intanto aveva ripreso a lamentarsi, forse anche per commuoverlo o per paura che il dottore non la prendesse sul serio.

«Dutturi, bedda matri, m'aiutassi... tutti sti picciriddi... chi ci deve dare denzia, se non mi metto aggritta?»

«Sì, ti pare facile... niente, non sento niente.»

«Dutturi, mi sento un dolore che pare che mi sto aprendo in due.»

Ninetta aveva pure preso a respirare a fatica, ondeggiava da un lato e dall'altro del tavolo sul quale si era sdraiata per la visita; le sue gambe penzolavano nel vuoto, mentre con le braccia strette attorno ai suoi rotoli di grasso sembrava che cullasse un'immaginaria neonata.

«Ninetta, alza le gambe, fammi vedere che hai qua sotto...»

«Dutturi, che vole che c'è? La fissa, no? Quella delle femmine.»

«Ninetta, fammi vedere questa fissa, apri le gambe, che fai Maria Goretti, ora che sei vecchia?»

Ninetta piegò le gambe, poggiò i piedi sul tavolo, allargò le cosce per quel poco che la sua grassezza le permetteva. Tra pieghe di carne rossa per lo sfregamento, dalla scura fessura longitudinale della vulva di Addinedda affiorava lo scalpo lucido di un neonato, l'uovo che aveva covato premeva per uscire.

«Ninetta, ma quale malattia, stai partorendo! Spicciati, ammutta che il picciriddu vole nèsciri.»

«Bedda matri, dutturi, voscenza m'aiuta, non me la fido chiù.» Ninetta acchiappò la mano del nonno e la baciò con devozione. Il nonno, burbero, odiava queste manifestazioni di soggezione, perciò scansandosi cominciò a strapazzarla: «Buttana di tua madre, lasciami la mano, sennò come ti aiuto? Ancora figli all'età tua...». Poi, vedendo che Ninetta era stremata e le mancava la forza di spingere, le applicò un forcipe. Alfonsina nacque in pochi secondi, accolta festosamente da tutta la famiglia perché «megghiu chistu che una malattia!».

Ninetta ci mise due giorni per rimettersi e tornare al lavoro con una piccola truscitedda rosa attaccata alla minna.

XIII

«Agatì, vieni che andiamo allo stallone!» La Calabresa
questa volta mi strattona prepotentemente. Ha fretta
di mostrarmi la mandria di suo padre e poi vuole farsi vedere in giro per il paese con la nipote del dottore,
lei che è niente, neanche siciliana, e che non viene addingata da nessuno dei malavacatesi.

«Antonella, se mi pescano allo stallone mia nonna
non mi fa uscire più di casa e mi posso scordare le calze lunghe fino all'anno prossimo.» Le calze sono per
me un pensiero fisso. Sono riuscita a ottenere un paio
di scarpe con il tacco a forza di capricci e moine, il nonno me le ha fatte fare su misura dal calzolaio, ma delle
calze neanche a parlarne, c'è il veto della nonna e lui
non ha il coraggio di contraddirla.

«E chi ti deve vedere? A quest'ora tutti i paesani
mangiano.»

Ho uno strano presentimento che mi stringe la gola.
Se mia nonna venisse a sapere che scorrazzo in aperta
campagna addio calze, ma alla Calabresa non so resistere. Ho negli occhi l'immagine di quelle calze lunghe, il pensiero di indossarle mi dà quasi un piacere
fisico, perciò sono titubante, ma mi avvio comunque.
Il cuore mi batte forte, ho il respiro frequente e una
sensazione di malessere, mi succede ogni volta che
disubbidisco...

La Calabresa, incurante della mia indecisione, mi

ha trascinato per tutto il corso e stiamo imboccando la stradella che porta ai fumazzari, la discarica dell'immondizia che è alle porte del paese.

Leste leste, un piede dietro l'altro, corriamo a perdifiato tra gli alberi del rimboschimento e le siepi di acetosella. L'aria pizzica, l'odore pungente del munnizzaro solletica la gola e ci fa tossire di continuo. La primavera ha fatto il suo ingresso, i mandorli hanno già perso i loro fiori bianchi e le colline intorno sono di un verde intenso, alcuni cani randagi ci seguono e abbaiano tra di loro, mentre in lontananza si scorge il paese di Grisafi adagiato sul fianco di una montagna la cui cima è ancora coperta di neve. È il feudo che si estende a perdita d'occhio. Un susseguirsi di terre coltivate, alberi di olivo in file ordinate, isolate casette di pietra, i recinti dei cavalli, gli ovili. Però non riesco a godermi lo spettacolo di questo paesaggio così antico che sembra uscito da una fiaba, se mi scoprono questa volta sono guai. Posso girare il paese in lungo e in largo, ma l'aperta campagna mi è proibita.

Arriviamo alla stalla trafelate, un po' per la corsa, un po' per la paura di essere scoperte. Il cancello è chiuso da un filo di ferro attorcigliato che non riusciamo a districare. La Calabresa è svelta ad arrampicarsi sul muretto a secco che segna il confine della sua proprietà e mi porge la mano per aiutarmi a salire. Mi arrampico e mi siedo accanto a lei, i bordi taglienti delle pietre mi graffiano le gambe. Contiamo e ricontiamo le vacche, una, due, tre, quattro... poi qualcuna di loro si muove, la mandria si rimescola e noi ricominciamo daccapo. Masticano in continuazione, calme, lente, la testa che ondeggia a destra e a sinistra, un filo di bava che scola lungo il muso e si allunga per terra, le corna appuntite sulla testa che disegnano nell'aria piccoli cerchi. Il manto marrone scuro è punteggiato da tante piccole mosche appiccicose, che loro sopportano pazientemente.

«Hai visto? Te l'avevo detto che mio padre ha un sacco di vacche. Produciamo anche formaggio e ricotta, e con i soldi messi da parte mia madre ha detto che mi regalerà le calze nuove.» Ha il mio stesso problema, la Calabresa, almeno nei desideri siamo uguali.

Mi prende un poco d'invidia per quelle calze rosse e lunghe che sono la moda di quest'anno; alla bottega del paese ne tengono un paio esposte e tutte le ragazzine ci fanno l'amore. Mia nonna non ha voluto comprarle, dice che sono troppo piccola, che devo usare ancora i calzettoni, una scusa dietro l'altra. Rimaniamo sedute sul muretto, siamo come incantate, ognuna di noi insegue i propri sogni che, nel silenzio della campagna, si susseguono come le immagini di un film muto.

«Agatina, che fai sopra a quel muro? Ora lo vado a dire a tua nonna!» La voce stridula di "Occhi Torti", la nipote strabica di Totò il sarto, rompe il silenzio, mi riporta alla realtà, dà corpo a quel vago senso di inquietudine che accompagna ogni mia disubbidienza.

«Cascittuna!» urlo con tutto il fiato che ho e con un salto scendo dal muro per darle un sacco di legnate. Ma non sono abbastanza veloce e Occhi Torti è già lontana, fuori dalla mia portata. Corre verso il paese, spinta dalla speranza di farmi un dispetto, non le pare vero di vendicarsi finalmente per tutte le volte che l'ho presa in giro a causa di quel difettuccio alla vista che le impedisce di guardare la gente dritta in faccia.

Cerco di pensare in fretta a una soluzione, ma ahimè, sento che anche questa volta posso dire addio alle calze. La Calabresa capisce che una serie di guai, compresa una scarica di timpulate, ci pioverà tra capo e collo, ma è una tosta e poi è abituata alle legnate, non passa sera che suo padre non le faccia assaggiare la cinta dei pantaloni. «Aspettiamo un poco» mi dice, «nascondiamoci e torniamo a casa questa sera tardi, saranno così preoccupati di averci perse che ringrazieranno la Madonna quando ci vedranno arrivare e magari scanso le legnate.» Istintivamente non mi sembra una buona idea, ma non voglio passare per una sconzajoco, e poi non ho neanche il tempo di riflettere, la Calabresa ha scavalcato il muretto, perciò la seguo e mi ritrovo in mezzo alla mandria e con i piedi inzaccherati di letame.

«Vieni Agatina, non ti scantare, ché non sono pericolose e nun muzzicanu.» La Calabresa mi dà la mano e mi trascina dentro la stalla. Alla mangiatoia sono legate le mucche da latte, quelle pezzate, la vera ricchezza del padre della Calabresa e una rarità per la Sicilia. Le nostre mucche sono di solito magre, di colore marrone scuro, queste invece sono bianche e nere, uguali alla mucca Carolina della pubblicità. Sono come rassicurata da quei musi bonari, anzi mi aspetto da un minuto all'altro di sentire la cantilena *eeeò* che accompagna la pubblicità del formaggino invece del solito *muuu*. Sedute in un angolo, con il caldo e il puzzo del letame, la Calabresa e io ci addormentiamo. Mi sveglio che è buio.

«Antonè, che fai, dormi?»

«Sì, che c'è?»

«No, è che fuori ha scurato.»

«E che t'interessa? Non è che per caso ti scanti?» La Calabresa mi sfida sempre, forse perché sono più piccola, mi chiede di continuo se ho paura.

«No... però io la notte non sono mai stata fuori di casa.»

«E non ti piace di fare una cosa nuova?»

«E se i nonni si preoccupano?»

«Meglio! Così quando torni sono così contenti che si scordano quello che hai fatto.»

«E se mia nonna se la piglia con Ninetta?»

«Agatì, statti tranquilla, quella è cammarera ed è abituata a essere cazziata.»

147

Mi viene da piangere, ma davanti alla Calabresa mi trattengo, non posso fare la figura della picciridda e pure scantulina, perciò mi trattengo e propongo di uscire a vedere se fuori c'è qualcuno. «Agatina, in mezzo alla campagna, al buio, da sole, non se ne parla!»

«E allora che facciamo?»

«Niente, parliamo. Qua c'è caldo, siamo al sicuro, perché dentro alla proprietà di mio padre 'un trasi nuddu che non è stato invitato.»

Intanto, senza che noi possiamo saperlo, nel paese sono cominciate le ricerche. Il padre della Calabresa non sa spiegarsi la scomparsa della figlia, lui è uno rispettoso, appena ha la ricotta fresca la porta subito ai caporioni e se si tratta di regalare formaggi è sempre pronto. Mio nonno minaccia carabinieri, mafiosetti e campieri, ma nessuno ci ha viste tranne Occhi Torti che, impaurita da tutto quel trambusto, ha deciso di non parlare per non avere rogne.

Tutti pensano a un incidente: in quest'isola i bambini sono sacri, si può picchiarli, sfruttarli, affamarli, persino violentarli, ma ammazzarli no, è vietatissimo.

XIV

La Calabresa, oramai completamente sveglia, ha gana
di parlare: «Agatina, ma tu lo sai come nascono i bambini?» mi sussurra in un orecchio, come se qualcuno
potesse sentirla. Di solito ho sempre una risposta pronta, ma questa volta, anche se mi secca, devo ammettere che non ne ho la più pallida idea.

«Se mi giuri di tenere la bocca chiusa te lo racconto io.»

Mi metto la mano sul cuore, poi incrocio le dita e ci
sputo sopra.

«Tu lo sai che io dormo nel letto vicino ai miei genitori» comincia la Calabresa. «La notte, quando tutti
dormono, mio padre si spoglia nudo, acchiappa mia
madre per le braccia e la gira a faccia sotto. Poi le alza
la cammisa e le acchiana di sopra. Accomincia a stricar-
si avanti e indietro, prima piano, poi sempre più forte.
Lei si lamenta, "ah aah aaah", magari ci fa male, mischina! Lui ci attuppa la bocca, nzà ma' si mette a fare
voci, addruvigghia tutti. Macari a lui ci viene il respiro grosso, baschia, parla a matula, la chiama "Maria,
Mariaa, Mariaaa".

Si è jurnata bona, per prio la mette a quattro zampe e ci munci li minni come alle vacche. Iddu pari un
toro alla munta. E no, e sì, mia madre certe volte si fa
atteniri, e iddu la lassa e la pigghia, di sutta e di 'nca-

149

pu. Quando è stanco, scinni dalla parte sò e s'addummisci. Ci dicono *fare l'amore*, passati novi misi accattano un picciriddu.»

Che vuole dire la Calabresa non l'ho capito, e mi piacerebbe fare qualche domanda, ma passare per una babbasuna proprio con lei non mi va, perciò fingo di aver capito: «Tutto qua? Già lo sapevo».

La mia amica è delusa, pensava di avermi rivelato chissà quale segreto, ma io sazio a nessuno!

Ci trovano prima del sorgere del sole, la Calabresa viene tirata a casa per i capelli dal padre inferocito, che in una mano ha pronta la cinta per suonargliele, per me c'è Ninetta, che mi pulisce la faccia con una mappina umida.

Nellina e Titina, le mie zie gemelle, sono in preda a una crisi isterica, gridano, le loro voci si accavallano, l'una sovrasta l'altra, gesticolano. Mia nonna tace, evita come suo solito di prendere posizione.

«Ce lo devi dire a sua madre quanto è maleducata questa ragazzina.» La zia Titina è fuori di sé e cerca di aizzare la nonna, che difficilmente si lascia trascinare dentro a un litigio. «Agatina non si tiene più» insiste Titina, «esce, entra, va in giro dentro e fuori il paese, è meglio che se la viene a prendere.» Quando arriva il nonno, scende il silenzio. Ninetta corre a preparare il caffè, poi afferra una mappina, la stessa con la quale mi ha pulito la faccia, e asciuga piatti, spolvera sedie, se la passa sul collo sudato. Zia Nellina si mette il cappotto per andarsene, sa che mio nonno non le permetterebbe di parlare, soprattutto poi se l'oggetto della conversazione sono io, la sua adorata nipotina.

«Agatina, ciuriddu mio, dove te ne sei andata? Lo sai che quando tu non ci sei io solo in casa con queste galline non ci voglio stare. Ma ti sei divertita con la Calabresa?» chiede il nonno con voce amorevole.

«Nonno, quella c'ha un sacco di vacche, la stalla è

150

grande dieci volte la nostra casa, e mi ha pure spiegato come si fanno i figli.»

Silenzio. Alle mie zie cadono gli occhiali dal naso, Ninetta si abbatte su una sedia come se le avessero tolto il sostegno dalla schiena, si vede che ho toccato qualcosa di grosso, perché tutti trattengono il fiato. Io non mi scanto per l'imbarazzo generale e il loro silenzio mi sembra un evidente segno di interesse per quello che sto per dire: «Zia, tu che non puoi avere figli... ma tuo marito la notte si strica su di te avanti e indietro, te le munge le minne come fa il padre della Calabresa con sua moglie?».

La zia Nellina per la vergogna si nasconde la faccia con le mani, la zia Titina si lascia scappare un urlo straziante, persino Ninetta esclama un «bedda matri!» che mi sorprende.

«Ma che hanno di tanto importante queste minne» mi viene da dire, «tanto speciali non devono essere se ce l'hanno tutte le femmine e pure le mucche!»

«Vero è!» aggiunge mio nonno ridendo divertito. «Agatina ha ragione, che avete da starnazzare, brutte galline spennacchiate?»

La nonna Margherita questa volta perde la sua solita neutralità: «Agatina, domenica te ne torni a casa, la responsabilità tua non la voglio più».

XV

Invece rimasi ancora a Malavacata, tanto per cominciare perché mio nonno, che era il capo, si divertì come un pazzo a sentirmi parlare in quel modo e non ne volle sapere di lasciarmi andar via, e poi perché mia madre, che aveva *comprato* da poco, non poteva occuparsi di me.

Intanto, come per miracolo, mia zia Nellina era rimasta incinta. Evidentemente il mio consiglio era servito a qualcosa. Ah, mi regalarono pure le calze, e con molto anticipo rispetto al giorno di Santa Lucia. Erano iniziate le vacanze di Pasqua e i miei genitori arrivarono per presentarmi ufficialmente l'ultimo nato di casa Badalamenti.

Nonna Margherita, diversamente da nonna Agata, non aveva gana di cucinare. A lei piacevano i numeri, trafficava con la matematica, amava la musica e poi era nata per comandare, altro che umile ancella! Perciò di solito era Ninetta che pasticciava con le pentole. Ma nelle occasioni particolari, e quel pranzo di famiglia lo era, nonna Margherita si faceva forza ed entrava in cucina mormorando il suo disappunto. Lo faceva la mattina presto, e quando le campane annunciavano la prima messa il pranzo era già pronto: la salsa di pomodoro per condire la pasta e poi cotolette e patate fritte all'alba, portate a tavola fredde e rinsecchite. Lei era una che non voleva pensieri, anche il pranzo lo considerava un dovere da assolvere e poi archiviare, e poco importava se il cibo, cotto ore prima, era immangiabile, purché lei fosse a posto con la sua coscienza.

I miei genitori arrivarono giusto quando la pasta fu nei piatti, non avevano tempo da perdere, loro. Non li vedevo da molto, perché dopo i primi mesi di lontananza – quando venivano a trovarmi una volta alla settimana –, con la scusa che "la distanza c'è, la strada è disagevole, Sabedda si sente male...", le loro visite si erano diradate e poi erano cessate del tutto.

Senza di loro anch'io ero stata, in fondo, più tranquilla. Mio nonno mi aveva fatto sentire una piccola principessa, Ninetta mi amava come una mamma e all'apparenza, lontana dai miei genitori, dei quali dopo poco dimenticai le fattezze fisiche, ero una bambina serena, quasi felice. Quando li vidi scendere dalla Fiat 600 celeste pallido, ebbi la sensazione che il mio stomaco risalisse nel petto e la nausea mi prese alla gola. Corsi a nascondermi in bagno.

«Agata, Agatinaaa» Ninetta venne a stanarmi, «avà, che hai gana di giocare ad ammucciareddu? Vieni, c'è tò patri e tò matri, ti pare il momento di scappare?» Mi prese per le braccia e mi trascinò nel soggiorno. Erano tutti attorno al mio fratellino, piccolo, nero, con la faccia gialla, e che ovviamente si chiama Alfonso come mio nonno.

«Ciao Agatina» mio padre mi salutò con uno sguardo indifferente. Mi sembrava che fosse bello mio padre, aveva i capelli corvini pettinati all'indietro, muscoloso, assomigliava un po' a Maurizio Arena; mia madre evitai di guardarla, la gelosia che provai quando la vidi accarezzare teneramente la testa di Alfonso fu un pugno sul naso.

«Baldassare a capotavola, tu, ciuriddu miu, vieni ccà, lassali stari sti 'ngrisi.» A mio nonno era evidente il disagio che provavo.

Mio padre sembrava non accorgersi di niente, difficilmente mi rivolgeva la parola, dedicò tutto il tempo del pranzo a prendere in giro le mie zie gemelle. Mio nonno l'adorava e subiva il fascino della sua personalità. Inoltre la sua posizione sociale lo metteva al di sopra degli altri parenti, perciò il suo sarcasmo veniva tollerato, gli scherzi accettati, le critiche accolte. Gli argomenti che mio padre preferiva erano l'età del marito di Nellina, troppo vecchio per fare qualsiasi cosa, *megghio di niente marito vecchio, se non fa niente quaria il letto* e le misure di Titina che, a sentire l'Alto Voltaico, erano le stesse di Brigitte Bardotte. Prima della fine del pranzo, quando tutti aspettavano la cassata, io corsi a nascondermi di nuovo. Il dolore per l'imminente separazione dai miei genitori era troppo forte e io sentivo di non avere la forza per essere abbandonata ancora una volta. Sulla porta di casa, dopo avermi inutilmente cercata, mio padre se ne andò lasciando una minaccia sospesa: «È diventata una gran vastasa, lascia che torna a casa e poi ci penso io ad aggrizzarla».

Quando la macchina scomparve alla fine della strada, uscii dal mio nascondiglio, mio nonno mi comprò il gelato e mi consolai in fretta. Era oramai primavera inoltrata, l'aria tiepida mi rincuorava e poi adesso ero molto più libera, nonna Margherita aveva allentato ogni forma di controllo su di me pressata com'era dalle lamentele di zia Nellina, che non trovava di meglio che lagnarsi della sua gravidanza.

La gestazione di Nellina durò a lungo, più di nove mesi, e fu caratterizzata da una serie di rutti roboanti e rumorosissimi peti che da lontano annunciavano l'arrivo della zia. Le sue dimensioni triplicarono nel giro di poche settimane. «Sarà aria?» domandava ogni mattina Nellina a suo marito. Gnaziu scrollava le spalle e le prescriveva inutili analisi cliniche.

Nellina aveva intensificato le sue preghiere alla Madonna, adesso era in gioco la salute di suo figlio. La mattina la messa, la sera il rosario cantato. Forse mi aveva perdonato il suggerimento scurrile, che comunque si era rivelato utile, magari mi considerava il suo portafortuna, o era spinta da un intento purificatorio, perché quelle nozioni rudimentali di sesso in qualche modo potevano avermi guastata, anche se ero una picciridda: fatto sta che mi costringeva tutti i giorni ad accompagnarla in chiesa. Seduta al primo banco, davanti all'altare maggiore ornato di stucchi, sotto la statua lignea della Madonna del Soccorso, cantavo insieme a lei il ritornello del rosario. La più anziana della congregazione intonava la strofa con voce nasale:

Maria ch'è 'na putenza, rumpi qualunqui travu;
lu piccatu di Eva è riscattatu;
e ai Vostri peri, c'aviti lu serpenti,
lu malubbidienti, chi na l'infernu sta.
Che beddu stu bambinu,
chi Vui tiniti 'mbrazza,
cu' la putenti mazza a nui difennerà.
E va ali Cieli sta bedda armunia,
evviva Gesuzzu, Giuseppi e Maria.

(Maria, che è una potenza, spezza qualunque trave; / il peccato di Eva è riscattato; / e ai Vostri piedi avete il serpente, / il disubbidiente che giace all'inferno. / Che bello questo bambino / che Voi tenete in braccio, / ci difenderà con il suo potente scettro. / E sale al Cielo questa bella armonia, / evviva Gesù, Giuseppe e Maria.)

Io rispondevo a ogni strofa con la mia vocina:

E decimila voti ladamu sta gran Signura...
e sempri ladata sia di l'Assicursu la bedda Maria.

(E diecimila volte lodiamo questa gran Signora... / e sempre lodata sia la bella Maria del Soccorso.)

155

Nellina pregava e, appagata dalla gravidanza, aveva smesso di essere gelosa del marito e delle attenzioni che lui riservava alla camerierotta che avevano assunto per darle una mano e sollevarla dal peso dei lavori domestici.

Titina, nel frattempo, dando in pegno un orologio e ricevendo in cambio un anello, aveva ufficializzato il suo fidanzamento con l'Alto Voltaico, e si avviava cinguettando verso il matrimonio.

Mio nonno aveva smesso di far politica. Consumata la passione separatista dopo l'uccisione di Accursio Miraglia e la strage di Portella, abbandonata la fede comunista dopo la delusione della riforma agraria, si era occupato ancora per qualche anno degli intrighi del paese facendo eleggere sindaco il suo candidato e mostrando i muscoli al genero, che ne sosteneva un altro. Ma oramai da tempo si dedicava solo alla sua vera passione: le donne.

Si fidanzò con molta serietà con una giovane vedova, tale Immacolata Spanò detta "Cirasa", madre di due figli.

XVI

«Dutturi, ce lo preparo il caffè?»

«Certo, Immacolata, e macari un cannolo, fammi passare qualche sfizio ogni tanto.»

«Dutturi, ci basta il cannolo come sfizio?»

«Cirasedda mia, non potendo fare altro, mi devo accontentare del cannolo.»

«Perché, dutturi, che vulissi fari vossia?»

«Che fai, mi porti in giro? Mi vuoi provocare? O ti senti forte perché c'è la picciridda?»

«Dutturi, vossia ha gana di babbiare? Una povera vedova sola, che porta in giro il dottore? Un uomo accussì importante...»

Immacolata Spanò detta Cirasa da pochi mesi era l'amante di nonno Alfonso, anzi, la fidanzata, perché lui proprio si innamorava delle donne che frequentava, le corteggiava, faceva loro regali. Immacolata gli piaceva assai, pare che avesse il sapore delle ciliegie mature. Ma come avesse fatto ad assaggiarla, lo capii anni dopo.

Nonno Alfonso passava tutto il suo tempo libero assittato nella casa di Cirasa, la teneva per mano, le parlava con voce flautata, era arrivato a portarle pure dei fiori. La nonna masticava veleno: sapeva che gli sarebbe passata presto, il tempo di forzare la porta della giovane vedova e di penetrare nella sua segreta stanza, di saziarsi del suo sapore dolce e siropposo, ma intanto tutte quelle moine le facevano bollire il sangue.

Ogni pomeriggio, alla controra, il nonno mi portava dalla vedovella. «Agatina, che fai, mi accompagni a fare una visita?» Io ero il suo alibi.

«Dutturi, lassassi la picciridda a casa.» Ninetta era a conoscenza della tresca – ma chi non lo sapeva nel paese? – e a modo suo difendeva l'onore della padrona.

Il nonno le lanciava uno sguardo in cagnesco e rivolgendosi a me: «Ciuriddu miu, cammina che ti compro pure il gelato». Ma non ci fermavamo al bar, il gelato lo trovavo nella cucina di Cirasa, che aveva anche preparato dolci e caramelle per tenermi tranquilla. Nonno Alfonso entrava nella casa della sua amante con il passo sicuro del padrone, si toglieva la coppola, prendeva il caffè, addentava un cannolo, prestava le cure mediche alla figlia della giovane vedova, immobile a letto fin dalla nascita, e finalmente si concentrava sulla sua fidanzata.

«Dutturi, mi dole lu petto.» La vedovella aveva sempre un dolore da qualche parte, un malessere, una malattia che richiedeva il pietoso intervento del medico.

«Mischina, dov'è che ti fa male?» chiedeva il nonno con la bocca piena di crema.

«Qua, dutturi, proprio qua sutta» e con la mano sollevava una minna pesante e puntava il dito verso il torace, nella zona vicino al cuore.

«Accussì non sento niente.» Mio nonno allungava una mano e le palpava il seno con gli occhi chiusi.

«Dutturi, non può essiri, la notte mi dole accussì forte che non posso dormiri. Mi svoto e m'arrivoto nel letto. Poi il sacrestano sona la campana e io mi susu per la missa.»

«Immacolata, sei sicura che è il cuore che ti fa male?»

«Certo dutturi, e non solo. Il dolore mi parte da qua» Cirasa indicava la minna, «poi scinni chiù sutta, mi arrimina la panza come una pignata che bolle, poi piggghia la via di sutta...» Si passava la mano sulla pancia, le dita scivolavano verso il basso, si accarezzava il pube, sollevava la gonna e arrivava alle cosce.

«Immacolata, sai che ti dico? È meglio che ti visito, nzà ma' è qualche cosa di grave. Tu non te lo puoi permettere di ammalarti.»

«Nzà ma', dutturi! Con due figli piccoli e senza marito! Ma vossia vero è accussì buono ca mi visita?»

«Cirasedda mia, non faccio il medico? È il mio mestiere.»

«Dutturi, vinissi ccà, la picciridda può giocare con me figghia che, mischina, condannata a letto non ha niente da fare, e magari ci passa il tempo.» Il nonno la seguiva in trance, sembrava un serpente e la vedova il suo incantatore. Rimanevo con la figlia di Cirasa, insieme ritagliavamo nella carta piccoli pupazzetti che poi coloravamo, mi raccontava storie di fate, principesse e streghe, mentre dalla stanza accanto arrivavano i lamenti della povera Immacolata che si sottoponeva a visite dolorose e a cure tormentose.

Fu una malattia lunga, faticosa per medico e paziente e seguita da una convalescenza malinconica per tutti e due, ma dopo un anno Cirasa guarì senza conseguenze e mio nonno, libero dall'impegno che aveva assunto nei confronti della vedovella, prese in cura Carmelina, meglio conosciuta in paese come "Cincusei", perché se le chiedevi «Carmelina, quante dita hai nella mano?» lei rispondeva: «Aspetta che li cunto, mi pare o cinque o sei».

XVII

«Agata! Agataa! Agataaa!» La voce di mia madre mi chiama con insistenza. Sono rimasta a lungo in piedi nell'ingresso, nascosta tra una panca finto impero e il muro, di cui sento ancora sulle mani la ruvidezza dell'intonaco.

«Un'attrice, guarda come babbìa, un'attrice professionista!» Mia madre sta parlando di me con la signora del piano di sopra e non mi sta facendo complimenti, si capisce dal tono della voce. Che sono un'attrice me lo dice con le labbra strette e lo sguardo affilato ogni volta che apro bocca: non mi crede, è convinta che recito. Forse ha anche ragione. Il fatto è che, a forza di vedermi proibire tutto, ho cominciato a dire farfantarie, poi la bugia è diventata un'abitudine e mi sono costruita una vita parallela. I due anni di assoluta libertà passati nella casa dei miei nonni, in un paese di gente semplice, mi hanno reso insofferente alle restrizioni e costrizioni della vita cittadina.

Sono tornata al quinto piano del solito palazzone anni Sessanta, dove mio padre magistrato abita porta a porta con impiegati, professionisti, signorine di dubbia reputazione, delinquenti agli arresti domiciliari, persino un monsignore. A Palermo è così, il sacro e il profano vivono in un rapporto di contiguità fisica come in nessun'altra città e la figlia del magistrato studia per diventare grande con il figlio del mafioso, nell'istituto privato parificato Giuseppe Mazzini.

L'appartamento è diviso in due metà simmetriche da un lungo corridoio sul quale si affacciano la sala da pranzo buona, il salone, lo studio, il soggiorno, la cucina, due bagni, uno sgabuzzino e varie camere da letto. La mia è vicino all'ingresso e il rumore degli ascensori, delle porte che si chiudono di malagrazia, delle chiavi che girano nelle serrature di giorno mi fa compagnia, di notte mi mette paura. Per rassicurarmi, la mamma ha messo nella mia camera una luce fioca, una specie di lumino da cimitero che di notte resta sempre acceso, dando alla stanza un'atmosfera spettrale. Le ombre dei mobili, delle sedie, persino dei libri, sono fantasmi inquietanti di cui cerco di ignorare la presenza, dormendo con la faccia rivolta verso il muro, fissa nella stessa posizione.

Per darmi coraggio ripeto ossessivamente la preghiera che mi ha insegnato Ninetta: «Iu mi curcu na lu me letto, cu' Maria na lu me petto, iu dormu, idda vigghia, si c'è cosa m'arruspigghia». Finisco e ricomincio daccapo dieci, venti, cento volte, confidando in quello strumento di protezione, l'unico in mio possesso. Sono sola e spaventata, considero i miei genitori due perfetti estranei e i miei nonni, che li avevano sostituiti, sono lontani.

La mattina mi alzo con la faccia di cera e due borse nere sotto agli occhi. Nonno Alfonso, chiamato per un consulto, è venuto di gran corsa, ha diagnosticato un'anemia dell'infanzia e mi ha prescritto assurde vitamine che non fanno effetto, un po' perché non ne ho bisogno, un po' perché mia mamma non sa che la bottiglia contiene solo acqua, mentre le vitamine si trovano in una capsula sotto al tappo che va rotta e poi sciolta nel liquido prima della somministrazione. Così, per diversi mesi, mi curano semplicemente con acqua.

Dopo due anni di lontananza ho ritrovato l'affetto di nonna Agata, che viene a trovarmi appena può e qualche volta si ferma anche a dormire. Le sue mani torte dall'artrosi hanno perso forza, ma il loro tocco mi rassicura, le sue braccia mi stringono e mi confortano. Non so descrivere la sensazione di dolcezza che mi ha riempito il cuore la prima volta che ci siamo incontrate.

La nonna è un po' cambiata, nonostante all'apparenza la faccia sia sempre la stessa, i capelli ugualmente grigi e radi, il corpo un poco appesantito e le spalle più curve. Saranno il tono della voce, l'espressione degli occhi, le lunghe pause tra una parola e l'altra, o forse l'incedere insicuro, ma ho l'impressione che sia irrimediabilmente invecchiata. Per la prima volta mi viene in mente che la nonna potrebbe morire da un momento all'altro... "No, lei no!" mi dico con angoscia. Poi la sua presenza assidua ha cancellato questo pensiero, le sue attenzioni mi hanno consolata, grazie a lei ho recuperato il sonno perso nelle mie notti solitarie e la mattina mi alzo vispa, con gli occhi limpidi e la pelle trasparente.

Mia madre con soddisfazione dice: «Quelle vitamine ci vogliono proprio, vedi che bella faccia che hai questa mattina». Ma quando la nonna se ne va per me ricomincia l'insonnia, la faccia da mummia e gli occhi cerchiati. La mamma aumenta le dosi della medicina e si danna: «Questa bambina deve avere un problema serio, non assimila niente».

Tutto intorno a noi erano sorti nuovi palazzi; le antiche ville erano scomparse, i giardini cancellati, gli alberi abbattuti. Però la gente aveva ancora fiducia nel futuro, capitava che gli uomini si riscattassero con le proprie forze dalla condizione misera in cui nascevano, succedeva persino che la giustizia fosse uguale per tutti.

La cronaca, però, era piena di morti ammazzati. Il

giornale "L'Ora" arrivava nel pomeriggio con le sue foto di teste mozzate e gente incaprettata. Lo sfogliavo con curiosità, leggevo ogni particolare, la mia paura aumentava e l'insonnia peggiorava.

L'adattamento alla nuova vita richiese più tempo del previsto e nonna Agata, preoccupata per la mia salute, prese la decisione di fermarsi per un po' da noi. Per me fu una festa e l'occasione per imparare nuove ricette: i biscotti all'anice, il gattò di patate, le sfince di san Giuseppe, il brociolone. Mia madre aveva ereditato da nonna Margherita l'odio per la cucina, le sue pietanze erano semplici, essenziali e mal cucinate.

All'ora di pranzo mio padre lasciava il suo studio e saliva al piano di sopra, dai Settecamini, una famiglia di personaggi bizzarri con cui mio padre amava intrattenersi. Lui si rilassava di più, e così mia madre non si sentiva neanche in obbligo di mettere qualcosa sul fuoco, la cucina era fredda e vi regnava soprattutto il profumo di detersivo: invece che cucinare la mamma preferiva disinfettare. La presenza di nonna Agata portò per qualche tempo una ventata di profumi e di calore dentro alla nostra casa.

Oltre alle nuove ricette, imparai storie fantasiose e riprendemmo a festeggiare sant'Agata e a preparare le sue dolci minne.

XVIII

Una notte nonna Agata ebbe un incubo e all'improvviso cominciò a urlare nel sonno. Scoprire che anche lei, sempre tanto allegra e solida, era visitata da brutti sogni, sciolse la mia timidezza. Fu l'occasione per confessare le mie paure. Nonna Agata parlò a sua volta ai miei genitori e io finii a dormire in camera con mio fratello Sebastiano. Ma questo provvedimento non migliorò le cose.

Mio padre era in uno dei suoi periodi di straordinario nervosismo dovuti al troppo lavoro, ai problemi economici e soprattutto a un'ambizione sfrenata, che lo sollecitava verso traguardi che allora sembravano lontanissimi, irraggiungibili. Lo stipendio era magro, la famiglia numerosa e non c'era molto da scialare. Quando i miei fratelli e io eravamo a letto, papà esplodeva in liti furibonde, urlava alla mamma, infine andava a dormire sul divano. Conoscevo poco i miei genitori e tutto quel movimento notturno mi dava un perenne senso di pericolo e mi faceva sentire continuamente in colpa. La rissa esplodeva all'improvviso: il letto scombinato, il pianto del più piccolo dei miei fratelli, l'insalata lavata male, la camicia fuori posto, ogni scusa era buona, mio padre si comportava esattamente come il nonno Sebastiano.

Tutti i giorni all'imbrunire mi montava dentro un senso di inquietudine che diventava angoscia nel cuore della notte, anche quando era tutto tranquillo. All'alba, sfinita, prendevo sonno, ma dopo poco era l'ora di andare a scuola. Non avevo la forza di alzarmi e mia madre, che come al solito evitava di interrogarsi in proposito, mi chiamava una, due, dieci volte.

«Agata, sbrigati, ti vuoi alzare o no?» ma io non la sentivo.

«Agata, vatti a lavare che arrivi tardi», e io mi giravo dall'altra parte.

«Agata, finiscila di fare storie e andiamo a scuola.» Io affondavo sempre di più nel materasso di lana e mi accartocciavo sotto le coperte, ché la casa non aveva il riscaldamento.

«Agata, spicciati!» La voce di mia madre adesso si alzava di un'ottava. «Questa picciridda proprio non ne vuole sapere di studiare, è intelligente ma non ha gana di fare niente» parlava da sola nella sua stanza mentre rifaceva il letto. «Agata, se non ti alzi lo dico a tuo padre!» Mio padre mi faceva una gran paura, era un orco con le fauci spalancate. Raccoglievo allora le poche forze e in quattro e quattr'otto ero nell'ascensore.

Fu allora che cominciai a mangiare tutto quello che trovavo. Avevo una fame inesauribile e ingollavo dolci, caramelle, pane e burro, e pure uno strano miscuglio che mi preparavo da sola in cucina, mescolando la polvere del caffè con lo zucchero. Il cibo mi dava una certa resistenza alla fatica, mentre il caffè mi teneva sveglia. A tavola divoravo ogni cosa, olive conzate, gattò di patate, frittata con il sugo. Nel giro di un anno ero diventata obesa.

Oggi direbbero che si trattava di un disturbo dell'alimentazione, forse una bulimia. Mia madre non capiva il problema e ogni volta che provavo a mangiare di meno s'infilava in cucina così che io, al ritorno da scuola, trovavo la tavola apparecchiata con i miei piatti preferiti. Sembrava che volesse farmi un dispetto, o magari era il suo modo per mettersi in pace con la coscienza, viste le scarse attenzioni che riservava alla sua unica figlia femmina.

La scuola peggiorò il problema. Ogni mattina salivo la lunga scalinata con la morte nel cuore. Passavo davanti alla direttrice facendo un inchino ed entravo in classe nell'indifferenza collettiva. A Malavacata avevo avuto una maestra bonaria che la mattina veniva a prendermi a casa, conosceva i suoi alunni uno per uno, li chiamava con il loro nome di battesimo e a primavera, con il tempo buono, teneva le lezioni all'aperto... Il passaggio all'istituto Giuseppe Mazzini fu scioccante.

Il primo giorno di scuola ebbi il primo rimprovero da una bidella grossa e sudata perché salivo i gradini della scalinata esterna a due a due anziché uno per volta. "Ma che gliene importa a questa come salgo le scale?" pensai.

Mi fermai all'ingresso, aspettando che qualcuno venisse ad accogliermi. Ci rimasi una buona mezz'ora, osservando gli altri compagni che facevano alla direttrice un inchino, un cenno del capo, dicevano "riverisco" invece di "buongiorno" come in tutti i Paesi del mondo e si dirigevano ai loro posti con sicurezza. Mi sentii profondamente sola, poi raccolsi tutto il mio coraggio, entrai nella classe che mi era stata assegnata e occupai il primo banco libero, ignorando gli sguardi dei miei compagni e l'espressione esterrefatta della maestra che si aspettava un saluto, un inchino e la consueta domanda, "posso sedermi?".

Non dimenticherò mai la faccia cerea dell'insegnante, con gli occhi evidenziati da una pesante linea scura e i capelli biondi ossigenati. Aveva una testa piccola piccola rispetto ai fianchi larghi, che debordavano dai lati della sedia. La sua voce era dura, roca, mascolina, il tono imperativo se mi chiamava alla lavagna, inquisitorio quando mi interrogava. Presi subito un secondo rimprovero per il ritardo, per i modi, per il semplice fatto di esistere.

Sarei voluta sparire, ma già allora non ero tipo da arrendermi facilmente, perciò ci pensai su un po', poi decisi di diventare la più brava della classe e conquistai il mio spazio. All'inizio non fu facile, grassa com'ero. Mi toccava correre, giocare a palla avvelenata, a nascondino, e io con i miei chili non solo facevo una gran fatica ma ero sgraziata, goffa, avevo sempre paura di cadere, mentre i compagni mi prendevano in giro continuamente. Tutti i tentativi di sottrarmi non andavano a buon fine, c'era sempre la maestra solerte e zelante che mi obbligava a giocare. I giorni di pioggia erano una manna dal Cielo, potevo rimanere in classe, seduta al banco senza dover fare acrobazie.

L'odio per il mio corpo è nato in quella classe, accettarlo è stato un lavoro lungo e faticoso. Ogni volta che ho fatto pace con lui, la vita è intervenuta a modificare i contorni della mia figura, rendendola di nuovo sconosciuta e ostile. Pubertà, maternità, malattie mi hanno di volta in volta cambiato i connotati e resa infelice.

La vera star della scuola, Marinella, era invece ricca, bella, famosa e soprattutto figlia della direttrice. Montava a cavallo, portava vestiti alla moda, aveva persino l'apparecchio per i denti, che in quel periodo rappresentava un indiscusso segno di benessere e denunciava l'appartenenza a classi sociali elevate. Quando aveva la febbre io, che ero sempre la più brillante, perlomeno dal punto di vista della pagella, avevo il raro privilegio di salire, durante l'orario di scuola, al secondo piano dove lei abitava, per fare i compiti con lei.

La sua casa era un castello delle favole, la coperta del suo letto aveva gli stessi disegni della carta da parati, la cameriera indossava un lungo grembiule azzurro, il salotto buono era costituito da ben quattro stanze, una di seguito all'altra, e noi avevamo il permesso di entrarci. Osservavo ogni particolare con occhi incantati e tutto mi sembrava straordinariamente raffinato. Mi godevo quei momenti di gloria, quando mi distinguevo dai miei compagni "di famiglia bassa" come diceva mia madre, che ai piani alti non potevano salire.

XIX

Palermo era una città dai colori forti e dalle tinte fosche. Passioni sotterranee la percorrevano in lungo e in largo alla ricerca di un varco per emergere. La città era come il corpo di una donna dalle minne lorde, perennemente eccitata, che nessuno vuole addingare. La gente, le strade, i palazzi sembravano in preda alle convulsioni. Mille piccole scosse facevano sobbalzare gli antichi vicoli della Vucciria, tante piccole onde agitavano il profilo delle montagne che la sovrastavano, certi giorni minacciose, altri bonarie e accoglienti. Le persone si spostavano da un luogo all'altro seguendo misteriosi percorsi, quasi a voler confondere le idee a ipotetici pedinatori. Un'energia magnetica percorreva Palermo, faticando a trovare la via d'uscita. L'orgasmo arrivava all'improvviso ed esplodeva in un crimine che veniva poi ricordato per mesi e mesi.

Furono per tutta la Sicilia anni di violenza e delitti a non finire che ci resero come anestetizzati. Pochi, quelli che della guerra alla mafia ne avevano fatta una professione, ci facevano caso. Gli altri tiravano dritti, continuavano la loro vita, certi che la marginalità rispetto agli eventi e al potere avrebbe garantito loro lunga vita, ordine e armonia. Ma la mafia finiva inesorabilmente per essere intrecciata alle vite di tutti e strettamente collegata al comune sentire. La gente pensava mafioso, respirava mafioso, viveva mafioso, moriva mafioso. Era una sorta di radicale insicurezza che ci portava verso un ordine precostituito, verso un'istituzione forte, era il bisogno del padre che affligge gli orfani.

Furono anni pesanti, nebbiosi, di cui ricordo un periodo per me particolarmente nero. Mio padre preparava un maledetto concorso per accelerare i tempi della carriera. Si era chiuso a casa a studiare; aveva occupato quella che un tempo era stata la mia stanza. Accanto alla scrivania c'era un vogatore, che gli serviva per allentare la tensione. Fumava ininterrottamente, tre o quattro pacchetti al giorno di Nazionali rosse, che io andavo a comprare all'angolo della strada. La finestra veniva aperta solo all'ora di pranzo, quando lui lasciava quella minuscola camera a gas per salire al piano di sopra dalla famiglia Settecamini, che rappresentava il momento della sua ricreazione.

Il nostro palazzo era abitato da persone originali, alcune francamente fuori di testa, che avevano fatto della loro stranezza motivo di vanto, come succede alla maggior parte dei siciliani.

Al primo piano c'era un monsignore che aveva un filo diretto con il Padreterno e per questo si dava un sacco di arie.

Al quarto il commendator Martuscelli, impiegato in pensione, usava ricevere avvolto in una vestaglia di seta e con una retina nera sui capelli. Se per caso qualcuno bussava all'improvviso, lui non apriva fino a quando, tolto il vestito, non aveva indossato la sua vestaglia e posizionato la retina. Era fatto così, amava le formalità.

Ma il fiore all'occhiello del palazzo erano quelli del sesto piano, con cui mio padre passava tutti i suoi momenti liberi. Michele Settecamini, il capofamiglia, era notaio, avanti negli anni, grasso, diabetico, pieno di soldi e con un'amante fissa che il lunedì esibiva al circolo del tiro al volo. A Palermo si usava che i professionisti esibissero in pubblico l'amante, che rappresentava uno status symbol, come la macchina, la casa, la villa al mare. La moglie del notaio, Rosuccia, bassa e tonda, una sorta di barattolino con i capelli biondo platino tagliati corti e cotonati come era di moda in quegli anni, trascorreva le sue giornate tra la cucina, dove preparava soffici frittate e odorose caponate, e la camera da letto, dove riposava, parlava con le amiche, si acconciava i capelli.

Rosuccia non solo era a conoscenza della donna giovane, bella, elegante e impellicciata che era solita accompagnare suo marito, ma l'approvava incondizionatamente; non avrebbe tollerato di avere meno corna delle altre mogli, anzi si vantava con le amiche: «La zoccola di Michele è la più bella di tutte; l'avete vista che cosce, che portamento...? Non c'è paragone» diceva con soddisfazione.

In casa Rosuccia era solita indossare baby-doll di pizzo trasparente di colori diversi: nero, viola, rosso, a seconda del giorno della settimana. Aveva anche una grande passione per le pantofole di raso, i cui piccoli tacchetti a spillo producevano un ticchettio snervante. I pavimenti di marmo degli appartamenti e la struttura in cemento armato del palazzo trasmettevano integri i suoni da un piano all'altro, cosicché fin dalla mattina presto si sentiva un petulante *tic tic* che andava avanti e indietro tra la cucina e la camera da letto. Una volta mia madre si azzardò a chiederle di sostituire le pantofole eleganti ma rumorose con pianelle più rozze ma silenziose, Rosuccia per tutta risposta le mandò un paio di tappi di cera per le orecchie. Si guardarono in cagnesco per qualche mese, alla fine mia madre cedette e le due donne ripresero rapporti cordiali e di buon vicinato.

E poi noi tutti sapevamo che quella famiglia era il rifugio di mio padre. I fratelli Settecamini, perditempo e scansafatiche, non avevano voluto studiare e, insieme con le fidanzate e le amanti, si facevano mantenere dal padre, che non mancava mai di paragonarli a Baldassare, mio padre, che invece era «bravo, lavoratore, studioso... il figlio che avrei voluto avere».

Il notaio disprezzava i suoi figli, i quali lo odiavano profondamente e lo bersagliavano con scherzi da caserma, dispetti crudeli, parole di scherno.

«S'è alzato quel curnuto di Michele.» Il notaio era sordo e i figli approfittavano di questo difetto per insultarlo ad alta voce, offenderlo senza ritegno. Tutti e quattro i fratelli attribuivano al padre la colpa della loro incapacità e, spalleggiati dalla madre, sfogavano livore e rabbia con ingiurie di tutti i tipi, di cui il notaio non aveva cognizione dato il suo beato isolamento acustico.

Anche il fratello di Rosuccia, Umberto, nutriva nei confronti del cognato un odio tanto profondo quanto incomprensibile, probabilmente generato da un sentimento d'invidia nei confronti del ricco notaio. Ogni mattina, nascosto in portineria, aspettava che Michele uscisse per infilare di corsa le scale, entrare in casa e sedersi in cucina con la sorella, a fare colazione. Poi, con la pancia piena, entrava in bagno, si lavava, si sbarbava, si profumava e si addormentava infine per qualche ora nel letto di Michele, scappando via con indosso una sua camicia pulita pochi minuti prima che lui tornasse.

Quando perdeva alle corse dei cavalli, allora sfogava la sua delusione saltando sul letto con le scarpe sporche, che poi lucidava con le giacche del notaio e gridava: «Così impara, quel cornuto!». Rosuccia lo proteggeva come se fosse la sua mamma e lo compativa: «Chiddu, mischinu, non ha potuto studiare! Piccioli mio padre non ne aveva. Fatto il corredo e la dote a mia, per lui non c'era rimasto più niente. Mio marito non lo capisce che mè fratuzzu, mischino, ha bisogno. E poi chi male c'è se dormi un poco quando lui esce? È che è proprio un cornuto, non può vedere campare la gente».

Ogni giorno, all'ora di pranzo, il notaio pretendeva di mangiare seduto a tavola con tutta la sua famiglia riunita. Era quello il momento in cui si scatenava la crudele fantasia dei quattro fratelli e della loro madre.

«Chiama quel cornuto di tuo padre e digli che è pronto.»

«Cornuto, la pasta è a tavola.»

«Che mangiamo oggi?» chiedeva il notaio strofinando le mani l'una contro l'altra.

«Anelletti al forno, che ti possano fare veleno.»

«Involtini e piselli, nzà ma' Dio, 'na bella colica.»

Mio padre partecipava sempre con grande scialo al pranzo della famiglia Settecamini, erano gli unici momenti in cui lo vedevo ridere.

Michele era compiaciuto della presenza di mio padre e ignorava del tutto i motivi della sua ilarità: «Eh, Baldassà, gente allegra il Ciel l'aiuta!».

La televisione era sempre accesa e la comparsa delle annunciatrici veniva accolta da fischi, applausi e commenti: «Pupidda, niente mi dici?», erano tutti fan della Orsomando. Le voci, le urla, i fischi rendevano del tutto impossibile a Michele l'ascolto. In questo caos uno dei fratelli, a turno, abbassava il volume progressivamente. Man mano che la voce calava il notaio si avvicinava alla tv, fino a quando, il sedere completamente sollevato dalla sedia e la mano dietro l'orecchio, si trovava con la faccia incollata allo schermo. Dopo un po' che stava in piedi, i muscoli contratti cominciavano a dolergli, solo allora si rendeva conto che i figli lo prendevano in giro, cominciava a bestemmiare, buttava il piatto in aria e infine usciva diretto dall'amante in cerca di comprensione.

Il cognato, sempre in agguato in portineria, guadagnava le scale e andava a mangiare con sorella e nipoti, in un clima di grande armonia e affetto.

Chiunque entrasse in quella famiglia veniva ribattezzato con un nomignolo che ne sottolineava una caratteristica dolorosa, un difetto sgradevole. Neanche i bambini sfuggivano al sarcasmo dei Settecamini. Mio fratello Sebastiano era stato nominato "Surciddu" a causa dei denti nuovi che erano cresciuti lunghi e sporgenti rispetto al suo faccino piccolo, delle orecchie a sventola, anzi "a paracqua" come dicevano loro, e di un corpo esile e nervoso. L'altro lo chiamavano "Cinesino stitico" per via del suo incarnato olivastro. «Che cos'è quella cosa gialla che si spreme?» gli chiedevano appena l'avevano a tiro, e mio fratello rispondeva: «Un limone», e loro in coro: «Scemo, un cinesino stitico» e giù risate a non finire.

Io ero "la Lavandaia" perché avevo mani grandi, braccia tonde e in carne, polsi torniti. Una volta arrivarono a prendermi le misure con il centimetro e conclusero che «Sì, Agatina, hai proprio i polsi da lavandaia». Mio padre era d'accordo con loro e, non chiedetemi perché, quelle piccole crudeltà *in corpore vili* lo facevano ridere di gran gusto.

Ma la mano di Dio è potente e arrivò il giorno della vendetta.

All'insaputa di tutti Michele Settecamini andò dall'otorino che, in una sola seduta, gli restituì l'udito. Felice come un bambino, tornò a casa senza dire nulla per fare una sorpresa alla sua famiglia.

«È tornato quel cornuto di Michele!»

«Con tutti gli incidenti che ci sono, mai niente gli succede?»

«Prepara la tavola, che il cornuto vuole mangiare.»

Il notaio era ammutolito per la sorpresa, non riusciva a credere alle sue orecchie.

«Pure muto addivintò il cornuto.»

A tavola quel giorno le maledizioni e gli improperi furono persino più fantasiosi del solito; il notaio taceva, per la prima volta si rendeva conto dell'odio che la sua famiglia nutriva nei suoi confronti. Quando ebbe fatto il pieno disse la sua: «Quel cornuto di Michele da oggi ci sente benissimo», e buttando la tavola in aria se ne andò dall'amante, questa volta definitivamente.

La mediazione di mio padre lo ricondusse a casa dopo qualche giorno e la parola *cornuto* fu bandita dal vocabolario dei Settecamini, i rapporti tra padre e figli rimasero tesi e mio padre non salì più al sesto piano.

Da noi, al piano di sotto, l'atmosfera si fece ancora più pesante e nervosa, nonna Agata di tanto in tanto ci veniva a trovare ma le sue visite erano sbrigative e formali, smettemmo ancora una volta di festeggiare la Santuzza. Io ero molto preoccupata, certi riti servivano a tener buona la santa e ci garantivano la salute.

Cessarono anche le gite domenicali a Malavacata, anche per quello ci voleva tempo e i miei genitori non ne avevano.

Finalmente mio padre superò il concorso ed ebbe un incarico in Continente. Ci andò da solo, convinto di tornare dopo pochi mesi. L'aria in casa si alleggerì. Potevamo giocare, saltare, correre, urlare, nessuno ci rimproverava più. La mamma preparava quasi solo panini e insalate, ma a parte questo la nostra vita diventò un po' più simile a quella degli altri bambini, quasi normale.

XX

Dopo il matrimonio, la zia Titina aveva lasciato Malavacata e si era trasferita con l'Alto Voltaico a Palermo.
Qualche volta la domenica passavo a casa sua, era lei
che chiedeva a mia madre il permesso di tenermi con
sé. Avrebbe voluto tanti figli, ma il suo sogno di una
famiglia numerosa e felice era durato poco a causa di
una sterilità inguaribile, e ora suo marito, che non era
riuscito a ingravidarla, aveva pure smesso di addingarla. Quando era più infelice del solito tornava al paese
per chiedere consigli alla nonna Margherita o per cercare solidarietà nella sorella gemella.

Questa volta la ragione del suo dispiacere era seria
e aveva un nome: «Ma', lo capisci? Aspetta un figlio
da una certa Cetty! Che nome da buttana!».

«Titina, che ci vuoi fare? Quello femminaro è sempre stato e noi ti avevamo avvertita.»

«Certo, e che facevo, rimanevo schetta? O diventa-
vo monaca di casa?»

«No, ma macari uno un poco più costumato lo potevi trovare.»

«Ma', questo mi capitò...»

La strada delle altre femmine l'Alto Voltaico la batteva già da tempo, ma ora ne ha messa incinta una e
per sfregio ha cominciato a spendere lo stipendio della moglie con le carte. Non si capisce perché lei non

lo butti fuori di casa; è brutto "come le botte di cuted-du", è senza capelli, ha tutti i denti storti, è nero come la pece e passa le sue domeniche sopra al divano con la mano dentro alla patta dei pantaloni a smurritiare a destra e a sinistra, pare che lo debba cercare in un mare senza fondo.

«Macari è così nico» ha detto una volta Nellina «che deve arrimiggiare assai prima di trovarlo e macari manco lo arricogghie...»

Durante la partita trasmessa in televisione sembra che dorma, ma appena finisce il secondo tempo si alza a tappo, si pettina quei quattro peli che ha in testa, esce come un fulmine dalla porta e torna la mattina dopo.

"Macari l'ha trovato" penso mentre mi saluta con un buffetto che cerco di scansare. Le sue mani lorde, che ha tenuto dentro alle mutande e che non lava mai, mi fanno ribrezzo. Lui, che difficilmente capisce le ragioni degli altri, ride della mia scontrosità, mi fa il verso e si lamenta: «Sta picciridda è vero scucivola». Ma prima o poi glielo dico: "Se vuoi che io sia cordiale, lavati quelle mani puzzolenti prima di toccare la mia faccetta fresca e profumata!".

Appena lo vede uscire, Titina cerca di andargli dietro. «Che fai, esci?» L'inizio è prudente.

«E che faccio, mi passo tutta la domenica a casa?» La rissa è nell'aria.

«No, certo...»

«Vado a pigliare un poco di fresco, che ho fumato troppo e poi la casa ha come un odore di chiuso...»

«Macari vengo con te e ci facciamo una passeggiata?»

Titina vorrebbe fare come tutte le mogli: indossare il vestito buono, passeggiare per il corso, le minne impettite, sottobraccio al marito, salutando a destra e a sinistra.

«Ma c'è Agatina, come facciamo?»

«Ce la portiamo.»

Titina insiste e nel frattempo si va spogliando e vestendo nel corridoio, in fretta, per metterlo davanti al fatto compiuto.

L'Alto Voltaico gira la testa con una smorfia di impazienza. «Lo sai che poi Agatina si stanca e ce la dobbiamo trascinare dietro... no, è meglio che resti a casa con lei. E poi tanto tra poco viene sua madre a prenderla.»

Titina non si dà per vinta: «Sai che facciamo? Ce la portiamo e la lasciamo a casa sua al passaggio», e di corsa si ravvia i capelli.

«Va bene, ma sbrigati che poi voglio andare al circolo a giocare.»

Lei come un fulmine estrae dall'armadio un vestito lungo, marrone, che la rende simile a un paralume.

«Ma che fai? Levati quel vestito, ma dove ti credi che stiamo andando?»

«Perché, che ha il vestito? Non è buono?» risponde stizzita Titina. La litigata si va avvicinando.

«No, non è buono, con quelle minne che ti trovi mi pare di uscire con una mongolfiera e mi vergogno.» L'Alto Voltaico sta cercando un pretesto per sciarriarsi e lei ci cade con tutte le scarpe.

«Certo, si capisce, ma le buttane che frequenti, di quelle non ti vergogni.» Ha le vene del collo gonfie, Titina, s'è già sfilata l'abito, è rimasta in sottana, in una posizione di debolezza rispetto al marito che invece è vestito, pettinato, pronto per uscire anche con le mani lorde.

«Sciacquati la bocca prima di parlare, che l'unica buttana vera sei tu e non la puoi fare per quanto sei brutta!»

È chiaro persino a me che lui cerca una scusa per litigare e lasciare la moglie a casa. Sono stata testimone di numerose scenate di questo genere. Marito e moglie si fronteggiano, prima con le parole e poi con i gesti.

La zia Titina comincia a gridare, la faccia rossa come un tacchino, il naso viola, le minne che si alzano e si ab-

178

bassano come se un terremoto ne avesse fatto vacillare l'impalcatura, facendole rotolare in avanti, portandosi dietro il busto, le braccia corte, le mani dalle unghie affilate. L'Alto Voltaico incalza, la insulta, la offende, le dice quanto è brutta, le racconta tutto lo schifo che prova la sera quando entra nel letto. Titina non ne può più e con gli artigli che si ritrova gli strappa la pelle della faccia. In un lampo il marito ha tutta la faccia ciunnata, si porta le mani al viso, il dolore lo fa arretrare e quando vede il rosso del suo stesso sangue assesta alla moglie una timpulata sonora che quasi le stacca il naso. Titina si ferma, gira le spalle e si chiude a chiave nella camera da letto, dove rimarrà a piangere fino al lunedì mattina. L'Alto Voltaico se ne va, io rimango nell'ingresso di casa e finalmente posso respirare senza timore che qualcuno si accorga di me.

XXI

A un certo punto Titina, stanca delle violenze fisiche
e morali cui la sottoponeva l'Alto Voltaico, ha lasciato definitivamente Palermo e si è rifugiata dai genitori a Malavacata.

L'estate è iniziata e quel giorno io mi trovo già a casa
dei nonni per le vacanze. I campi sono coperti di spi-
ghe folte e alte in attesa della mietitura, e i papaveri
formano chiazze rosso fuoco che interrompono l'uni-
formità del giallo del grano.

Titina è arrivata a casa dei nonni accompagnata dal
marito. Ha un paio di pantaloni verde acqua, a sigaretta, con la staffa infilata nelle scarpe, décolleté chiare dal tacco altissimo. Una maglietta azzurra attilla-
ta mette in evidenza la sua settima misura e le dà una
forma bizzarra. Quei due respingenti le conferiscono
un equilibrio instabile: Titina pende come se da un minuto all'altro dovesse rovinosamente cadere a faccia
in giù e fermarsi a trenta centimetri dall'asfalto, grazie al suo petto.

Sbatte la portiera della Ford Capri con la quale il marito si atteggia a playboy di provincia e, ondeggiando
sotto il peso non controbilanciato delle minne e trabal-
lando sulle scarpe, si chiude nel bagno. Da dietro la
porta arriva il sonoro di una disperazione che rompe

gli argini e finalmente trova libero sfogo protetta dalla presenza della famiglia, che la fa sentire al riparo dalla violenza del marito.

L'Alto Voltaico è desolato, alza le spalle come a dire: "Chi la capisce è bravo", agita la testa tonda, rotea gli occhi, è evidente che gli girano le palle ma fa il vago: «Boh? E chi fu?». Lo dice alla suocera, mia nonna Margherita, che lo guarda esterrefatta. La colpa della disperazione di Titina è sua, lo abbiamo capito tutti, nessuno di noi però ha il coraggio di domandare "che hai fatto a Titina?".

Il silenzio è prova difficile per chi ha delle responsabilità, il rumore delle parole ammuccia, confonde le acque, ed è infatti l'Alto Voltaico a parlare per primo: «Ha un attacco di orticaria, forse si è stricata in un mucchio di fave».

«A Palermo?» chiede la nonna. Ma lui non si degna di rispondere e senza salutare monta in macchina e se ne va. Nessuno di noi lo vedrà più, anche se dalla città diversi amici provvederanno periodicamente a darci notizie delle sue malefatte e delle sue malefemmine.

Titina è ancora chiusa dentro al bagno, l'unico della casa. La nonna prova a prenderla con le buone: «Titina, esci, contaci tutte cose... magari ti sfoghi». Niente, la zia piange ancora più forte.

Poi ci prova la sorella: «Avà, apri, tanto vale che ci cunti ogni cosa e se quel bastardo ha fatto quello che non doveva non ti preoccupare, ci pensiamo noi». La zia Nellina ha una mentalità mafiosa. Dal rumore sembra che Titina abbia una vera e propria crisi di nervi.

«Donna Margherita, si livassi, ci penso ieni.» Ninetta partecipa con emozione alle vicende delle due gemelle. «Signura, vinissi fora, lu cafeni s'arrifridda.»

«Ma che cafeni e cafeni, ti pare il momento!» Mio nonno, a cui sta scoppiando la vescica, dà due botte alla porta: «Titina, esci, non è che possiamo pisciare qui fuori».

La zia apre, è tutta rossa, pare che abbia davvero l'orticaria.

«Signura, ma chi fici? Chissi furunu li favi!»

Titina parlò tutto il giorno e anche la notte davanti alla famiglia riunita. Tutti, tranne me che ero troppo piccola, ascoltarono quel racconto lacrimoso infarcito di "buttana, bastardo. ". Il consiglio di famiglia infine concluse che: «Passino le femmine, passi che le mangia i soldi dello stipendio, passi che non se la scopa più da mesi, ma le mani addosso davanti alla picciridda no!». Fu il primo matrimonio di casa Guazzalora Santadriano mandato a puttane, letteralmente, e con la benedizione di tutti.

Titina cominciò la sua vita infelicissima di separata tra pianti, malinconie, rare uscite con le amiche e rarissimi incontri maschili. Chiese il trasferimento alla scuola di Malavacata, dove insegnò fino alla pensione. Diventò una collezionista di piccoli animaletti di vetro che spolverava con maniacale precisione ogni domenica, quando aveva il giorno libero dal lavoro. Poi cominciò ad accucchiare fiori di plastica, orribili mobili finto Settecento, tutti rigorosamente dorati, e gioielli falsi. La sua vita si trascinava dentro ai cataloghi della Vestro, tra le bancarelle dei mercatini di paese e gli agenti di commercio che venivano a trovarla fino a casa e la imbonivano fino a truffarla, come spesso succede alle donne sole e senza speranza.

XXII

Nellina, diversamente dalla sorella, dopo le difficoltà iniziali riuscì a farsi ingravidare di nuovo dal marito, che era ancora fertile nonostante fosse avanti negli anni. Aveva appena festeggiato il primo compleanno del figlio che era incinta una seconda volta. Certo non poteva perdere molto tempo, data l'età del marito doveva approfittare del momento buono, perché non si sapeva quanto ancora sarebbe durata la potenza di Gnaziu.

Come la sorella, qualunque problema, dubbio, difficoltà le si presentasse davanti Nellina ricorreva all'aiuto di nonna Margherita che, a dispetto della sua natura poco espansiva, per le due figlie gemelle aveva sempre un occhio di riguardo.

«Mamma, ti devo parlare.»

«Pure tu!»

«Perché, chi altro?» La zia Nellina è sempre sulla difensiva, pronta all'attacco.

«No, prima tua sorella, ora tu... pare che vi siete messe d'accordo... d'altra parte siete gemelle.»

«Ho un problema, che fa, devo prendere il numeretto e mettermi in coda?»

Nellina è astiosa, piena di rabbia e di veleno per colpa di quel marito fertile ma vecchio e sivuso. Sono anni che sta all'erta per evitare che Gnaziu combini minchiate. La più grossa l'ha fatta con Soccorsa, una picciutted-da graziosa, tanto scura di pelle e di capelli che i paesani la chiamano "Pupa Nìvura". Alta, magra, snella, i fianchi larghi, le minne piccole, tonde, due bùmmuli. Soccorsa accudisce il picciriddu di Nellina, ci gioca, gli dà da mangiare quando lei deve andare in chiesa, perché tra vespri, rosari e messe cantate Nellina non ha un attimo di tregua. Il marito, il dottore, che di solito a casa non c'è mai, da quando Soccorsa bada al figlioletto ha preso a tornare prima.

Per non insospettire la moglie è partito da lontano: «Nellina, c'abbiamo impiegato sei anni per fare sto figlio e ora tu lo lasci alla prima che capita, e senza manco un controllo».

«Non è la prima che capita, è la figlia di mia commare, l'ho tenuta a battesimo e se non sta attenta sua madre ci leva la pelle. Mi aiuta, non è che posso stare sempre a casa.»

«Nellina, *meglio dire che saccio ca chi sapiva*, io quella, fino a che non capisco bene chi è, da sola col picciriddu non ce la lascio.» E così il dottore di pomeriggio, invece che giocare alle carte al circolo dei combattenti, se ne sta alla casa con la *fantesca*, come la chiama nonna Margherita.

La tragedia avviene a Pasqua, esattamente un anno dopo il mio primo incontro con il piccolo Alfonso.

Durante la settimana santa tutto il paese di Malavacata vive il culmine della propria fede.

Nellina, come tutte le altre pie donne, è impegnatissima con le funzioni, tanto con il figlio c'è Soccorsa e poi Gnaziu torna apposta per controllare che non ci siano problemi.

«Quello è il padre migliore che ci poteva capitare a mio figlio» dice a chi le domanda con malizia: «Signora, e lu picciriddu dov'è? E pure lu dutturi sta alla casa?».

Il giovedì santo, Nellina è uscita nel primo pomeriggio e tra messa, lavata dei piedi e preparazione del sepolcro ne avrà fino alla sera tardi. Deve sistemare i *ciuri di sepulcru*, i germogli di grano e lenticchie che per un mese ha curato nel buio dello sgabuzzino e, ora che sono spuntati, messi dentro al vaso antico di ceramica fanno una gran figura. "Lo devono capire, questi piedi 'ncritati, qual è lu ciure di sepulcru della figlia nonché moglie del dottore" pensa con orgoglio.

Per non parlare della cena, l'ultima di Nostro Signore. Il parrino laverà i piedi a dodici viddani e lei lo aiuterà. "Nzà ma' a qualcuno ci pare che sono superba", perciò Nellina porta il bacile con l'acqua e, anche se incinta, il suo ruolo di umile ancella del Signore non lo vuole perdere.

Durante la messa, però, prima della lavata dei piedi si sente male, una coltellata al basso ventre, un dolore dietro l'altro come se un malacarne armato di cacciavite le svirticchiasse le budella. Perciò, a malincuore, consegna catino e asciugamano a una consorella e se ne torna a casa.

È un poco che non si sente bene, ha le gambe gonfie, dice che è l'albumina, che il vomito la tormenta ogni mattina forse perché, aprendo gli occhi, si trova la bocca sdentata del marito spalancata in una smorfia oscena. Si lamenta anche che ha l'aria nella pancia e nel sedere, insomma: non nasconde niente di tutti i rumori e gli umori del suo personalissimo repertorio di gestante.

Ma aprendo la porta di casa Nellina si rende conto che suo marito sta babbiando con la fantèsca.

«E questi bùmmuli a cosa ti servono?»

«Dottore, ha gana di babbiare vossia. E a che mi devono servire? Macari se c'avrò figli mi serviranno.»

«Perché solo per i figli? Macari prima ci fai stare allegro il tuo zito!»

«Vossia non sa quello che dice. Mommo mai li ha visti, nzà ma' pensa che sono buttana e mi lassa.»

Un rumorosissimo peto scappato all'improvviso a Nellina interrompe il duetto. I due, leggermente imbarazzati, la salutano ma la faccia rossa di Soccorsa e gli occhi bassi di Gnaziu accendono la sua mente di ulteriori sospetti, dubbi, incertezze.

L'avevano avvertita che il dottore aveva il vizio delle picciuttedde giovani, prima che arrivasse quella grazia di Dio del figlio ne era persino stata gelosa, ma comunque era più importante non rimanere schetta in casa che prendere in considerazione l'aspetto più basso della personalità di quel fetente. «Malelingue», così Nellina aveva liquidato Ninetta che, fedele alla sua vocazione di informatrice fidata di casa Guazzalora, aveva cercato di metterla sull'avviso.

L'espressione di Soccorsa, imbarazzata, disorientata, l'ha insospettita, mentre l'indifferenza del marito l'ha indispettita. Ma non ha prove e non vuole farsi prendere per pazza visionaria. Così, masticando veleno e dichiarando la sua indisposizione, Nellina va a letto senza poter chiudere occhio.

Il giorno dopo, il venerdì santo, si alza presto per la paci du Signuri. La statua di Gesù Flagellato verrà messa a terra per il bacio dei paesani. La liturgia sarà lunga, perché proseguirà con la processione della Madonna Addolorata, che va vestita con un manto prezioso di cui Nellina è l'unica custode. Alle tre e mezzo del mattino fuori è ancora buio, e Soccorsa è già dietro la porta. Nellina le apre, le mette in braccio il picciriddu che vuole mangiare, la ragazza corre in cucina a preparare il latte. Gnaziu dorme al piano di sopra, Nellina guarda negli occhi Soccorsa alla ricerca di un segno, di un indizio, ma la ragazza ha uno sguardo limpido. "Forse me lo sono immaginata" pensa, "magari Dio!", ed esce per andare alla chiesa.

Ma lungo la strada viene assalita di nuovo da dubbi, paure, angosce, il tarlo della gelosia non la lascia nemmeno respirare, perciò gira sui tacchi e se ne torna a casa. Entra piano, facendo attenzione che la porta si chiuda senza sbattere, si nasconde nell'ingresso e presta l'orecchio a un sommesso chiacchiericcio tra Soccorsa e il dottore che nel frattempo, tormentato dal pensiero della ragazzina, si è alzato e fa finta di trafficare con la caffettiera.

«Vossia mi vuole cunnuciri come a una bardascedda.»

«No, Soccorsa, vero è che hai capelli di seta e pure la pelle... la notte ti sogno.»

«Vossia di primo mattino ha gana di perdere tempo...»

«Soccorsa, da quando sei qua quei due bùmmuli che ammuttano la tua camicetta mi hanno tolto il sonno della notte. Me li sento sopra al cuore, che mi tolgono il respiro, mi pare di averceli sopra alla faccia, tanto che se mi addormento mi metto a russare e mi sveglio per il rumore che faccio.»

Nellina, nascosta, si torce le mani per il nervoso e poi anche le budella, impazzite per l'aria che non trova vie d'uscita, ballano la tarantella insieme con quel picciriddu capitato nella sua pancia per caso o per miracolo.

«Soccorsa, me le fai vedere le tue minnuzze? Ti prometto che non lo dico a nessuno.» E intanto il dottore muove la dentiera spingendola in alto e in basso con la forza della lingua. È proprio un vecchio bavoso! Io quella dentiera me la ricordo. Quando dormivo a casa della zia Nellina la trovavo la sera nel bagno, dove lui, prima di andare a letto, la lasciava dentro un bicchiere con l'acqua, senza alcuna riservatezza.

Il dottore non faceva mistero di portare la dentiera, muoverla avanti e indietro, sporgerla fuori dalla bocca e ingoiarla con un movimento rapido delle labbra era una cattiva abitudine che nel corso del tempo aveva assunto le caratteristiche di un disgustoso tic nervoso.

«Avà, Soccorsa, altrimenti dico a tua madre che te la fai con quel camionista che pare un africano.»

Nellina si è accartocciata nell'ingresso, le mani appoggiate a terra, a quattro zampe perché non ce la fa a respirare per il nervoso e per il dolore di pancia.

«Dottore, io ce le faccio vedere, ma dopo vossia mi lassa perdere... e poi guardare ma non toccare.»

«Soccorsa, ma che dici? Toccare a una picciuttedda come a tia? "Dice la mamma Rocca, si guarda ma non si tocca".»

La ragazzina è nica, ha solo quattordici anni e, anche se le femmine siciliane crescono e figghiano presto, lei un poco s'affrunta, un poco si scanta. Chiude gli occhi, come se il fatto di non vedere la persona che ha davanti la facesse sparire, e lentamente con le dita che le tremano apre i bottoni della camicetta a uno a uno, in uno spogliarello inconsapevolmente malizioso che ha il potere di stimolare Gnaziu ancora di più.

Quel vecchio bavoso del dottore mastica la sua dentiera incessantemente, ogni tanto una goccia di saliva gli scappa dalla bocca. La vista di quelle minne giovani giovani, tese e dure come due meloni, i capezzoli neri come la pece, gli provoca un'erezione vigorosa, accompagnata da un dolore sordo al basso ventre.

«Dutturi, mi posso vèstiri? Me la posso mettere la camicetta di nuovo?»

«Soccorsa, ma perché vuoi coprire sta billizza, cosa c'è d'affruntarsi quando una tiene due cose meravigliose come le tue? Ascummissa che sono duci come due melograni maturi?»

La ragazza spalanca gli occhi, la sua testolina di adolescente inesperta è zeppa di paure, interrogativi, dubbi sul comportamento più giusto, proprio non è preparata a questo assalto del dottore, eppure in paese lo dicono tutti che se c'è lui in ambulatorio è meglio stare alla larga, "perché il dottore non lascia passare un cane con un osso".

"E se a questo ci pigghia un corpo di sale" si preoccupa intanto Soccorsa, vedendo l'espressione da ebete stampata sulla faccia del medico che per età potrebbe essere suo padre, "chi ce lo conta alla moglie, che per ora è pure imbarazzata?"

Il cuore le batte forte e le sue gambe non ne vogliono sapere di muoversi, è come paralizzata.

«Vieni qua, mettiti sulle mie ginocchia» Gnaziu l'acchiappa per un braccio e se la mette seduta direttamente sopra a quel membro che preme da sotto alla flanella del pigiama.

«Dutturi, mi lassassi stari, che può essere pericoloso!»

Ma lui non ci pensa proprio a lasciarla andare, ogni lassata è persa, oramai è preda delle sue voglie. Le labbra aperte trattengono a stento la dentiera dentro alla bocca.

«Avà, fammele assaggiare, lo so che sono duci come a un pupo di zucchero.»

Nellina intanto, stesa sul pavimento dell'ingresso, si pianta le unghie nelle braccia, si morde le labbra per non urlare tutta la sua rabbia. Ora non può più negare a se stessa le magagne dell'uomo che ha sposato a scatola chiusa e senza nemmeno garanzia. Ora non può fare a meno di sapere, ma come deve comportarsi? Uscire e cominciare a gridare? Cacciarlo di casa? Proprio ora che è incinta per la seconda volta? L'aria le ribolle nella pancia e cerca una via d'uscita. Una serie di piccoli rutti silenziosi le procura un po' di sollievo.

«Soccorsa, come sono morbide le tue minne, sembrano dure a vederle, mentre a toccarle pare di infilare la mano dentro a quella bambagia che tengo sul tavolo dell'ambulatorio vicino alle siringhe...» Il dottore tocca il petto acerbo della ragazzina, lo solleva e lo pressa come se avesse uno stantuffo tra le mani, passa il palmo avanti e indietro sopra ai capezzoli che si alzano dritti e sporgenti, la ragazza è giovane ma la sua carne reagisce come quella di una donna matura. Lui si attacca famelico e comincia a succhiare il capezzolo, che sparisce dentro alla sua bocca vorace insieme con tutta la minna. Poi Soccorsa comincia a piangere e a supplicare: «Dutturi, lassassi stari, non mi rovinasse, che se mi tocca lì sotto non mi potrò chiù maritare» e quando la supplica diventa un ritornello ossessivo, un «no, no, no...» sussurrato e poi il silenzio, Nellina capisce di dover intervenire perché una violenza a una minorenne potrebbe segnare per sempre la sua famiglia. Un urlo raccapricciante accompagnato da un boato, un grosso peto da troppo tempo trattenuto, precedono il suo ingresso nella cucina, teatro della tragedia. Il picciriddu che dorme nella sua culla, svegliato di soprassalto dall'irruzione rumorosa della madre, comincia a piangere.

Nellina trova Soccorsa a terra, le gambe aperte e scomposte, la gonna sollevata, le mutande abbassate a metà, mentre il marito fulmineo tira su i pantaloni del pigiama, traccheggia un attimo di più attorno ai bottoni della giacca come per ricomporsi, la faccia irrigidita in un'espressione collerica, la dentiera mezza dentro e mezza fuori dalla bocca. La ragazza è come paralizzata e piange; invece di alzarsi, rivestirsi e correre via rimane in quella posizione che mostra tutta la sua fragilità, mentre il dottore, che ha ripreso il controllo delle sue pulsioni e della sua dentiera, parla alla moglie con tono seccato, come se fosse stato disturbato per un'inezia durante una riunione importante: «La colpa è tua che mi porti le buttane a casa! Secondo te con una che si spoglia davanti che devo fare io? La figura del garruso?».

Nellina fu bravissima a ritrovare un autocontrollo che non credeva di possedere e, come sempre nella Sicilia maschilista, la colpa fu della ragazzina: «Certamente se una si comporta bene certi rischi non li corre... e d'altra parte l'uomo è cacciatore...».

Per giustificare l'allontanamento di Soccorsa agli occhi dei paesani l'accompagnò a casa e davanti alla porta, senza neanche entrare perché tutti sentissero, fece una scenata alla commare: «La ragazzina non ha verso, maltratta il picciriddu... io la perdono, ma a casa mia non ci deve più incugnare».

Nellina perdonò anche il marito, e ringraziò la Madonna della Luce che ancora una volta l'aveva graziata, facendola arrivare in tempo prima che la buttana rovinasse Gnaziu e tutta la famiglia. Dimenticò l'orrore di quel venerdì santo, fece quattro figli con quel marito maniaco, pericoloso e disgustoso che lasciava la dentiera ogni sera nel bagno, entrava dentro al letto senza denti e senza denti se la scopava pensando alle ragazzine che visitava nel suo ambulatorio.

Per quel che mi riguarda, io evitai sempre di rimanere in casa da sola con Gnaziu. Non capivo esattamente che tipo di pericolo corressi, ma il mio corpo si rifiutava di stargli vicino. Sarà stato per colpa di quel nauseante tic, quel gioco obbrobrioso del va e vieni della dentiera, o per quelle due file di denti deposte senza alcuna riservatezza dove capitava, ma di lui anche quando si fece vecchio non mi fidavo perché, come diceva nonna Agata, *cu nasci tunnu, crescennu non addiventa pesce spada*.

XXIII

Sono cresciuta, ora mi chiamo Agata. Ho lasciato Palermo e raggiunto mio padre, che intanto ha fatto carriera. Sono andata da lui per studiare. La decisione l'ho presa alla fine di una memorabile litigata con mia madre.

La promozione di mio padre e la sua partenza per il Continente se da un lato avevano ridato un po' di respiro a noi che eravamo rimasti a Palermo, dall'altro avevano provocato una profonda frattura familiare: da una parte mia madre e i miei fratelli, dall'altra io, dall'altra ancora mio padre. La mamma e io avevamo vissuto insieme ignorandoci, io non chiedevo, lei non domandava, la vita scorreva, noi figli crescevamo, lei invecchiava. All'ultimo anno di liceo si cominciò a parlare del mio futuro. All'improvviso, senza averci mai riflettuto, espressi il desiderio di diventare medico.

«Voglio curare la gente, voglio diventare un dottore, proprio come nonno Alfonso.» Lo comunicai ufficialmente a mia madre un pomeriggio del mese di giugno, mentre lei con una pezzetta in mano puliva, anzi, disinfettava la sua camera da letto. Sì, perché lei pensava che le cose non fossero sporche, ma infette: l'acqua non bastava, ci voleva anche l'alcool.

«Vih, che nova è questa?», quasi rideva.

«È inutile che ridi, ma', a luglio finisco e voglio iscrivermi all'università, ci ho pensato.» La solita bugia che mi serve per dare forza alle mie ragioni, anche se agisco spesso d'istinto, senza averci pensato proprio. «Voglio diventare un dottore.»

«Agata, il senso oggi non ti funziona... un dottore? Tu? Da quando ti sei fatta sicca e allasimata la testa non ti funziona più. Sempre femmina rimani... devi fare famiglia. Figli non ne vuoi? Non ti vuoi maritare?»

Per la verità ai figli ancora non ci pensavo, avevo solo diciotto anni, e poi di far la serva a un marito proprio non ne avevo gana, ma soprattutto in quel momento non mi andava di dare soddisfazione a mia madre.

«Certo che li voglio, ma non è che i medici sono sterili.»

«Agata, tu hai sempre il babbìo in pizzo. È inutile che fai l'attrice con me, perché oramai l'ho capito come sei fatta, tu mi vuoi fare arrabbiare...» Mia madre si stava alterando, il tono della sua voce era diventato stridulo e si capiva che stava cercando nel suo repertorio le parole più crudeli per colpirmi.

«Io ho deciso, senza se e senza cusà. Mi iscrivo a Medicina.»

«Agata, è inutile che studi perché ti devi sposare, sei femmina e al destino non si scappa.»

«Ma', e non è che se tu ti sei ridotta con una pezzetta in mano pure io devo fare la stessa fine!» L'allusione alla sua condizione era un colpo basso, lo sapevo, ma per la prima volta ero decisa a tenerle testa. Ne andava del mio futuro: non era un sogno che stavo difendendo, ma la mia libertà.

«Sei velenosa, è proprio vero: *figghia fimmina, nuttata persa!*» e mi arrivò una timpulata tra capo e collo. L'umiliazione bruciò più dello schiaffo e mi liberò il cuore da ogni remora nei confronti di mia madre. Grazie a quel suo gesto violento mi sentii svincolata da ogni dovere, il gelo scese tra noi due, non le parlai più e fu come se fosse morta.

Dopo la maturità lasciai mia madre e raggiunsi mio padre, portando con me la sensazione di estraneità che mi tiravo dietro dall'infanzia.

Una volta all'anno, il cinque febbraio, tornavo a far visita ai miei parenti, in una sorta di pellegrinaggio votivo tra quel che restava della mia famiglia.

Nonno Alfonso, prima di andarsene, aveva fatto in tempo ad assistere alla mia laurea, era orgoglioso di me già da quando ero piccola, ma ora che facevo il suo stesso mestiere era tutta un'altra musica. Negli ultimi anni della sua vita mi accoglieva tronfio nel suo ambulatorio, dove ha lavorato fino alla fine. Avevo il permesso di assisterlo solo quando visitava femmine.

«Ora, ciuriddu miu, te ne devi uscire.»

«Perché, nonno?»

«Perché chistu è masculu.»

«Vabbè, ma io sono medico.»

«E io sono tuo nonno e te ne devi uscire, perché quello macari ti manca di rispetto e poi non sta bene che una picciuttedda guarda un masculu nudo.»

«Nonno, ma gli fa male un occhio...»

«E che vole dire, sempre masculu è.» Sordo a qualsiasi argomento, mi lasciava fuori della porta pur rammaricandosi perché, come al solito, lontano da me non voleva stare.

La nonna Margherita ci ha lasciato l'anno dopo il marito. Ninetta, la vecchia tata, è diventata così grassa che non si vede più i piedi da molto tempo, ma ha acquisito un'aura di saggezza che la fa assomigliare a una vecchia sciamana, dirime controversie, compone liti, stagghia malocchio, dispensa consigli, cura malattie.

Le mie zie Titina e Nellina, a causa dei dispiaceri che i mariti hanno loro procurato, hanno abbandonato il linguaggio di tutti e comunicano quasi solo tra di loro, per mezzo di un codice segreto inventato da bambine e fatto per lo più di suoni e di gesti; è il loro modo di fuggire a una realtà che le ha ferite e deluse. Nellina tiene pochi e rari contatti con i figli, che nel frattempo sono cresciuti e da adulti somigliano sempre di più al padre.

In una delle mie visite annuali, durante il pranzo, zia Titina mi fa cenno di seguirla: «Agata, ti devo parlare».

Quasi mi cade la mandibola per la sorpresa, e che fu? La zia ha trovato di nuovo la parola, deve essere cosa grave.

«Agata, mi senti o ti devo fare domanda in carta bollata?»

«No zia, andiamocene di là e mi dici tutto.»

«Ti devo far vedere una cosa», non finisce la frase e scoppia a piangere.

«Che fu? L'Alto Voltaico? S'è fatto vivo dopo tutti questi anni?»

Lei scuote la testa, schiocca la lingua, fa un rumore secco, come di frusta, «nzù», che da noi significa *no*, si nasconde la faccia tra le mani, il naso prominente sporge tra i palmi rosso e gocciolante.

Le do un fazzoletto, un caffè e una sigaretta: questa è tra i parenti di mia madre una specie di medicina miracolosa. Appena c'è una notizia tutti ne svampano una, se è buona per festeggiare, se è cattiva per calmarsi.

Zia Titina fuma con metodo e attenzione, poi, quando è quasi arrivata al filtro, posa il muzzune sul tavolino incurante della cenere che cade a terra, si sbottona la camicia e mi dice: «Guarda». Ha una sottoveste di nylon bianca sopra alla maglia di lana, vero è che siamo a febbraio, ancora l'aria è fresca, ma la maglia di lana non si toglie neanche d'estate, secondo l'insegnamento della nonna Margherita.

«Zia, non capisco...»

«Guarda, ho il collo gonfio e pure le spalle.» Mi avvicino, la tocco con cautela, la cute è tumida. La spo-

195

glio del tutto, ha i segni rossi delle spalline e due solchi profondi sulla pelle. Quelle minne pesano troppo per le sue spalle, sono grandi, grottesche, imbarazzano e ora spaventano pure, perché sono ammalorate. Su quella sinistra c'è un bozzo grande come un'arancia, duro, sembra che zia Titina abbia tre minne invece di due.

«Zia, ma da quanto tempo sei così?»

«Non lo so, me ne sono accorta oggi.»

Da quando ho preso la laurea e soprattutto da quando nonno Alfonso non c'è più, pace all'anima sua, il medico di tutta la famiglia sono diventata io; è a me che si rivolgono per qualunque disturbo, e se io sono lontana aspettano il mio ritorno.

«Zia, dobbiamo fare delle analisi.»

Titina ha una malattia delle minne, si chiama cancro. La porto subito in ospedale e dopo pochi giorni le tagliano via il bozzo, la minna e un pezzo del braccio.

«Ma tu a sant'Agata l'hai pregata?» le domando in ospedale.

«Agata, ma che dici? Proprio tu che sei comunista.» E non ha parlato più con nessuno.

XXIV

A un certo punto della vita il tempo corre veloce e la maturità sta in attesa dietro l'angolo con un carico gravoso di responsabilità. Io non mi sono accorta di essere diventata adulta. Il ricordo della mia infanzia è così vivido e presente che non sono ancora pronta per le nuove difficoltà.

Ho appena finito di curare zia Titina, ci siamo entrambe a malapena riprese, a lei sono ricresciuti i capelli, in me è rinata la speranza di giornate più lievi. Ci ritroviamo a tavola, quando, dopo il secondo e prima del dolce, la zia Nellina mi fa cenno di seguirla con un movimento della testa e degli occhi.

«Agata, ti devo parlare.»

«Pure tu?» sbuffo.

«Perché, chi altri?» domanda, e mi assale il ricordo delle conversazioni tra le due gemelle e nonna Margherita.

«No, così, dicevo per dire... che c'è?»

Ha la solita bocca leggermente storta da un lato, le labbra tirate in una smorfia di dolorosa sorpresa, la stessa che provò trovando il marito con le brache calate davanti a Soccorsa quattordicenne, si muove a fatica, sembra quasi assente, anche se ha dovuto prendere contatto con la realtà e accettare il fatto che il marito era un sivuso schifoso.

Deve essere davvero una cosa importante, penso,

197

per mettersi a parlare lei, per cui *una parola è picca e due sono assai*.

Hanno avuto un destino esageratamente amaro, le mie zie, una vita segnata. Poco amate dal padre, apparentemente sostenute dalla madre che però non aveva le risorse per aiutarle nei loro bisogni, sono state maltrattate da mariti pavidi e imbelli, poi per Titina c'è stata la malattia, cosa succederà ora a Nellina? Mentre inseguo i miei pensieri la zia Nellina mi prende per la mano e mi conduce nel bagno. Sul lavandino c'è il bicchiere di sempre, ma vuoto, la dentiera di suo marito non c'è più, è stata sepolta verosimilmente con lui che, per una inesorabile legge del contrappasso, è morto a causa di un mortificante cancro della prostata che, prima di portarlo alla tomba, l'ha reso lento d'incascio.

La zia si toglie la camicia, la maglietta, il reggiseno.

«Minchia!» mi scappa dalla bocca. Ha tre minne invece che due.

Non sono passati nemmeno due anni dal cancro della sorella gemella, che anche lei ne ha uno. E d'altra parte lo sanno tutti che può ripresentarsi nella stessa famiglia.

Prima di cominciare la solita via crucis tra medici, santoni e fattucchiere mi voglio chiarire un dubbio: «Zia, ma tu l'hai pregata a sant'Agata? Glieli hai preparati i dolci?». È la solita, vecchia fissazione, niente cassatelle, niente grazia della Santuzza.

«Agata, ma che vuoi, babbiare? Lo sai che io sono devota alla Madonna.»

«Ecco, lo volevo dire io!»

XXV

Lo sapevo io che qualche cosa non aveva funzionato. Le gemelle a sant'Agata proprio non l'avevano addingata. Preoccupate della miopia degenerativa che tormentava loro gli occhi e le avrebbe rese cieche di lì a poco, si erano rivolte una a santa Lucia, l'altra alla Madonna della Luce, ed erano rimaste al buio.

L'attesa angosciosa della diagnosi e soprattutto i trattamenti dolorosi, invasivi, che una dopo l'altra subirono mi traumatizzarono.

Rese calve dalla chemioterapia, sia pure transitoriamente, invalide da interventi chirurgici cruenti, prive di energie, abbattute nel fisico, vinte nel morale, le gemelle si rintanarono in casa, allontanando in via definitiva tutto il mondo e comunicando empaticamente solo tra loro.

Nonostante fossi spaventata dal ripresentarsi di una malattia che incide profondamente sul fisico delle donne, colpendole in quella parte del corpo che rimane il simbolo della femminilità, ero rassicurata dal numero pari che risultava dal conto delle minne di noi tre messe insieme: una l'aveva zia Titina, una era quella di zia Nellina, due le mie, erano quattro. Continuai ad andare da loro per diversi anni e non mancai mai a quelle visite malinconiche, una all'anno in occasione del mio onomastico. Avremmo dovuto avere sei minne in tutto, ne erano rimaste quattro, ma comunque sempre in numero pari. Nonna Agata, buonanima, quando disponevamo le minnuzze della santa sul vassoio, non mi raccomandava altro: «Agatì, paro: non sparigliare mai!».

Con il passare del tempo però dimenticai la paura della malattia e le raccomandazioni della nonna, abbandonai ogni forma di precauzione che in questo caso faceva rima con prevenzione. I dolci smisi di prepararli, e addirittura dopo il trasloco non trovai più tra le mie cose la ricetta della nonna.

C'erano tutte le premesse per un futuro incerto, perlomeno sotto il profilo della salute. E se la paura mi coglieva di sorpresa, la allontanavo concentrandomi su altro, mi dicevo che era il retaggio di una cultura vecchia, infarcita di superstizioni. Ma ogni tanto la voce della nonna si faceva sentire: *Agatì, falle bene quelle cassatelle, nzà ma' la Santuzza si offende.*

COMU FINISCI SI CUNTA
(Come va a finire)

I

Sono tornata sulle stesse strade che percorrevo con nonna Agata per raggiungere la sua casa. Come spinta da una forza misteriosa, m'incammino lungo la via Libertà respirando a pieni polmoni il profumo dolciastro dei fiori che arriva a tratti, alternato all'odore dei tubi di scappamento. Il fumo delle stigghiola arrosto si leva denso tra le case del Borgo, ascolto con attenzione le abbanniate degli ambulanti. Giro verso il porto, alla Cala non mi sorprende affatto il puzzo di fogna, di pesce marcio; a destra c'è porta Felice, cammino lenta per corso Vittorio Emanuele, alla mia sinistra si allarga piazza Marina. I giganteschi ficus ci sono ancora, i loro rami, dal centro del vecchio giardino, proiettano ombre sui marciapiedi circostanti, intorno una serie infinita di piccoli ristoranti che vedo per la prima volta.

Veleno, mistero, contraddizioni, è l'impressione che traggo da tutto questo. Palazzo Steri si staglia contro il cielo azzurro, oggi non mi fa paura. Sede dell'università, non ha più l'aria sinistra di un tempo. Mi sembra di avere tra le mie le dita di nonna Agata, che mi stringe con forza. Molti dei vecchi palazzi ospitano oggi fondazioni, banche, sedi istituzionali. I lavori di restauro hanno fatto riemergere dopo secoli la loro struggente bellezza. Tra le antiche e lussuose dimore recuperate, resistono edifici fatiscenti, che sono diventati il punto d'incontro per gli immigrati. Palermo ancora non ha deciso che cosa vuole fare del suo centro storico, se un quartiere lussuoso abitato da ricchi professionisti o una terra di confine in cui vecchio e nuovo, povero e ricco stanno vicini in un rapporto di reciproco sostegno. Come se l'uno non potesse fare a meno dell'altro.

Da qualche anno tutta la zona è oggetto dell'attenzione di abili speculatori edilizi. Anche il palazzo dove abitava la nonna, abbandonato nel corso degli anni dagli inquilini che, come lei, avevano preferito le case in cemento della periferia, è stato acquistato e rimesso a nuovo. I lavori di restauro sono in una fase avanzata, tanto che i ponteggi sono stati in parte rimossi ed è visibile la facciata di tufo giallo alternato a zone grigie di cemento, bianche di calce; le ringhiere di ferro battuto, arancione sgargiante per l'antiruggine, sono state ripristinate, il portone di legno massiccio è spalancato e posso muovermi indisturbata nell'androne grande, luminoso, magnifico; le chianche di marmo di Billiemi brillano, i gradini delle scale, in pietra pece appena lavata, sono così lucidi che quasi mi ci posso specchiare. L'emozione mi chiude la gola, resto indecisa tra il pianto e il sorriso, la mia infanzia mi passa davanti agli occhi come un film malinconico.

La figura di nonna Agata mi viene incontro per le scale, con il suo vestito nero, sformato, i suoi capelli radi, grigi, tagliati a caschetto appena sotto le orecchie, il sorriso enigmatico che non lascia trapelare il suo stato d'animo. Mi sembra di vederli tutti, i miei parenti, ognuno al posto suo, dove li incontravo da bambina. Il nonno Sebastiano davanti alla porta del barbiere all'angolo della piazza, con la grossa pancia che gli impedisce di chiudere le gambe, il bastone tra le mani, lo sguardo perso di chi già non ha più ricordi, speranze, sogni. E poi lo zio Vincenzo, il lattaio, tra bottiglie di vetro e lanne di uova, le mani rosse per i geloni provocati dal ghiaccio che preservava la sua crema di latte, golosa conclusione di ogni pranzo di famiglia... Sono tutti qui, nessuno di loro sembra sia mai andato via. E adesso ci sono anche io.

Torno da adulta, una giovane donna piena di speranza, anche se in un angolo della mia anima c'è la voce di nonna Agata che mi rimbrotta: *ma che ci sei venuta a fare? Questo è un posto dal quale si può solo provenire.* Gliel'ho sentito dire parecchie volte quand'ero piccola, ma cosa volesse intendere allora non lo capivo, e a dire la verità forse non lo capisco neanche adesso.

"Perché non sarei dovuta tornare?" mi dico un po' in ansia, e cerco di allontanare quel fastidioso grillo parlante... ah, se avessi un martello come Pinocchio, ah, se ci fosse ancora nonna Agata, se potessi chiederle consiglio...

Nella testa affollata di ricordi, emozioni, dubbi si aggiunge la voce di nonna Margherita: *se avessi, se potessi, se fossi erano tre fessi che andavano in giro per il mondo.*

La mia passeggiata continua nel quartiere della Kalsa, che non ha ancora una nuova identità ma ha completamente perso quella di un tempo. Il forno delle signorine Zummo è chiuso da molti anni, solo l'insegna, scolpita direttamente sulla pietra della facciata, ne testimonia la passata esistenza. Smantellate tutte le vecchie attività commerciali, chiuso il barbiere, il negozio degli alimentari, il tabacchino, spariti gli artigiani, la novità in questa strada piena di ectoplasmi è un bar dalle vetrate lucide, i tavoli d'acciaio e un'insegna ammiccante: COSE DUCI.

Da quando ho lasciato Palermo, in fuga da mia madre e dalla sua freddezza, non c'è stato un solo giorno in cui non abbia sperato di tornare. Sono qui per ricucire i pezzi del mio cuore rotto, per rivivere l'ammaliante bellezza di una città che neanche le speculazioni peggiori sono riuscite ad annullare. Il sagrato della chiesa della Gancia mi compare di fronte all'improvviso in tutta la sua magnifica decadenza. Generazioni di ladri, furfanti, scippatori, ma anche operai, modesti artigiani, impiegati si sono sposati in questa chiesa, hanno battezzato i loro figli, chiesto aiuto nel bisogno, si sono rifugiati in cerca d'asilo. Ora invece il suo portone si apre solo la domenica a orari fissi. Lascio alla mia destra palazzo Abatellis e mi addentro soprappensiero nel quartiere alle sue spalle. La nostalgia è un dolore fisico cui mi abbandono con un sottile piacere. I ricordi sono un mare agitato nel quale per qualche giorno mi piace nuotare.

II

Tra agenzie, amici, parenti, vecchie compagne di scuola è in corso una specie di gara a chi mi trova la casa più bella e più grande. Ho rivisto zio Nittuzzo e quel che resta della mia famiglia. Mia madre no, e nemmeno i miei fratelli. Dopo la nostra litigata non ci siamo più parlate. Lei non mi ha più cercata e io, distratta da altre cose, a lei proprio non ho pensato. Negli anni di convivenza forzata con mio padre ho dovuto costruire un rapporto con lui dal nulla, ho imparato ad amarlo, l'ho perdonato, ne ho capiti i limiti e apprezzato la grandezza. Pochi mesi dopo la mia laurea, papà se n'è andato, consumato dal lavoro, dall'ambizione, dalla fatica. La sua morte è stato uno strappo senza rattoppi, un dolore acuto, violento, insopportabile per molto tempo.

La mamma era arrivata il giorno del funerale a svolgere il ruolo di vedova inconsolabile e a reclamare la sua parte. Era l'occasione giusta per una riconciliazione, che non c'era stata. Qualche parola di circostanza, un saluto freddo, un abbraccio rapido e sbrigativo con i miei fratelli che l'accompagnavano, poi di nuovo la separazione e la certezza che non ci saremmo più riviste. Le poche parole scambiate con Sebastiano e Alfonso servirono solo a tendere un immaginario filo di unione tra noi, a rendere formalmente meno astioso il nostro allontanamento, ad attenuarne il carattere di irreversibilità.

Mio padre fu sepolto a Palermo, me lo aveva chiesto più volte negli ultimi giorni di malattia. Dopo il suo funerale, a parte un amoretto che si sarebbe esaurito di lì a poco, nulla mi tratteneva più in una città nella quale e con la quale, nonostante gli anni di studio e formazione, non avevo stabilito alcun legame affettivo.

Il senso euforico di libertà che la vita "in Continente" mi aveva trasmesso nei primi tempi era stato presto smorzato da una irrequietezza profonda. La luce pallida e l'aria priva di odori non reggevano il paragone con profumi, colori e sapori siciliani, di cui sentivo la mancanza. La nostalgia era esplosa nella mia anima facendo di me una giovane donna insofferente e insoddisfatta. In questo vuoto esistenziale l'idea di tornare a vivere a Palermo si fece strada nella mia testa. Quella fantasia nata dal nulla diventò presto un progetto.

Per riempire il buco che la morte di mio padre aveva lasciato nella mia vita avevo preso l'abitudine di passare quasi tutto il mio tempo lavorando. Contrariamente alle previsioni pessimistiche di mia madre non solo facevo il medico, ma avevo conquistato una specializzazione impegnativa, ero diventata una ginecologa e – in attesa di avere figli, in accordo con la tradizione che vuole le donne felici solo se prolifiche – aiutavo le altre a partorire. Coprivo volentieri i turni più faticosi, sostituivo di buon grado i colleghi che me lo chiedevano. La sala parto era di sicuro più affollata e più vitale della mia casa. E poi il parto mi commuove. L'eterno ripetersi di dolore e gioia, l'amore che si apre la via tra sangue e sudore ha il potere di esaltarmi, mi riconduce al nucleo essenziale della vita. Entravo in ospedale vuota, secca, e ne uscivo piena, forte, certa che il segreto dell'esistenza fosse lì a portata di mano, dovevo solo allungare il braccio e avrei potuto afferrarlo, possederlo.

Le ore scorrevano veloci tra le visite in ambulatorio, i controlli delle pazienti operate, le ricerche in biblioteca, e colmavano ogni giorno un pezzetto di quel vuoto che la morte di una persona cara apre in chi resta. Il pianto dei neonati ogni volta mi ridava fiducia: nel breve tempo sospeso in cui tutti trattengono il respiro come nell'attesa che la vita si manifesti, celebravo il sacro rito della riconciliazione con il mondo e con me stessa. Più assistevo gestanti più mi persuadevo che anch'io avrei dovuto accogliere la vita così: semplicemente, quasi automaticamente, come un respiro a pieni polmoni.

La notte dell'ultimo dell'anno, mentre le ostetriche preparavano la cena in un momento di calma, con la sala parto più vuota di me, l'idea di tornare a Palermo era un pensiero che non mi lasciava in pace.

"A nessuno ci spercia di nascere questa sera." Non faccio in tempo a pensarlo che: «Dottorè, la vogliono in accettazione». La chiamata dell'ostetrica è la prova del potere invocativo delle parole. Faccio le scale pregando sant'Agata: "Santuzza mia, fa' che sia un parto, fa' che ci sia una vita in giro".

La trovo accucciata in un angolo, piccola di statura e di costituzione, sembra molto giovane. L'espressione disorientata del viso la fa apparire ancora più fragile e bisognosa d'aiuto. Indossa un lungo vestito beige che la copre come un sacco informe, dalle maniche spuntano le manine ambrate, con dita minute che finiscono in unghie tonde, corte, bianche; un velo, beige anche quello, con piccoli fiori marroni, intonato al colore dell'abito forse per un curioso gesto di civetteria, le copre i capelli e metà della fronte. Non piange, non urla, non si lamenta. È sola, è straniera, è incinta e non parla l'italiano.

"Ti ringrazio, Santuzza, finalmente un po' di vita! Certo mi potevi mandare una che parla la mia lingua, a questa ora che ci dico?" Ma è meglio che non mi lamenti, *nzà ma', Agatina, il Padreterno si secca e ti toglie quello che hai*, la voce di nonna Agata affiora alla mia mente.

«Dottorè, la ricoveriamo?»

«La vuoi mandare a partorire per strada?»

«Dottorè, allora spicciamoci, chi nasce per primo nell'anno nuovo finisce in televisione.»

Si chiama Kadija, il nome lo troviamo sui documenti che tira fuori dalla tasca, è marocchina.

Non serve la barella, anche se è dolorante Kadija ci segue con i suoi piedi fino al reparto maternità al primo piano. Si lascia spogliare completamente, non oppone resistenza, solo quando le tocchiamo il velo protesta energicamente. «Dài, Kadija, non stai più comoda?» Fa cenno di no con la testa.

Poi si lascia visitare, è morbida nelle movenze, nei gesti. Quando arriva il dolore emette dalla bocca un sibilo discreto, prolungato. Il travaglio lo trascorriamo insieme, lei a letto, io seduta accanto su uno sgabello. Ogni tanto cambia posizione, si gira da un lato, poi dall'altro, si poggia sulle braccia, si tira su, poi scivola dolcemente verso il fondo del letto e risale. Ha una pancia piccola e puntuta; una lunga linea scura dall'ombelico al pube che si tende a ogni contrazione. I suoi occhi grandi e neri mi riempiono l'anima. La sua mano cerca la mia, la stringe per suggellare un patto di muta solidarietà tra noi due.

Le minne dure e gonfie, percorse da un reticolo di vene blu e sottili, sembrano sul punto di scoppiare, i capezzoli sono scuri e marcati. Nelle ore di travaglio non mi stacco mai dal suo letto, sono io che ho bisogno di lei. La donna è esile, giovane, eppure emana un potere immenso e io per osmosi, attraverso il contatto fisico con la sua mano minuta, ne assorbo la forza. Un sentimento di affetto mi riempie il cuore a poco a poco. Mi sorprendo a essere grata alla ragazza, alla Santuzza, alla vita.

In questo momento mi è chiaro che devo tornare sui miei passi, percorrere la strada inversa, andare a casa.

Improvvisamente, mentre fantastico sul mio ritorno a Palermo, il respiro di Kadija si fa affannoso, gli occhi si stringono, diventano due fessure, la pelle del viso si contrae in mille minuscole pieghe, la sua mano si stacca dalla mia e si aggrappa al braccio in una silenziosa richiesta d'aiuto.

La visito: la vulva è tesa, tumefatta. La testa del bambino, coperta da capelli e grumi di grasso bianco, burroso, affiora prepotente. Kadija non sibila più, ora emette un suono grave, gutturale, che dalla parte più profonda del suo corpo sale lungo la gola fino alle labbra. L'aiutiamo a spingere. Il velo che le copre i capelli è bagnato di sudore. Le faccio poggiare le mani sulle cosce, le gambe sono piegate sull'addome, il capo sollevato da alcuni cuscini, il mento poggiato sul petto. Le accarezzo la fronte, le asciugo il sudore, le parlo dolcemente, le tengo ferma la testa mentre spinge a denti stretti. Tre, quattro, cinque spinte forti, violente.

La ragazza è così minuta, lo sforzo così grande, sembra quasi che si stia rompendo. Un'altra spinta, la testa del bambino è fuori. Le guance prominenti da criceto, con due linee scure al posto degli occhi che ancora devono aprirsi, le sopracciglia marcate e una piccola sporgenza tonda, il naso, in una faccetta ovale che ispira simpatia e tenerezza, fanno capolino tra le gambe di Kadija. La ragazza ha gli occhi spalancati, le labbra serrate, un suono morbido come di lamento si sente nell'aria, poi anche le spalle sono fuori, il resto del corpo, fino ai piedini incrociati l'uno sull'altro, arriva velocemente. C'è un attimo di sospensione, è il solito sgomento prima che la vita esploda, e poi eccolo, il pianto liberatorio del bambino segue immediatamente il sospiro di tutti noi che abbiamo ripreso aria e gli diciamo: «Benvenuto».

Lo avvolgo in un panno verde, lo porgo alla mamma. Kadija lo attacca al seno, è così giovane e sa già cosa fare, sembra che stia giocando con una bambola; anche suo figlio sa cosa gli spetta e comincia a succhiare quella minna piena di grazia. È la sacra rappresentazione del potere che hanno le donne di salvare il mondo. Ora so che alla vita non ci si può opporre e io, se voglio tornare a essere felice, la devo accogliere nella sua pienezza, respirarla a pieni polmoni, mangiarla a muzzicuni.

Pochi mesi dopo, a primavera, la notizia di un posto di lavoro per me all'ospedale di Palermo. Faccio i bagagli in fretta e furia, pensando di lasciarmi finalmente alle spalle il vuoto. Ma il buco è dentro di me, e la morte di mio padre non ha fatto altro che renderlo ancora più grande.

III

A Palermo forse dovrei incontrare mia madre, fare con lei la stessa operazione compiuta con mio padre, cercare di comprendere le ragioni del suo comportamento. Non ne sono capace. Ricongiungermi a lei sarebbe il sistema più naturale per ritrovare la mia identità, conquistare la felicità che mi è stata negata per molto tempo, riempire la trincea che è stata scavata nella mia infanzia. Forse c'entra anche la pigrizia, voglio evitare le estenuanti discussioni che ricordo ancora con troppo disagio, perché certe ferite una volta aperte non è facile chiuderle. Insomma, non mi decido mai a fare il primo passo, il lavoro consuma tutte le mie energie.

Ogni mattina il primo pensiero è per mia madre: mi alzo piena di buoni propositi e alla sera mi accorgo di averla ancora una volta evitata, la sua assenza mi avvelena l'anima. Ci sarebbero anche i miei fratelli... ma se loro non mi cercano, perché dovrei essere io a farlo?

Un pomeriggio zio Nittuzzo mi bussa alla porta. «Agata, c'è nova!» Fa qualche secondo di pausa e poi continua: «Ti abbiamo trovato la casa!». Mi guarda con aria soddisfatta e aggiunge: «Veramente c'ha pensato zia Cettina...». Già, la moglie di zio Nittuzzo, la figlia senza minne di don Ciccio Abella, quella che mio padre non aveva mai voluto addingare perché apparteneva a una famiglia 'ntisa.

«Agata, mi senti?»

«Sì, zio, scusa.»

«Allora, tua zia Cettina ha smosso tutte le sue amicizie, e indovina? La casa di via Alloro, quella di nonna Agata, tra qualche mese sarà pronta, nuova, rifatta e finita, e tu potresti tornare a vivere lì.» Apro e chiudo le labbra, ma non trovo le parole giuste per descrivere la mia felicità.

«Ma che hai, Agata? Sei strana! Manco un grazie... che sei scucivola!»

«Scusa, zio, anzi... grazie. Certo che sono felice.»

«E me lo dici con questa faccia?»

«Questa ho, perché che fa?» La botta di veleno mi esce da sola.

«Agata, ma che fu?»

«Zio, veramente... sai, mi manca la mamma, e poi pure i miei fratelli.»

«Agata, pari scimunita! Ma che te ne fotte di loro?» Scrollo le spalle in segno d'indifferenza, ma l'espressione del mio viso non fa scopa con il gesto, perciò zio Nittuzzo rincara la dose: «Ma una come a tia, che travagghia tutto il giorno e certe volte pure la notte, un dottore! Ma vero dici che sei gelosa dei tuoi fratelli? Ma lo sai che Sebastiano, alla sua età, ancora sta a casa con tua madre? E lei lo ha fatto diventare un locco preciso!».

La stoccata di zio Nittuzzo mi ha regalato una sensazione di tepore, lui conosce i miei problemi, ogni tanto ne abbiamo parlato, ha raccolto qualche sfogo e forse anche per consolarmi parla spesso male della mia famiglia.

«Se lo vedi, Agatina, non lo riconosci nemmeno... È ingrassato, senza capelli, dice minchiate una dietro l'altra, ci fa camminare i treni. Tua madre Sabedda lo ascolta rapita e poi commenta: "Vero è! Ragione ha!". Però sono felici, la mattina fanno la spesa insieme, si prendono il caffè al bar, mangiano, fumano, si guardano la televisione. Se a Sebastiano ci gira storto, lei neanche fiata, lo lascia sfogare e poi lo mischinia: "Mischino, fa quello che può... non è che si può spremere il sangue dalle pietre". Lui si calma e ricomincia con le sue solite minchiate.»

«I figli non si amano tutti allo stesso modo» rispondo, ed è una considerazione piena di amarezza, alla quale si aggiunge il ricordo della voce sprezzante di mia madre: *Agata, la tua parte debole è il sentimento.*

Alfonso, l'altro fratello, si è sposato una ragazza brasiliana, ha lasciato Palermo e da qualche anno, probabilmente per sfuggire alle grinfie di mia madre che gli avrà fatto pagare caro quel matrimonio misto, ha fatto perdere le sue tracce.

Mi vergogno di non essere capace di affrontare mia madre, sono avvilita per il mio comportamento, per la mia fuga.

I racconti di zio Nittuzzo, infarciti di particolari malevoli ai quali mi attacco tenacemente per alleggerire il mio senso di colpa, mi fanno sentire sollevata e quasi in pace. Come si dice da noi: *meglio una volta arrussicare di vergogna che cento aggiarniare per l'invidia.*

Tutto sommato, a Palermo sono felice.

Non ho molto tempo per pensare alla mamma, ci sono il trasloco, la casa da sistemare, il lavoro nuovo da affrontare, le vecchie amicizie da recuperare, l'altra parte della famiglia da rintracciare.

Ho con me l'albero genealogico dei Badalamenti, un grande foglio di carta sul quale nonna Agata aveva annotato tutti i nomi dei discendenti e dei collaterali; nascite, matrimoni, morti sono riportati con la precisione di un ragioniere, e d'altra parte lei era nata sotto il segno della Vergine e si era diplomata maestra.

Tra i parenti che sicuramente non andrò a trovare c'è mio zio Bartolo, il letterato. Ha sposato una collega, sua fidanzata storica, e si è allontanato dalla famiglia subito dopo il matrimonio. La nonna aveva sofferto per questa separazione, ma si era consolata in fretta e forse neanche ci pensava più, a quel figlio ingrato che un tempo le aveva dedicato versi e poesie. Per colpa della nuora, o chissà mai perché, Bartolo con i sentimenti aveva poca dimestichezza, le loro conversazioni si erano diradate ogni giorno di più, fino al silenzio. Quando la nonna cominciò a star male e la sua memoria a mostrare falle sempre più grandi, la prima persona di cui dimenticò il nome fu proprio Bartolo. Lo scambiava per un cocchiere che guidava la carrozzella, si rivolgeva a lui chiamandolo *gnuri*, con il termine dispregiativo usato per le persone di ceto sociale basso. Lui finse di offendersi e non si fece più vedere.

«A Bartolo sua moglie ci mise la faredda e lui non getta un passo senza che lei lo comandi» prosegue zio Nittuzzo.

«Ma che dici? La verità è che non l'hai mai potuto vedere.»

«*Ammuccia, ammuccia, ca tuttu pari!* Vero è che mi fanno antipatia, lui e quella rifarda di mugghiera. E poi è un matacubo grasso come un ippopotamo e cieco come una talpa. Se lo vedi lo riconosci da lontano, nivuro nivuro, pare uno scecco... prima o poi agghiornerà tisu come a un baccalaru, con tutti quei dolci che si mangia di nascosto... sua moglie gli pesa tutto quello che deve mangiare, praticamente lo tiene digiuno.» Quando si tratta di sparlare del fratello, Nittuzzo non si ferma un attimo: «E lui sai che fa? Prima di tornare a casa passa alla pasticceria, ordina sei etti di cassata e si consola della vita che fa, della famigghia che avi, dei mostri che ha generato».

«Zio, che sei esagerato!»

«*'U rispetto è misuratu, cu lu porta l'avi purtatu*. Bartolo è velenoso e invidioso, non poteva vedere tuo padre, buonanima... che vuoi, Baldassare aveva fatto carriera, Bartolo invece sempre qui, a insegnare in provincia.»

Zio Nittuzzo, l'asino di casa Badalamenti, che non aveva voluto studiare e perciò, secondo mio padre, era destinato a fare il politico, è una malalingua, ma buono e abbastanza generoso da dimenticare immediatamente le offese ricevute. Ha molto amato mio padre, per lui era motivo di vanto, così studioso, così bravo, quello che aveva fatto fortuna, era andato in Continente e possedeva anche la casa al mare. Con i suoi amici si fa bello del fratello maggiore, pure se oramai non c'è più. Ed è ugualmente orgoglioso di me, che sono stata «così brava da diventare medico e vincere un concorso, anche se così stupida da tornare a Palermo».

IV

Un anno dopo il mio arrivo entra nella mia vita un minchia qualunque, senza né arte né parte, dai modi volgari e dai vestiti eleganti: il marito di Rosalia Frangipane, la figlia arrinisciuta del boss della Cala. Ancora non posso sapere fino a che punto sconvolgerà la mia esistenza.

Saranno i profumi intensi di una terra esageratamente bella, i suoni acuti di una città che non riposa mai, la luce violenta del sole, ma sono frastornata e priva di barriere difensive. Ogni emozione mi colpisce con l'intensità dello scirocco che non dà tregua neanche d'inverno. Il primo giorno che metto piede nel mio appartamento di via Alloro, incontro uno sconosciuto che sembra uno di quei viddani appena tornati dalle campagne, finito di spagghiare: le maniche rimboccate fino ai gomiti, il colletto slacciato, la camicia fuori dai pantaloni, dirige gli operai senza che nessuno gliel'abbia chiesto, mi sembra il capo dei facchini.

«Chistu lu metti ccà... no, il cappello d'in capo a lu lettu levalo, che è malagurio... Totò, che fai, non lo vedi che il gesso è ancora umido?»

Ha una lieve peluria sulle braccia dorate dal sole, gli occhi neri, piccoli, vicini a un naso da porcellino che sembra voglia grugnire da un momento all'altro, un casco di capelli ricci e grigi sopra alla testa. Si tratta del proprietario dello stabile, anzi, *l'amministratore*, me lo dice lui con tono risentito. La famiglia della moglie ha fatto il *bisinesse* e comprato i palazzi di via Alloro a prezzi stracciati; dopo il restauro ha affittato gli appartamenti e lui si occupa degli inquilini, delle camurrie, degli annessi e connessi.

Gli affari di fine secolo sono molto simili a quelli degli anni passati e si fanno acquistando nel centro storico, abbandonato al suo destino nel periodo del sacco di Palermo, vecchi edifici fatiscenti che vengono poi ristrutturati con i fondi della Comunità europea e i mutui agevolati di banche compiacenti. Il quartiere però, lo devo ammettere, brilla di nuova luce.

«Scusi, signor...»

«Abbasta.»

«Basta, cosa?»

«No, Abbasta sono. Santino Abbasta: proprietario e amministratore dello stabile.»

«Mi scusi, ma sa, non avevo capito... *abbasta* per me significa *basta*. E la casa sarà di proprietà sua, ma io l'ho affittata, pertanto è mia.» Lui neanche mi risponde, mi gira le spalle e continua a dare ordini agli operai. Sono indispettita e irritata da tanta maleducazione.

«Signor... Abbasta, comunque, per chiarire, a me il letto piace in mezzo alla stanza e siccome questa è casa mia... se lei mi fa la cortesia... se si leva di mezzo, dico io agli operai quello che devono fare.»

«Signora, senza che si offende, il letto in mezzo alla casa è cosa di funerale, di solito noi ci conziamo il morto, perciò, se lei non se la prende a male, preferisco addossarlo al muro. Sa com'è, sapere che in una casa di mia proprietà c'è il catafalco sempre conzato... insomma, mi leva il sonno della notte.»

Il vastaso in maniche di camicia ha una voce suadente, toni persuasivi, e accompagna le parole con gesti ampi delle mani, avanzando con il corpo di qualche metro verso di me, atteggiando le labbra, che intanto si sono aperte in un sorriso, come a un bacio leggero.

Difficile resistere a questo incantatore. Ma al momento non mi rendo conto della sua pericolosità, anzi quel discorso sulla malasorte, il catafalco, il sonno della notte, me lo fanno classificare proprio come un minchia qualunque. Dovrebbe mettermi in allarme il fatto che finisco per dargli ragione...

Sono sicura che nonna Agata si rivolterebbe nella tomba se potesse vedermi così remissiva nei confronti di un uomo qualunque e pure sconosciuto. Lei così cattolica, così perbene, tra vespri, rosari, preghiere e messe cantate, il tempo o il desiderio di taliare gli uomini non l'ha mai avuto. Invece a me quelle braccia nude e dorate che spuntano fuori dalle maniche della camicia, i denti bianchi, il sorriso mascalzone di quel Santino mi attirano come una calamita. "La nonna" penso "non approverebbe." Ma per mettere a tacere la coscienza, mi dico che sto tornando dopo molti anni nella casa che è stata dei nonni, e desidero entrare con il favore del fato e l'approvazione dei vicini. Ecco perché non voglio indispettire questo gentile signore che, tutto sommato, sta solo dimostrandosi molto ospitale.

«Va bene, lo sposti» e, quasi sentendomi in dovere di giustificarmi, aggiungo: «... che vuole, sono stata lontana, ho quasi dimenticato le nostre tradizioni, al malocchio proprio non ci pensavo. Ma mi pare che lei abbia ragione, perciò il mio letto lo faccia mettere dove le pare e continui pure come se fosse casa sua, io levo il disturbo.»

V

«Agata, ti trovi bene? La casa è comoda?» Zio Nittuzzo è passato da me varie volte, s'informa, è premuroso e affettuoso.

«Zio, sto bene.»

«Agata, la vuoi sapere l'ultima di tuo zio Bartolo? Vabbè che te la puoi leggere sul giornale...»

«Vero? Sul giornale? Ma che combinò?»

«Niente, una delle sue solite minchiate... quello la testa ce l'ha solo per figura.»

«Zio, ma non è che finiamo in cronaca nera?»

«Ma va', Agatina, sei rimasta la babba di quand'eri picciridda.» Quasi mi pare di sentire la voce di nonna Agata: *Agatina, sei una babbasunazza!*

«Chessò, a forza di sentire delitti, crimini, mafia...»

La risposta di zio Nittuzzo è di colpo dura: «La mafia non esiste, è un'invenzione. E soprattutto non dire mai quella parola a casa mia, davanti a tua zia Cettina, lo sai che quella è una sensibile, certe parole non le può sentire. E poi *fa' bene ai porci e limosina a parrini*!». Lui, che è sempre stato attento a non creare difficoltà o imbarazzo a mio padre, ora si aspetta che io faccia altrettanto con sua moglie alla quale, secondo lui, dovrei essere grata per l'accoglienza, la casa, il contratto d'affitto. Non capisco la sua irritazione e insisto: «Ma zio, e tutte quelle cose che scrivono i giornalisti?».

«Farfantarie dei continentali per buttare a terra l'onore dei siciliani. Ma lo vuoi sapere o no che ha fatto Bartolo?»

Mi faccio il conto della serva: ho già litigato con metà della mia famiglia, non posso correre il rischio di perdermi l'affetto di zio Nittuzzo, il quale, ancora dopo tanti anni di matrimonio, davanti al culo a cuddureddu della moglie non capisce più niente. Perciò rispondo con tono conciliante.

«Sì, scusa zio, racconta.»

«Passanno ieri, San Valentino, festa degli innamorati, Bartolo va a scuola come tutte le mattine. Posteggia la macchina e scende baschiando come un cane da caccia dopo un inseguimento.»

«Con tutto quel grasso che ha intorno alla pancia, appena si muove il respiro gli diventa affannoso.» È il mio modo di dimostrare interesse per le parole di zio Nittuzzo.

«L'ascensore era rotto, perciò sale le scale e a ogni scaluni un santiuni. Acchiana contando i gradini. Uno, due, tre, dieci, la prima rampa. Si ferma, pigghia aria, poi undici, dodici, venti, la seconda. Il cuore, quella cipudda sicca che ha dentro il petto, batte come un orologio rotto.»

"Sono le uniche occasioni in cui Bartolo si accorge di averne uno, come tutti gli esseri umani" penso, ma tengo per me questa considerazione, zio Nittuzzo si è innervosito con quella storia di mafia e voglio che si dimentichi presto del nostro piccolo scontro e si rivolga a me di nuovo in tono affettuoso.

«Si toglie gli occhiali, ci dà una puliziatina con la cravatta, ci pare che per colpa delle lenti lorde le cose non le vede chiare. Si rimette gli occhiali sul naso 'nsivato... davanti alla finestra, illuminati dal sole forte come nel mese d'agosto, ché tu lo sai com'è qui, certi giorni d'inverno pare di essere in piena estate, caldo, vento, scirocco... be', davanti alla finestra ci sono due picciotti che si vàsano.»

«E allora?»

«Agata, ma tu niente sai di Bartolo? Quello è un baccalaru che solo Dio e sua moglie sannu comu li fici i due figli che ha. Allora lui, senza se e senza cusà, tuppulìa sulla spalla del maschio. Quello neanche ci dà conto, si stacca dalla bocca della ragazza giusto il tempo di dire: "Un attimo! Un poco di rispetto per l'amore". Bartolo muto, senza spiccicare una parola, ci bussa di nuovo. Quello, senza girarsi, convinto che è un amico che ha gana di babbiare, dice: "Quando ti farai zito pure tu, la finirai di scassare la minchia". Bartolo arraggiatu, confuso, immobile che pariva una statua di sale, non sapeva cosa fare. A lui, il preside, rispondere in questo modo vastaso!»

Il racconto di zio Nittuzzo è ricco di particolari e non tralascia alcun dettaglio, non so come ma conosce persino il colore del maglione del ragazzo, le scarpe, a chi i due sono figli. Mi sembra di vedere zio Bartolo, la sua sagoma rotonda che si staglia nella luce della finestra, le mani sulla fronte per mettere ordine nei pensieri, gli occhi che vanno a destra e sinistra, la mente concentrata alla ricerca delle parole giuste con le quali interrompere quello che lui ritiene un comportamento scandaloso.

«La picciotta» continua zio Nittuzzo, «siddiata per quello scimunito allampiunatu dietro di loro, dice in un orecchio allo zito: "Amore, dietro di te c'è un mommo che ci sta taliando". Il ragazzo d'istinto si gira, pronto a cafuddare, e Bartolo comincia a ghittari vuci: "Sospesi! Siete sospesi! La scuola non è un casino!". I giornali da due giorni si stanno scialando, lui ha fatto la figura del minchia in tutta Italia e il guaio è che portiamo lo stesso cognome.»

«Sì, ha fatto la figura del fesso.»

«E si capisce. Ma a due picciutteddi in amore va a inquietare? È che quello è invidioso, non può vedere campare nessuno: perciò non ci andare, da lui. Intanto perché ancora non ti sei maritata e magari ti parla dietro, ti dice che c'hai qualche difetto, e se capisce che ti mantieni con il tuo lavoro e non devi rendere conto a nessuno ci piglia un colpo di sale. Se poi vengono a sapere che sei nella nostra vecchia casa, capace che quella ma'ara di sua moglie ti fa il malocchio.»

VI

Tra turni in ospedale, parenti, amiche, le giornate mi passano veloci. Alla sera mi addormento tranquilla, felice come mai nella mia vita. La casa di nonna Agata, anche se completamente trasformata, ha mantenuto integra l'energia e l'atmosfera di un tempo. Mi pare anche, magari sarà suggestione, che la nonna mi sia accanto e mi protegga.

Il mazzo di rose rosse lo trovo una mattina davanti alla porta di casa. Il biglietto che l'accompagna è scritto a mano, con una grafia minuta quasi femminile, le *o* e le *a* tonde con un ricciolo finale, come se l'autore fosse un bambino di scuola elementare.

Anche senza cataletto conzato, io la notte non chiudo occhio.

Santino Abbasta

Non mi stupisce l'omaggio dell'amministratore, ha fama di femminaro e da come mi guarda quando m'incontra quello che gli passa per la testa non è una novena alla Madonna. Tolgo la carta, il fiocco, sistemo i fiori in un vaso oscillando tra fastidio, compiacimento, divertimento. La corolla di una rosa cade sul tavolo delicatamente, senza far rumore. Una gliel'hanno data ammalorata, a questo bardasceddu che si sente il padrone del mondo. *I meridionali ti devono fottere per forza, è nella loro natura*: è una delle considerazioni che cominciò a fare mio padre dopo il suo trasferimento in Continente.

Prendo tra le mani la corolla staccata, è morbida, come di seta... sembra un pezzo di stoffa arrotolata, un fiore finto come quelli che adornavano il cappello della nonna. La giro tra le mani e mi accorgo che con arte e pazienza il fioraio ha arruzzulato una mutandina rossa, l'ha girata più volte su se stessa, le ha dato la forma di una rosa spampinata, l'ha legata perché non si aprisse improvvisamente e poi l'ha fissata a uno stelo verde legnoso, lungo lungo. Chissà quanto ci ha pensato Santino Abbasta per farsi venire in mente l'idea del fiore. Porco! ... ma interessante. E la peluria dorata delle sue braccia forti, lisce, mi solletica la pelle e l'immaginazione fino a sera.

Capita per caso, all'inizio mi pare pure un babbìo, ma piano piano Santino Abbasta mi entra nella fantasia e nel cuore, e mi abita come un alieno. Non ho risposto al suo gesto, ma la meglio parola è quella che non si dice: la mattina dopo Santino mi fa trovare un nuovo bouquet, sempre rose, sempre rosse, e sempre accompagnate da un bocciolo di stoffa.

Nulla è più come prima. In ospedale il lavoro si svolge normalmente, ma io non ho testa; le amiche passano a trovarmi, chiacchierano, spettegolano, ma io non le ascolto; zio Nittuzzo mi circonda di attenzioni che mi lasciano indifferente. Vero è che il ritorno a Palermo, almeno nei primi tempi, ha portato ordine e normalità nella mia vita scavicchiata, anche il senso di vuoto si è attenuato. Il ricordo di papà non è più un dolore fisso alla bocca dello stomaco ma una nostalgia dolce, persino rassicurante. Ma ora che le giornate sono scandite dai fiori di Santino, il senso di estraneità è di nuovo comparso all'orizzonte.

«Ogni giorno mi manda un mazzo di rose...»

«Presuntuoso e prepotente.» Conosco Clotilde dai tempi della scuola elementare, ritrovarla è stata una festa e la conversazione, le confidenze, fluiscono tra noi come se non ci fossimo mai separate.

«Se te la devo dire tutta, a me la cosa piace assai, tanto che la mattina quasi l'aspetto e non dovessi trovarle, quelle rose... ci rimarrei male.»

«Perché sei una babba che non si sa fare bene i cunti. Quello è un femminaro, ne ha una ogni cantunera; è sposato... e con una 'ntisa.»

«Vabbè, Clotilde, e che siamo, ai tempi di Franca Viola?»

«Tu pensala come vuoi, ma fatti il conto della serva, perché se vuoi famiglia, quello se lo sono già preso, se vuoi l'amore, quello ti farà dannare, se vuoi sesso, Santino Abbasta è troppo vecchio, passato di cottura. Cercati un beddu picciotto giovane che ti tiene allegra dentro al letto.»

Nella mia cucina c'è un buon profumo di ricotta e cannella, Clotilde mi ha portato un vassoio colmo di dolcezze, per lei è impossibile chiacchierare senza smangiucchiare.

La mia amica è una giovane signora morbida, un po' grassottella, con grandi occhi nocciola, i capelli corti ondulati, le caviglie sottilissime che non si capisce come facciano a tenere in piedi un corpo così formoso. È graziosa, dolce e anche felicemente sposata. Mi vuole bene e anch'io gliene voglio, è uno degli affetti più antichi che ho. Mentre parla alza le spalle, allarga le braccia e il suo grande seno ondeggia.

Quando vuole esprimere la sua preoccupazione per me aggrotta le sopracciglia e sulla fronte le compaiono tante pieghe orizzontali, che le danno l'aria seria e matura. È una donna dalla mente aperta, non bigotta e dotata del senso dell'umorismo tipico delle femmine siciliane, ma al fondo è saggia, equilibrata, tradizionalista, una madre di famiglia. Io invece sono fuori dagli schemi, sopra le righe, una testa calda. Clotilde si preoccupa per me come una mamma premurosa.

Siamo sedute una di fronte all'altra, dai vetri accostati i raggi dell'ultimo sole del pomeriggio illuminano la mia amica, che dà le spalle alla finestra.

C'è nella mia cucina un'atmosfera rarefatta, quella che hanno le case nelle giornate d'inverno, quando il silenzio cala insieme con la luce, quando il tempo è come sospeso, le lampade ancora spente. In questo gioco di luci e ombre sono vittima di una allucinazione, mi sembra che la sagoma rotonda che mi sta di fronte sia quella nonna, che, come al solito, è venuta a consigliarmi.

Attenta, Agatina, meglio dire che saccio ca chi sapiva. Per un attimo penso addirittura a un fantasma...

«Allora, è uscito il caffè?» La voce squillante di Clotilde mi riporta alla realtà.

«Perciò secondo te dovrei lasciarlo perdere?»

«Secondo me lo dovresti *cancellare.* Quello è un bardasceddu che ti farà mangiare l'ossa con il sale... ma non ne conosci picciotti liberi e dell'età tua?»

«Sì, certo che li conosco, ma sai, questo è un uomo fatto. E sapessi com'è galante!»

«*Scruscio di scopa nova.*»

«E poi mi piacciono le sue braccia e i suoi capelli.»

«Agata, sei diventata un poco stranulidda, mi fai stare in pensiero. Senti, domanda anche alle altre amiche tue, tanto lui a Palermo lo conoscono tutti, vedrai che ti diranno che uno così è meglio perderlo che trovarlo.»

«Clotilde, bevi il caffè prima che si raffreddi», è la scusa per cambiare argomento, perché a me Santino Abbasta mi è già entrato dentro, senza che quasi me ne sia accorta.

VII

L'ultimo mazzo di rose rosse me lo porta lui in persona una mattina che piove a dirotto. L'aria è calda, quasi primaverile, il cielo grigio e rosso di sabbia. Ieri sera una tempesta di vento ha tormentato la città, rimescolato le carte, ammucchiato immondizia nei luoghi più disparati, divelto cartelloni pubblicitari, scompigliato alberi e cespugli. All'alba, dopo alcune ore di quiete, è iniziata la pioggia.

Esco dal portone del palazzo calpestando allegramente il pavimento di marmo, scivoloso per l'acqua e il fango. Santino lo trovo appena girato l'angolo di via Alloro, appoggiato alla macchina. Neanche mi dice buongiorno, mi prende a forza per un braccio, mi spinge con prepotenza dentro all'abitacolo, mi lega persino la cintura di sicurezza, chiude lo sportello e si dirige sgommando verso corso Vittorio Emanuele.

Ha un profumo speziato, penetrante, quasi da femmina, la camicia arrotolata sugli avambracci mette in bella mostra la morbida peluria chiara che gli copre i muscoli come una polvere di cipria. Quella sottile ombra dorata mi eccita i sensi. Io non mi riconosco, non sono capace di dire nulla, nemmeno di chiedere dove mi sta portando. Facciamo la strada in silenzio, lui preso dai suoi pensieri, io come inturdunuta dal suo odore, dallo stupore che il suo comportamento mi ha provocato.

Si ferma pochi metri prima del cancello dell'ospedale, mi mette un fascio di rose tra le braccia e un pacchetto in mano.

«Ti ho comprato un regalo. Vengo questa sera da te, indossalo.» Apre lo sportello senza neanche scendere dalla macchina e mi spinge fuori, all'improvviso sembra quasi infastidito dalla mia presenza. Io non reagisco, non dico niente, una 'ntamata.

Fingo di lavorare tutta la mattina ma ho la testa altrove, tanto che esco prima del solito, vado a far la spesa e poi a preparare la cena per lui. Il pacchetto me lo ricordo quando sono a casa, lo vedo tra le buste della spesa poggiate sul tavolo della cucina e lo apro con le dita che tremano per l'emozione. È un vestito nero, di maglina morbida e aderente. Santino non poteva dichiararmi più esplicitamente le sue intenzioni; non mi è chiaro invece cosa voglio io, perché non ho reagito alle sue intimazioni, ho calato la testa, sono stata zitta e ho continuato per tutto il giorno a pensare alle sue braccia dorate.

Quando suona alla porta, sulla tavola è tutto pronto, i rigatoni con ricotta e menta, le polpettine di tonno con arancia e timo, i carciofi panati come li cucinava nonna Agata, persino la gelatina di caffè con cannella e panna. Entra con l'aria da padrone e mi guarda compiaciuto.

«Lo sapevo che era il vestito giusto per te. Girati, fammi vedere come ti sta.» Faccio un giro su me stessa, so di essere molto attraente, la stoffa del vestito sembra appiccicata al mio corpo come una seconda pelle, la vita è stretta e segna il passaggio tra la rotondità dei fianchi e la curva del seno grande, pieno, messo ancora più in evidenza da un ricamo che approfondisce e amplifica il solco tra le due minne. Forse qualcosa dovrei dirla, chessò "buonasera" oppure "ma che ti sei messo in testa?", ma prima che io possa parlare Santino si dirige verso la sala da pranzo con passo sicuro.

«È pronto? Ho una fame che sto morendo.» Davanti alla tavola apparecchiata si ferma, senza chiedere il permesso assaggia una polpettina, prende con le dita un carciofo e con la mano libera mi tira verso di sé, io sono il pupo e lui il puparo. «Che buono questo tonno...», sposta i piatti con un gesto brusco, libera la tovaglia facendo tintinnare i bicchieri, le posate, qualcosa cade per terra. «Non ti preoccupare, ti ricompro tutto quello che rompo.» Mi acchiappa sotto le ascelle, proprio come faceva nonna Agata quand'ero bambina, mi mette seduta sul tavolo. Ma l'atmosfera non è quella innocente e familiare di un tempo, ora c'è aria di peccato in questa sala da pranzo.

Santino è seduto davanti a me: «Togliti le scarpe» mi ordina. Ha lo sguardo dispettoso e l'aria da monello. Non me lo faccio ripetere, i miei piedi scivolano fuori dalle ballerine e si appoggiano da soli sulle sue cosce... sembra che abbiano una vita loro, indipendente dalla mia volontà.

Mi porge un carciofo e io lo prendo direttamente dalle sue dita unte che, libere da qualsiasi impedimento, cominciano a massaggiarmi, s'insinuano sotto alle piante, salgono lungo le caviglie, strofinano i miei polpacci nudi.

«Sai cos'è che odio?»

«Nzù», scuoto la testa alla siciliana.

«I piedi brutti... i tuoi sono stupendi» e Santino comincia a succhiare le dita una per una, mentre i suoi occhi non si staccano dai miei. Ho lo stomaco chiuso dal piacere, non immaginavo che le mie estremità avrebbero potuto darmi tanto turbamento.

«Mi dai un'altra polpetta, per favore?» Santino è così, mi stuzzica, vuole che lo imbocchi con le mani come ha fatto lui con me, poi lascia perdere, riprende il massaggio da dove l'ha interrotto. Finisce di masticare, con aria distratta mi tira giù dalla tavola, mi costringe a stare in piedi davanti a lui e mi leva il vestito con una sola mossa, io non avrei saputo farlo così rapidamente. Questa volta è lui che rimane sorpreso: non indosso biancheria.

«Lo sapevo che sei una gran buttana...» Non c'è disprezzo in questa parola, ma tutta l'eccitazione e il compiacimento di chi ha appena avuto la conferma che il proprio istinto non ha sbagliato. Mi fa allungare sul tavolo tra le stoviglie rimaste e mi assaggia poco per volta, mordendomi, toccandomi, sfiorando i miei capezzoli, leccando la mia pancia con gusto, quasi fosse un dolce. Io non ritrovo l'uso della parola, mugolo, mi lagno, lo incito, ma soprattutto lo lascio fare. È così esaltante non sapere cosa può succedermi, è così riposante lasciarmi guidare da lui, che sembra conoscere ogni angolo del mio corpo e mi conduce verso un piacere nuovo, più forte, più intenso di qualsiasi forma di godimento io abbia provato in passato... S'interrompe solo per dare ordini.

«Projmi un'altra polpetta, non lo vedi che ho le mani occupate?» Mangia direttamente dalle mie mani, mentre le sue mi tormentano le gambe, il ventre, le minne. Quando è sazio, mi rimette le scarpe. «Vammi a prendere la bottiglia dell'olio» mi sibila nell'orecchio. Stordita e confusa vado in cucina annacandomi, consapevole che i suoi occhi sono fissi sulla mia schiena.

Torno con passi esageratamente lenti, un piede dietro l'altro, muovendo il bacino a destra e sinistra, mentre le mie minne ondeggiano su e giù. Lo trovo nudo. Mi distende di nuovo sul tavolo, che ha liberato del tutto, mi leva ancora le scarpe. Si versa dell'olio sulle mani e con quello mi massaggia, mi accarezza, mi unge tutto il corpo. Appena trovo la forza di sollevarmi, i miei occhi incontrano il suo sguardo: non ho bisogno che me lo dica, lo ungo completamente, ricambiando il massaggio. La sensazione dei nostri corpi che scivolano l'uno sull'altro è magica, eccitante. Mi prende in piedi, appoggiandomi al muro, tenendomi una gamba sollevata. La tensione si scioglie in un orgasmo untuoso.

Mi lascia sfinita e stordita. «Domani torno per gli avanzi.»

VIII

La notte la passo in uno stato di coscienza alterato. Dormo poco, male, il sonno è interrotto da momenti di veglia in cui sento ancora le mani di Santino su e giù per il mio seno, la sua bocca attaccata al mio ventre, il suo corpo sopra e dentro al mio. La mattina mi sveglio e sono una fantasima. Faccio una telefonata in ospedale, il tono della voce è quello di una malata: «Non posso venire, sto male». Ci credono. Mi rigiro nel letto, non ho la forza di alzarmi ma non riesco a riaddormentarmi.

Santino arriva a metà mattinata. La casa è nelle stesse condizioni di poche ore prima, disordine ovunque, piatti e bicchieri sporchi nella sala da pranzo, cocci sul pavimento, avanzi di cibo. Lui non si scompone, prepara il caffè, apre gli sportelli della cucina alla ricerca dello zucchero, si muove per la casa come se la conoscesse da tempo. Mi viene persino il dubbio che a mia insaputa sia entrato prima d'ora a rovistare tra le mie cose. Mi fa bere due tazze, una di seguito all'altra, mi fa parlare per essere sicuro che abbia ripreso coscienza, poi mi trascina a letto e facciamo l'amore.

Forse *far l'amore* non è l'espressione giusta, perché non c'è nulla di tenero né di affettuoso nei nostri gesti. Noi ci mordiamo, lottiamo, ci aggrappiamo l'uno

234

all'altra, ci divoriamo, agitati da una frenesia che sconfina nel cannibalismo.

Lui è impazzito per le mie minne, grandi, bianche, sode, abbondanti; la sua passione è contagiosa e io mi lascio travolgere.

Siamo già caduti nella trappola dell'ossessione erotica.

«Santino, abbasta?»

«No, non mi abbasta, lo sai che le tue minne non mi abbastano mai.»

Lui di me non ne ha mai abbastanza, ma anche io non ci babbìo.

L'*amore* lo facciamo ovunque, in casa, nei ristoranti, negli alberghi, nella macchina, sembriamo posseduti dal demonio.

La mente di Santino è una fonte inesauribile di fantasie erotiche e di bugie per sfuggire alla moglie, che sembra credergli. Ma Rosalia Frangipane non è un'ingenua, piuttosto sa di appartenere alla casta degli intoccabili; è certa che nessuna donna con un po' di buon senso potrebbe avere il coraggio di mettersi contro di lei e la sua famiglia, perciò si permette il lusso di lasciare libero il marito, ostentando anche una certa distrazione. Più lei sta tranquilla, più Santino se ne sta fuori di casa con me.

Clotilde intanto cerca di indurmi a ragionare, mi fa telefonate allarmate, mi suggerisce di stare attenta, di rallentare un po', di essere prudente... Per giustificarmi ai miei stessi occhi e ai suoi dico che c'è stato il Sessantotto, il Settantasette, la rivoluzione socialista degli anni Ottanta. La libertà sessuale dovrebbe essere oramai un fatto consolidato anche al Sud. A Palermo le donne fumano, guidano la macchina, la moto, il camion, indossano le minigonne, i pantaloni, le calze autoreggenti, nuovo simbolo di libertà dopo il collant che aveva sostituito l'odioso reggicalze; siedono al bar, bevono aperitivi, raccontano barzellette, parlano di sesso. Avere un amante non è un tabù, e io posso anche non ammucciarmi.

Ma la famiglia Frangipane è pericolosa, nel nostro caso la clandestinità non è un obbligo sociale quanto piuttosto una misura prudenziale, secondo il parere di Santino e anche delle amiche che raccolgono le mie confidenze.

Intanto la passione ci mangia vivi, trascorriamo giornate intere a scopare, lui non lavora più – e quando mai lo ha fatto? – e io, tra ferie, permessi e malattia ho già avuto il primo richiamo dal direttore dell'ospedale.

A un certo punto Santino comincia a essere geloso. Un giorno mi mette il muso se non mi trova a casa, un altro mi ricatta, «Se vai al lavoro non mi trovi più», un altro mi blandisce, «Ma che te ne importa di trafficare in mezzo alle schifezze degli altri, tu che hai mani da pianista...», alla fine mi chiede di lasciare l'ospedale, «Insomma, io solo la mattina sono libero, la sera devo stare con mia moglie: se tu te ne vai a lavorare, noi quando ci vediamo?».

Io non so dire di no. Perciò decido di fare solo la libera professione, convinta di poter gestire meglio il mio tempo. Ma gli studi privati si riempiono solo quando alle spalle del medico c'è una struttura pubblica che, proprio perché malfunzionante, costituisce una fonte preziosa di pazienti. In pochissimo tempo mi ritrovo senza lavoro.

«Agata, ma che t'interessa dei soldi? Tuo padre ti ha lasciata bene...», per Santino il lavoro è solo un problema economico «... e poi se hai bisogno puoi chiedere a me.» Io sono felice solo quando l'accontento, quindi mi chiudo in casa ad aspettarlo.

Sul momento non capisco l'enorme minchiata che sto commettendo. Ho litigato sanguinosamente con mia madre per fare il medico, ho studiato molto e lavorato sodo per diventare ginecologa, e d'un tratto eccomi pronta a rinunciare all'emozione insostituibile che è per me assistere al parto per attendere le visite del mio amante. Compiacere un uomo è una cosa, buttare via una professione – anzi, un'identità – un'altra. Ma Santino Abbasta oramai decide per me.

IX

«Agata, non mi tengo più, ancora cose da mangiare ci sono?»

«Avà, l'ultimo sforzo. Lo sai che alle minne della Santuzza ci tengo assai. Voglio che mi riescano bene come quando le facevo da bambina.»

Ci incontriamo di solito per il pranzo, momento sacro per i palermitani che si trovano a tavola, chiusi nelle loro case, e decisamente più sicuro di altri per due amanti. Rosalia a quest'ora è occupata con i figli che tornano dalla scuola, l'assenza di Santino si nota di meno.

La passione per un uomo così diverso da me, il clima di insicurezza che accompagna una relazione clandestina mi hanno resa fragile, mi sembra di essere una barchetta in mezzo alla tempesta. Ho molto tempo libero, non lavoro più, le amiche le ho lasciate perdere insieme a zio Nittuzzo e a tutto il resto, nel vuoto i demoni dilagano. Le mie giornate si trascinano in cucina dove conzo focacce, invento sughetti, azzizzo dolci, e muovendo le mani svacanto la testa, libero la mente dal pensiero di Santino e l'anima dall'ossessione che mi sta consumando la vita.

Ho ripreso a fare i dolci di sant'Agata. La ricetta della nonna assomigliava a una pozione magica, le dosi erano calcolate con precisione e aggiustate dall'esperienza di generazioni. *Senti la pasta, Agatina, come ti pare?*

Sembra la minna di una femmina innamorata? Né liquida né dura, sfincitusa... Infilaci le dita. Nonna Agata mi parla e io lascio che le mie mani vadano senza controllo. Il risultato non è lo stesso, ma spero che la Santuzza non se ne abbia a male. Quando le preparo, non meno di una volta alla settimana, per riprenderci la mano e perfezionare la ricetta, obbligo poi Santino a mangiarle, per devozione, per sentirmi in pace, per nevrosi. Sono consapevole di mischiare pericolosamente sacro e profano, ma cerco solo di ingraziarmi la Santuzza perché mi conservi la salute e l'amore.

«Le tue minne, Agata, sono la cosa più dolce che io abbia mai assaggiato.» Santino ne addenta una con gli occhi chiusi, se lo conosco bene so a cosa sta pensando.

Da qualche tempo la spiacevole sensazione di essere spiati turba un po' i nostri incontri. Temiamo che Rosalia si sia insospettita per le assenze di Santino, per il suo comportamento freddo, nzà ma' quella ha le prove del tradimento ci tira il collo a tutti e due. Abbiamo anche cercato di vederci di meno, ma alla fine la passione, il bisogno di stare vicini hanno prevalso sulla prudenza.

Santino tiene il dolce in una mano, leccando la crema che cola dai lati e minaccia la sua bella cravatta di seta. Muove le labbra in cerchi ampi e voluttuosi, gonfiando alternativamente la guancia destra e poi quella sinistra. «Mmmh, Agata, mmmh», anche il sonoro lascia ben sperare, è chiaro che si sta scialando.

«Agata, vieni, qua, senti che c'è una sorpresa per te.»

«Che è, Santino? Che nova?»

«Senti, senti, metti la mano qua che c'è una bella sorpresa», mi spinge la mano nella tasca dei suoi pantaloni. Il porco è senza mutande e per l'occasione ha pure tagliato la fodera, mi trovo tra le dita un membro attisato che vuole soddisfazione. «Vastaso!» gli grido in faccia, e lui con la bocca piena di crema mi lecca il collo e m'insiva la camicetta, i capelli, la faccia. È come

239

un picciriddu, Santino, fa scherzi cretini, dispettucci, io lo insulto, fingo di arrabbiarmi, grido e lui per tutta risposta mi ordina di spogliarmi.

«Agata, è inutile che scappi, te l'ho giurato che finché sant'Agata ti conserva le minne che hai sarai mia e devi fare l'amore con me quando e come voglio io.» È sempre pazzo del mio seno che, non so come, da quando sto con lui mi sembra diventato più grande.

Appena mi vede mi toglie i vestiti, mi guarda le minne per un tempo lunghissimo senza toccarle e, se deve finire un lavoro, mi costringe a sedere accanto a lui per poterle accarezzare con una mano. Certe volte io non mi tengo, perché un minuto, due, tre, dieci posso anche resistere, ma dopo un'ora che la sua mano mi si strica incessantemente sopra alla minna sono così eccitata che se non faccio l'amore ho l'impressione di scoppiare. Ma che cosa posso fare? Non è che gli posso chiedere di scoparmi, di darmi sazio, sempre femmina sono... mi affrunto. Così, quando proprio non ne posso più, me ne vado in bagno e da sola do libero sfogo a tutto il mio desiderio. Una volta però lui se n'è accorto, perché quando si tratta di porcate Santino è uno scienziato.

Il vastaso si è appostato dietro la porta del bagno e mi ha spiata dal buco della serratura; e l'idea di me, chiusa nel gabinetto, con una mano tra le cosce e il pensiero a lui, gli ha dato alla testa. Quella volta ha forzato la porta e mi ha presa sul lavandino, con l'acqua che scorreva dal rubinetto e mi schizzava sulle cosce. Da allora aspetta che io esca per saltarmi addosso e in piedi, appoggiati al muro, facciamo l'amore. Mi solleva di poco la gonna, giusto quello che gli serve, dice che mi trova liquida liquida ed è così riposante affondare nella mia carne già soddisfatta.

X

Più il nostro legame diventa forte, più Santino si fa prepotente.

«Avà, Santino, finiscila.»

«Perché, che c'è? Non ti piace?»

«No, non lo so se mi piace, non l'ho mai fatto in questo modo.»

«Che vuole dire? C'è sempre una prima volta.»

Ogni giorno a lui viene in mente un giochino nuovo, gli spercia un desiderio, una fantasia. Per non scontentarlo gli dico sempre di sì, ma il più delle volte lo faccio sbuffando. Io sono innamorata di lui e avrei bisogno di tenerezza, di una parola duci, magari un *ti amo* sussurrato a fior di labbra. Ma lui sostiene che non mi dice frasi d'amore per il mio bene, siccome è sposato non mi vuole illudere.

Ci incontriamo ogni giorno alla mezza, si leva la giacca, si assetta a tavola e aspetta che io gli porti la pasta. Con aria distratta dà un muzzicuneddu a quello che ha davanti, beve il vino facendo schioccare la lingua sul palato, con una mano mangia e con l'altra va su e giù come un dannàto tra le mie cosce.

«Agata, fammi il favore, levati le calze che non sono venuto per toccare pezze, fammi sentire la tua carne.» Il tono di comando l'ha sempre avuto, ma ora proprio non si tiene. Non pare il padrone solo della casa, ma di tutto quello che c'è dentro, me compresa. A me piace che lui mi ordini le cose, mi pare che lo faccia perché mi ama, perciò le calze me le levo di corsa.

Una volta, aveva appena iniziato a spogliarmi lentamente, lui mi guardava ipnotizzato quando gli è scappato dalla bocca: «Ti adoro».

«E che sei, confessato di fresco?», non riuscivo a credere alle mie orecchie e la frase mi è uscita senza che avessi il tempo di considerare il rischio di offendere Santino, che nelle cose d'amore è pillicuso e superbo.

E lui: «Che c'entra, *ti amo* non si può dire, *ti adoro* è permesso. Comunque, nel dubbio, Agata, scordatillo, perché io sono sposato a Rosalia Frangipane e la famiglia è sacra».

La storia con Santino è cominciata per babbìo, ma ora il gioco ci ha preso la mano. La verità è che è colpa mia. Fosse stato lui a impormelo, potrei almeno risentirmi, invece...

Un giorno che mi sento particolarmente fantasiosa, che non mi riconosco, come se ci fosse un'altra femmina che agisce per me, gli apro la porta mezza nuda e gli dico: «Ben arrivato, padrone». Non mi dà manco il tempo di chiuderla, la porta, mi butta a terra tutto d'un botto ed entra dentro di me con una forza che non gli ho mai sentito, poi mi lascia stramazzata sul pavimento e con un gran dolore di testa, perché a ogni colpo che dava mi tirava i capelli con tutte e due le mani. Se c'è un aguzzino, c'è sempre una vittima che gli si consegna.

Lui stesso è un poco impressionato per quella violenza che gli è uscita sola sola dalle mani, dal cuore e dalla minchia, perciò, guardandomi negli occhi con l'espressione di un caruso che ne ha combinata una delle sue, quasi non trova le parole per scusarsi, mi dice: «Agata, mi devi perdonare, è che le tue minne mi fanno uscire di testa, poi mi hai pure chiamato *padrone* e chessò, io mi sono sentito come l'uomo delle caverne». Non mi lamento, perché, anche se sono un donna libera e moderna, gli unici uomini che mi danno alla testa sono quelli forti, prepotenti, forse anche primitivi. Però oggi la sua violenza mi è parsa esagerata.

Un po' disorientata, come lui, cerco rassicurazioni: «Santì, io voglio davvero essere la tua schiava, ma viva. Non è che a furia di mazzate mi lasci tramortita e non ti fai più vedere?».

Non gli do neanche il tempo di rispondere, non so che mi succede, il desiderio mi ripiglia dentro alla pancia, di nuovo l'altra Agata che non so di essere s'impadronisce di me. Mi strico sopra di lui, afferro la sua mano, me la metto tra le gambe e gli dico: «Padrone, la prossima volta mi devi legare». Ma quale prossima volta! Dopo un istante di esitazione lui prende la cinta dei pantaloni, mi gira a faccia sotto, mi lega le mani dietro la schiena e comincia a darmi tante di quelle manacciate che poi non mi potrò sedere per una settimana. Io grido e lui si ferma. «Che c'è, ti ho fatto male?» mi domanda preoccupato, e io, o meglio l'altra me, lo incita ansimando: «Non ti fermare, continua». Tra un «sì, dài» e un «no, mi fai male», andiamo avanti tutto il pomeriggio.

Il buio sta calando e ci rende ancora più sfrontati, navighiamo in una zona di confine tra passione e violenza. Alla fine rimaniamo a terra nell'ingresso, stanchi e turbati. Il silenzio ci avvolge e l'imbarazzo si taglia con il coltello. Le mani legate dietro alla schiena quasi non le sento più, ma il piacere è stato così intenso che ce l'ho ancora nella pancia. Santino è stremato, non ha più la forza nemmeno di parlare, ma ci sono gli obblighi familiari. Si riveste, mi slega e non mi guarda in faccia. Allungo una mano per fargli una carezza e lui si allontana come schifato.

«Che c'è, Santino? Che ti ho fatto?»

«Niente», e intanto traffica a occhi bassi con i pantaloni e con la camicia. Anche davanti allo specchio, mentre si fa il nodo alla cravatta e controlla di non portare segni che possano insospettire la moglie, evita di incontrare il mio sguardo. Io lo abbraccio da dietro e lui mi stacca le mani con fastidio.

«Santino, si c'è cosa, parra.»

Lui non si gira neanche, si avvicina alla porta, la apre, un fascio di luce radente arriva dal pianerottolo e lo illumina per intero. Ha la mascella serrata, un'espressione dura negli occhi e i pugni stretti lungo i fianchi. Si avvia verso l'ascensore, poi ci ripensa e torna indietro con la mano alzata, come per farmi una carezza. Gli vado incontro, intenerita dal suo ripensamento, allungo il collo, tendo la testa per porgergli la guancia, lui alza il braccio ancora più in alto, prende forza e mi cafudda una timpulata tra l'orecchio e il naso. Un filo di sangue mi cola dalla narice sul labbro superiore, si allarga all'angolo della bocca, poi due gocce cadono su una minna, due minuscoli puntini ne macchiano l'armonia.

«Sei una buttana di professione» mi dice a muso duro, mentre io, stordita dalla botta, con l'orecchio che fischia e il sapore del sangue dentro la bocca, lo acchiappo per un braccio e lo tiro dentro casa.

«Santino, ma che dici? Ma che fu così all'improvviso?» Lui non ne vuole sapere di rientrare, continua a tirare per andarsene, ma io, appizzata al suo braccio, non riesco a controllare la paura di essere abbandonata, anche lo schiaffo non lo sento già più, come se l'avesse dato a un'altra, a quell'altra sfrontata che né io né lui conosciamo. Mi dà un altro ammuttune e mi fa cadere a terra.

«E allora com'è che ti venne sta storia della schiava?»

«E che ne so, Santino... sarà l'amore per te», in ginocchio sul pavimento, completamente nuda, neanche mi preoccupo che quelli del palazzo possano vedermi. «Ti prego, amore mio, non te ne andare...»

«Agata, amore o non amore a me mi fai l'effetto di una grandissima troia, perciò senti a me, trovati un altro, che io non ti voglio più vedere. Girami arrasso, perché non mi controllo e mi scanto di struppiarti con le mani mie. Per il bene di tutti salutiamoci qua.»

E se ne va, Santino, lasciandomi ammaccata e piena di vergogna.

XI

La passione ci ha cambiati. Io, la donna emancipata venuta dal Continente, sono diventata una schiava; Santino Abbasta, lo sciupafemmine disincantato, si è trasformato in un amante turbato e sopettoso.

A Santino è rimasta sullo stomaco la mia fantasia. In fondo lui è soprattutto un provinciale di buone maniere, infarcito di pregiudizi, nuddo mischiato con niente, che la moglie ha fatto sentire un grande uomo di giorno e il migliore degli amanti la notte.

Il mio amante è l'uomo trubbulo che proprio per questo può risultare affascinante, ma che alla lunga si rivela un prepotente e un vigliacco. D'altra parte anch'io non sono stata da meno, mi davo tante arie da donna colta e indipendente e poi sono caduta nella rete di un sopravvissuto al cambiamento.

Però Santino si è innamorato di me veramente, e a essere un uomo migliore ci ha anche provato. Ha ricominciato ad andare al cinema, a leggere qualche libro, macari macari gli è sembrato di essere pure un po' femminista. Ascoltava le mie ragioni, si riempiva la bocca con le parole libertà, parità...

La sua presunta innocenza mi ha conquistata, e mi sono fidata di lui al punto che gli ho raccontato tutte le mie esperienze precedenti. Certo le sue curiosità qualche volta sono morbose: «E con quello ci hai scopato? E ti piaceva? E come ti toccava?», ma ci siamo reciprocamente promessi verità, e poi lui nelle questioni di sesso si mostra così libero... Perciò gli ho raccontato tutto, e per il solo desiderio di stupirlo ho dato fondo alla mia fantasia. L'amore mi ha instupidita.

Quante volte l'ho sentito dire a nonna Agata: *agli uomini meno ci fai sapere meglio te la passi...* Ah, se solo me ne fossi ricordata prima! Ma quando mi viene in mente la nonna, la sua sofferenza, l'isolamento che il marito le aveva imposto, scaccio il pensiero dalla testa. Le cose sono cambiate, mi ripeto, non è più tempo.

A poco a poco il tarlo della gelosia ha cominciato a rodere Santino, che di fronte alla vera passione amorosa è impreparato, incapace di distinguere tra gioco e realtà.

Ha iniziato a telefonarmi all'improvviso, facendomi domande a trabocchetto per farmi cadere in contraddizione. Eppure a me piaceva, ah come mi faceva sentire amata, mi sembrava che più lui si dannava più non poteva stare senza di me. Tanto ha fatto che non esco più da casa neanche per fare la spesa.

Poi ho smesso definitivamente di frequentare le mie amiche. Ogni tanto una di loro, spinta dalla preoccupazione, è passata a trovarmi; allora lui mi ha tenuto il muso per ore, non mi ha parlato per giorni. E se io affrontavo l'argomento e domandavo: «Ma qual è il problema, Annamaria?», faceva come un pazzo.

«E si capisce! Che vuole dire che è femmina? Con una come a tia, masculu, fimmina... Perché non me lo dici che ti ha baciata? Lo vedi che ho ragione? Hai il sapore di un'altra bocca» e mi allontana schifato.

Ho sempre goduto, però, di un perverso risarcimento, perché dopo le scenate facciamo all'amore con una tale passione che certe volte quasi quasi lo provoco di proposito. Abbiamo rotto piatti, bottiglie, ci siamo tirati addosso qualunque cosa per poi riappacificarci con la foga dei disperati dentro alle toilette dei ristoranti, negli angoli bui delle strade, nelle camere di alberghi fuori mano.

La moglie di Santino intanto è diventata malfidata, ha preso ad annusarlo, a cercare l'odore dei suoi tradimenti. Vero è che lui tre volte alla settimana se la scopava per rassicurarla, ma per il resto del tempo era un morto dalla faccia bianca, secco, senza un grammo di grasso, e in più dentro casa aveva smesso di parlare, manco i picciriddi oramai addingava più.

I controlli di Rosalia Frangipane non ci hanno fermati, perché non possiamo stare lontani l'uno dall'altra. Poi io me ne sono uscita con il giochino della schiava con il padrone e Santino mi ha lasciata sola ad annegare nella disperazione.

XII

Per me si aprono le porte dell'inferno. Non dormo, non mangio, piango e basta.

Dopo mesi di questa vita, se così si può chiamare il tempo passato a guardare il muro con un solo pensiero nel cervello, quello di Santino, il cinque febbraio, alla fine di una notte passata a smaniare, mi viene in mente di pregare: «Santuzza mia, per favore, levamelo dalla testa, cancellalo dal mio cuore, prendilo per un orecchio e fallo uscire dal mio corpo, oppure fammi morire prima che combini qualche minchiata».

Mi alzo dal letto che è ancora buio, pallida, allasimata, una sarda sicca, me ne vado in cucina con un nuovo sentimento di fiducia nei confronti della vita: non è più compito mio pensare a Santino e al mio cuore infranto, ora ci penserà sant'Agata. Metto su il caffè e, tanto per abitudine che per ringraziare la Santuzza del suo interessamento, mi metto a preparare le minne, il vecchio rimedio di nonna Agata, nzà ma' funziona. Dispongo una accanto all'altra tante piccole cassatine di pan di Spagna a come viene viene, poi le ricopro con una crema di limone. È la mia variante rispetto alla ricetta originale. Finite, poggiate sopra a una guantiera, ci sono delle minne acchiancate e incazzarrute, che appena le muovi si mettono a ballare con un tremolizzo dall'alto verso il basso, sembra si debbano aprire, e la crema non pare crema ma sivu, grasso. Una vera fetenzia. Temo che non funzioneranno... però forse sì. Mi faccio il segno della croce e mi raccomando a nonna Agata, che in questo periodo non sarà contenta del mio comportamento, ma dato che mi ha sempre voluto bene, può essere che dal Cielo mi aiuti anche se si vergogna di me.

Il sole spunta illuminando le strade con una luce bianca, l'aria ha una magnifica trasparenza, mi viene voglia di uscire. Appena fuori dalla porta mi coglie una sensazione di ansia e, ancora una volta, di estraneità; inspiro forte, a pieni polmoni, fino a quando il petto, teso al massimo, non ne può più di dilatarsi, espiro, allora, e il torace si abbassa, la pancia si contrae, l'ombelico si appiattisce sulle vertebre. Due o tre tentativi, ora sono più tranquilla, le gambe vanno una dietro l'altra senza una meta ma in direzione del mare.

Pochi minuti e sono al porto. Le navi sono ferme alla banchina, è ancora presto, attendono il carico dei passeggeri. L'acqua ha un colore grigio brillante. Mi sento sola. Mi viene voglia di una carezza, di un gesto affettuoso. Torno a casa, metto in una borsa un vestito di ricambio, lo spazzolino da denti e ho già deciso: me ne vado a Malavacata.

C'è il solito traffico all'uscita della città, non prendo la tangenziale ma attraverso Palermo per godermi lo spettacolo. Da troppo tempo non uscivo dalle mura di via Alloro. Le strade sono piene di gente, le macchine incolonnate una dietro l'altra, si procede lentamente. Agli incroci gli ambulanti espongono la loro merce direttamente sull'asfalto, ci sono mucchi di carciofi, pile di arance, piramidi di broccoli grandi e verdi. Sulla via Messina Marine le bancarelle del pesce sembrano azzizzate per un'occasione particolare. Spigole, dentici, polpi, montagne di cozze, neonata, persino ceste di ricci integri, lucidi, neri e spinosi, alternati ad altri aperti a metà che mostrano il loro osceno contenuto rosso fuoco. Tutto intorno, ad abbellire, pezzi di rete da pescatore. Le voci dei venditori urlano parole dal suono orientale. Sono degli incantatori, questi siciliani.

Supero la borgata di Acqua dei Corsari, lascio il mare alle mie spalle, imbocco la superstrada per Agrigento, il traffico diventa più scorrevole e subito dopo Villabate la campagna si allarga. Dai bordi della strada fino alle pendici delle montagne si dispiegano gli aranceti. Gli alberi, verdi e lucidi per le piogge dei giorni scorsi, hanno rami carichi di frutti giallo-rossi. Una dolcezza infinita mi cala nel cuore e nella testa. Le chiome dei mandorli dai fiori bianchi e delicati sembrano delle giovani spose. Fichidindia spinosi si alternano a ulivi argentei e creano bizzarre macchie di colore, stupende sfumature di verde. Mi godo lo spettacolo, guido piano, sento che il paesaggio è una crema lenitiva sulle scottature del mio animo innamorato.

Poi il fondovalle si restringe e percorro una serie di viadotti lanciati tra una montagna e l'altra. Le cime sono alte, larghe e tonde, sembra che una decina di panettoni di color marrone bruciato siano stati poggiati sullo sterminato vassoio di verde smeraldo che è la vallata coperta di grano. Il feudo si dispiega a perdita d'occhio, l'uomo e la sua civiltà sono assenti, solo piccoli agglomerati rurali, casette smozzicate e diroccate, un trattore qua e là ne testimoniano il passaggio.

Malavacata è rimasta uguale, la strada che taglia in due il paese, i bar, la chiesa, l'ambulatorio, il municipio sono sempre allo stesso posto. Sul muretto in piazza siedono i soliti vecchi che consumano in silenzi infiniti il tempo a loro disposizione. L'orologio suona mezzogiorno. I miei fantasmi questa volta non mi vengono incontro. Chissà, magari sono davanti a me, ma io non li vedo. Giro a destra, raggiungo la parte più bassa del paese, dove finiscono le case e inizia la trazzera che porta al cimitero. Vado a cercare Ninetta.

La porta della sua casa è aperta. La trovo sprofondata in una poltrona, le mille pieghe di grasso drappeggiate attorno al corpo come una veste elegante. Ha ancora tutti i capelli neri, gli occhi cisposi.

«Picciridda mia», incredula allarga la bocca in un sorriso sdentato. Mi scalda il cuore con il suo saluto materno. Ci stringiamo, le mie braccia esili scompaiono tra le sue rotondità che fluttuano sotto al vestito nero. Il contatto avvolgente con Ninetta mi commuove, mi riporta indietro nel tempo. Riaffiora alla mia memoria il ricordo delle antiche carezze raspose delle sue mani ruvide, consumate dal lavoro, ma sempre lievi sulla mia testa di bambina.

Il pianto che è nell'aria esplode, singhiozzo e naufrago sul suo petto grande. Ninetta mi bacia, mi alliscia i capelli, pronuncia parole senza senso. Non so quanto tempo rimango tra le sue braccia, poggiata sulla sua pancia. Sento che il dolore degli ultimi mesi esce dalla porta per disperdersi lungo le trazzere fangose. Nella stanza c'è un'atmosfera dolce e rassicurante. Ninetta è una fabbrica d'affetto. Alla fine anche il serbatoio delle lacrime si esaurisce e rimango in silenzio vicino a lei, che intanto faticosamente si è alzata e si muove tra i mobili della sua cucina.

La casa di Ninetta si è ingrandita, negli ultimi anni. Tutti i risparmi di una vita sono serviti ad aggiungere nuove camere, quattro in tutto, di cui però Ninetta non può godere, perché, grassa com'è, non si muove dalla stanza a piano terra, una specie di deposito affollato di ricordi, oggetti, mobili.

Ninetta apparecchia la tavola, taglia il pane che lei stessa ancora prepara una volta alla settimana, mi porta pomodori secchi, olive conzate, primosale.

«Mangia, figghia mia, sì sicca 'mpatiddruta... l'hai visto alle tue zie?»

«Nzù, Ninetta, non ne ho gana di addingare nessuno.»

«Ma che hai?»

Come un gelato al sole mi sciolgo di nuovo e le racconto tutto quello che mi è successo. Lei non fa domande, non interrompe il flusso delle mie parole, mi tiene la mano poggiata sulla gamba e ogni tanto la passa tra i miei capelli, mi asciuga con la solita mappina qualche lacrima solitaria e tardiva e aspetta paziente che io abbia rovesciato su quella tavola tutto il mio dramma, comprese le ultime minne di sant'Agata ammalorate. Quando le budella fumanti della mia storia d'amore sono tutte tra le mie mani, davanti ai nostri occhi, scende il silenzio. Ninetta socchiude le palpebre come per ripararsi dai miasmi avvelenati con cui ho saturato la stanza, o forse sta semplicemente cercando una soluzione. Si alza e torna con un piatto, il sale e l'olio.

«Chistu è malocchio... zìttuti, ora parlo io. Chistu è malocchiu, ci penso ieni.» Mi mette il piatto sulla testa, ci versa l'acqua, il sale e fa cadere qualche goccia d'olio.

«Chi stagghiamu?» mi chiede.

«Malocchio» rispondo, memore di quel rito antico che si svolgeva a casa di nonna Margherita tutte le volte che c'era un contrattempo, una difficoltà, persino un mal di testa.

Me lo chiede tre volte: «Chi stagghiamu?». «Malocchio, malocchio, malocchio.» A ogni domanda Ninetta recita in una lingua antica preghiere sconosciute e ogni volta tira giù il piatto e mi mostra come l'olio si disperda nell'acqua, che alla fine delle preghiere viene buttata fuori dalla porta. Al terzo tentativo l'olio rimane in sospensione, in gocce ben evidenti e separate. «Lo vedi? Chista fu qualche buttana che ti ha fatto il malocchio. Figghia mia, pure quann'eri nica succedeva la stessa cosa... ora non ti preoccupare, se vuoi dormi qua, domani torni a casa e s'aggiusta tutto.»

Ho bisogno di crederle. Nel letto accanto a lei mi sembra di essere tornata bambina e per la prima volta dopo tanto tempo passo una notte tranquilla, dormo e non sogno.

La mano di Dio è potente: con l'aiuto della Santuzza, di nonna Agata e grazie alla magia di Ninetta, dopo due giorni Santino Abbasta è dietro alla mia porta che dà pugni al campanello e testate al muro.

Ci abbracciamo e facciamo l'amore con foga, rabbia, malinconica felicità.

«Non ne potevo più, non ne potevo più» mi ripete come un povero pazzo mentre mi stringe le braccia, mi bacia dappertutto, mi divora. Io lo lascio fare, immobile sotto il suo corpo e pervasa da una vaga sensazione di stanchezza che mi impedisce di rispondere colpo su colpo. Piango ancora una volta e all'improvviso l'orgasmo più angoscioso di tutta la mia vita, senza preavviso, mi passa tra le cosce. Santino finisce, si alza dal letto, mi lancia una mala taliatura, poi si gira di spalle. Quando inizia a parlare c'è nella sua voce una durezza che mi gela il sangue, perché è la stessa di quella sera in cui se ne è andato dicendo che non sarebbe più tornato.

«Tu mi devi aver fatto una qualche fattura, perché senza di tia mi pare di essere un morto e quelle poche volte che paro vivo lo sono per prendere a legnate Rosalia e i picciriddi. Sono tornato non per te, ma per me e per la mia famiglia, perché senza di te mi pare di essere un pazzo e maltratto chiunque mi capiti a tiro. Se continua così ci scappa il morto. Tu lo sai che con i Frangipane non si scherza, ne hanno parecchi sulla coscienza e mia moglie qualcosa se la cominciò a squarare, non si fa persuasa che uno come a me, una pispisa che non posa mai, è ridotto a una fantasima.

D'altra parte, oramai mi sono fatto persuaso che sei buttana, non mi fido e mi guardo di tia. Agata, ti voglio avvertire che se ti pesco anche solo a parlare con un altro ti ammazzo con le mani mie e senza chiedere aiuto a nessuno.»

«Perdonami» gli dico addolorata, a quanto pare sono io la responsabile della sua pazzia.

XIII

Vero è che Santino è tornato da me, ma non è più lo stesso. È nervoso, silenzioso, mi viene a trovare ogni giorno, qualche volta mi acchiappa e mi butta sul letto, altre se ne va sano sano così come è venuto.

Ieri, per esempio:

«Santino, ti piacciono le sarde a beccafico?»

«Sì, certo.»

«E perché non te le mangi?»

«Mah...»

«Che c'è, Santino, non ti senti bene?»

«Ma perché, un cristiano deve mangiare per forza, sennò è malato?»

«No, Santino, dicevo tanto per parlare...», quando fa così lo stufficuso è meglio che lascio perdere, perché da quel giorno delle mazzate, quando è diventato il mio padrone, di lui mi scanto.

«Santino, talìa, ti ho fatto pure la ghiotta», gli porto la zuppiera con le verdure calde e lui non reagisce.

«Sai, oggi è venuto Totò a portarmi le cucuzze per...»

«E tu, grandissima buttana, l'hai fatto entrare a casa!»

«Ma no, Santino, me le lasciò sulla porta, manco il tempo di salutarlo...»

Santino voleva attaccare turilla e io non sapevo come prenderlo, perché *un ghiorno è pà testa, un ghiorno pà cuda.*

Non riesco a capire come sia potuto accadere che un istante prima eravamo felici, innamorati, un'anima e un corpo solo, e un istante dopo lui è diventato una bestia feroce. Oggi quando viene gli voglio parlare, gli devo dire che in questo modo non si può andare avanti. E se mi ammazza di legnate? Tanto meglio, così smetto di soffrire. E poi non mi tocca più le minne. Sono quindici giorni che non mi talia né la faccia né il culo.

Ah, ma oggi glielo dico e speriamo che la finisca lui e mi levi questa responsabilità, oppure vorrà dire che la interrompo io, questa tarantella, *meglio dire che saccio ca chi sapiva.*

«Ciao Santino, trasi.»

Neanche si prende la dica di rispondermi, entra nel soggiorno, si leva la giacca e si assetta aspettando che gli riempia il piatto. Mi fermo davanti a lui, in piedi, i miei occhi cercano i suoi. Lui pare che non si accorga nemmeno della mia presenza. Dopo un pezzo che stiamo così, metto una sedia vicino alla sua, mi siedo e gli prendo una mano. Lui mi guarda torvo: «Che è novità?». Allontano la mano e sto per alzarmi, ma poi mi faccio coraggio: «Santino, che c'è?».

Silenzio.

«Santino, dobbiamo parlarci, dobbiamo dirci la verità.»

«Ma che vuoi da me?» mi risponde con un'espressione sofferente, che pare un san Sebastiano al martirio.

«Santino, voglio sapere se mi ami ancora.»

Lui tace, gli occhi sono due pozze nere d'angoscia.

«Santino, si c'è cosa, parra.»

Un fremito gli scuote le mani, sembra che abbia voglia di parlare, ma la sua è solo un'intenzione, il suono della voce non oltrepassa le labbra che hanno un leggero tremolio, come di pianto.

«Fammi mangiare» è tutto quello che gli esce dalla bocca.

«No, Santino, prima dobbiamo chiarirci. Te lo chiedo di nuovo, voglio sapere se mi ami ancora.»

«*Amore*: non sai pensare ad altro. Ma che ti credi che è l'amore?» mi dice con tono duro.

«Santino, ma che ti ho fatto? Perché mi maltratti? Se non mi vuoi più...»

Non mi lascia finire di parlare, mi acchiappa per le braccia, mi sbatte al muro con una violenza di cui sembra non riesca più a fare a meno. Si allontana un poco per guardarmi meglio e me lo dice tutto in un fiato: «Io, da quel giorno che ti ho legata, non ci sto più con la testa. Tu sei stata la prima che mi ha fatto sentire una bestia, ma a te chi l'ha insegnato?». Santino è livido, carico di rabbia, trattiene a stento la sua aggressività.

«Mi hai tolto il sonno della notte. Appena sto per addormentarmi, mi compari davanti agli occhi, messa a quattro zampe come una vestia, nuda... ho un 'nfernu 'nta lu cori. Se poi Rosalia m'addinga – pure lei è una fimmina e la carne vuole soddisfazione – m'attocca pensare a te, al ciauro di ricotta fresca delle tue minne, al sapore di zorba grevia che hai tra le cosce... sennò, nenti, non mi funziona nenti. Quannu mi curcu paro un morto conzatu e finitu. Rosalia per ora mi mischinia, ancora mi sopporta. Ma io mi vulissi gittari nella munnizza.» Santino sospende il suo sfogo, sopraffatto dall'emozione, e io provo per lui una pena infinita.

Lo abbraccio e comincio ad accarezzargli i capelli. «Povero Santino, povero amore mio.» Rimaniamo a lungo in silenzio fino a che lui, scaricata tutta la tensione, riprende a parlare. Questa volta ha un tono dolce, un volume basso, un ritmo lento, come se cercasse non le parole esatte, ma i veri sentimenti dentro al suo cuore.

«Agata, ci pruvavi a lassaverti, ma non mi arrinesci. Il pensiero che te la fai con altri masculi mi assicuta pure con gli occhi aperti.»

«Santino, che posso fare? Lo sai che sei il padrone del mio cuore e della mia testa.»

«Senti, lo so che tu hai avuto altri prima di me, ma chessò, io vorrei essere stato il tuo primo uomo, solo così mi potrei acquietare.»

«Santino, mi pare il discorso di un pazzo... non è che c'ho la macchina del tempo, indietro non si torna.»

«E allora siamo dannati per sempre.»

XIV

Di nuovo mi lascia, se ne va senza guardarmi negli occhi.

L'immagine di Santino curvo, la mano appoggiata sul petto che sembra sul punto di scoppiargli, lo sguardo angosciato, la bocca tirata, mi compare davanti agli occhi ogni volta che penso a lui.

Sembra che il senso della mia esistenza sia nell'abbandono. Sono ancora una volta Pollicino perso nel bosco con le tasche piene di briciole inutili per indicare la strada del ritorno.

Da che Santino se n'è andato di nuovo, la malinconia ha trovato porte aperte, scorrazza nella mia casa, dentro di me. Di giorno è un coperchio nero e pesante sull'anima, la sera un tormento leggero, la notte uno spasimo lungo. All'alba m'invade la disperazione. Fino a quando nonna Agata, l'unica che non mi ha mai lasciata sola, mi compare nel sonno. Ha un vassoio pieno di dolci tra le mani e con lo sguardo risoluto mi fa cenno di sollevarmi. Al risveglio cerco di dare un senso al sogno, poi mi dico: "Adesso devi reagire. Pensa, spremi il cuore, cerca nella testa una buona idea e vattelo a prendere".

Il colpo di genio arriva una mattina calda dopo una notte di scirocco violento, se si tratta di recuperare Santino sono disposta ad acchianare in ginocchio tutto Monte Pellegrino.

Mi vesto bene e vado al bar dove di solito fa colazione. Da dietro le vetrate lo vedo appoggiato a uno sgabello mentre gira con lo sguardo assente il cucchiaino dentro a una tazza. Non so quanto tempo rimango a osservarlo: è magro, pallido, invecchiato. Il cuore mi batte forte, quando apre la porta lo chiamo con una voce così flebile che penso di averla sentita solo io. Lui pare che mi aspetti, perché si gira subito, i suoi occhi s'illuminano.

«Santino» gli dico, «c'è un modo perché tu possa essere il primo. Vieni domani da me.»

XV

Quando gli apro la porta un poco mi tremano le gambe. L'insicurezza mi impedisce di accoglierlo con un atteggiamento disinvolto. Santino rimane lì, indeciso se entrare o no, è chiaro che aspetta che io faccia la prima mossa. Lo prendo per mano, un brivido mi accarezza l'anima, lo porto direttamente nella camera da letto, lui è docile, non reagisce. Si lascia condurre. Santino spera che la sua donna gli cavi le castagne dal fuoco, che riesca a salvarlo da se stesso, a liberarlo dalla sofferenza eterna e ripetitiva della passione. *Nec tecum nec sine tecum vivere possum*, è questo il dramma di Santino Abbasta: mi desidera molto, si capisce, ma non mi può dare sazio. Comunque la sua prima volta con me non se la scorderà di sicuro.

«Guardami, Santino. Ti piaccio?»

«Che è questa storia della prima volta?»

«Aspetta, non è facile, vediamo se capisci anche senza parole.» Di solito tra noi non c'è bisogno di discorsi; quando siamo dentro al letto io penso e lui fa, indovinando esattamente quello che desidero, quello di cui ho bisogno. Mi tolgo la gonna e la camicetta, rimango con una sottoveste corta di seta rossa; da sotto spuntano un reggicalze e il bordo delle calze. Ho le cosce in carne, quanto gli piacciono a Santino le mie gambe muscolose, forti. Mi spoglio lentamente, rimanendo con un paio di mutandine niche niche e un reggipetto a balconcino. Le mie minne oscillano con il ritmo di un'onda che va e viene. Lui comincia a cedere, me ne accorgo dal respiro che si fa più lento e più profondo, dalle palpebre che si abbassano leggermente per celare l'emozione che lo tormenta, ma è ancora sulle sue.

«E allora, me la conti questa storia della prima volta?» Mi avvicino a lui annacandomi a destra e sinistra, gli prendo la mano e me la metto sul petto: «Lo senti come mi batte il cuore?». Lo bacio e lui non si sottrae, poi lo spoglio con dolcezza, lui mi lascia fare ma ancora non prende nessuna iniziativa, mi vuol dire: "Guarda che prima mi devi convincere".

Mi accosto al suo orecchio e gli sussurro: «Santino, oggi tu, se vuoi, puoi essere il primo. C'è una cosa che ancora non ho mai fatto. Non è che non me l'abbiano chiesto, ma mi sono sempre scantata, chessò, magari di farmi male... insomma, c'è una parte del mio corpo che non ho mai dato. Se vuoi...».

Sono imbarazzata, spero che Santino capisca e non mi faccia chiamare le cose con il loro nome. Mi giro di schiena e mi offro a lui: «Se vuoi, questo è il modo. Per me è la prima volta... ma ti prego, non mi fare male». Santino ha capito, mi leva di dosso quel poco che mi è rimasto, delicatamente mi tira per i fianchi, appoggia la sua testa sulla mia spalla, l'abbandona lì per qualche secondo, come a godere di una pace ritrovata, mi bacia la nuca, scende lungo la schiena, mi accarezza le natiche, mi spinge verso il pavimento, mi fa poggiare le ginocchia per terra e la pancia sul letto, poi piano, con dolcezza, con le mani che gli tremano, un po' per volta per non farmi male mi prende da dietro. Ora sono sua per la prima volta.

Il dolore è un secondo di sospensione tra l'attesa che il rito si compia e il piacere che sale violento sotto la pelle, una corrente elettrica tra i muscoli e le ossa, una gioia che scioglie la distanza, sento perché lui sente, godo perché lui gode, esisto perché è lui che mi fa esistere.

L'idea di offrirgli una "seconda verginità" a Santino lo ha commosso. Dopo quell'amore, chiamiamolo così, mi ha tenuta abbracciata, mi ha accarezzata a lungo e dalla bocca gli sono uscite parole duci e una voce mielosa, veramente mi pareva di essere tornata indietro nel tempo.

Ha fatto un discorso contorto e di tono solenne, sostenendo che avrebbe voluto fosse chiaro che, al di là dell'impressione che avrebbe potuto dare la sua "gentilezza" in quel preciso istante, e le sue contenute (e dunque inadeguate e sostanzialmente ingenerose) reazioni alla mia generosità, accoglienza, simpatia e spontaneità, lui apprezzava molto quello che ero e che quotidianamente facevo (soprattutto in riferimento a lui).

E ha continuato per un bel pezzo, dicendo che il rapporto che abbiamo avuto e la responsabile e coinvolgente leggerezza che mi contraddistingue... insomma, ha detto che non solo apprezza tutto questo di me, ma ne gode molto di più di quanto gli capiti in questa fase di esprimere... Ciò che mi è parso di capire è che Santino voleva assicurarmi che non uno dei miei gesti, atti, sguardi (e, credo, pensieri) nei suoi riguardi è passato inosservato, inapprezzato o non goduto...

Benché di primo acchito non mi fosse affatto chiaro cosa volesse significare Santino con quel giro di parole, l'ho guardato lo stesso in adorazione e ho pure spremuto qualche lacrima. Però dopo il tono compito e questa introduzione altisonante, Santino se n'è uscito al naturale: «Agata, hai un culo che pare una sfincia», questo l'ho capito con facilità, «e quello che mi hai dato oggi nessuno me lo potrà più togliere».

Commossa gli ho stampato un bacio sulle mani e gli ho promesso: «Da oggi, padrone, puoi chiedere tutto quello che vuoi, perché non sei tu che comandi, ma io che voglio ubbidire» e gli ho consegnato la cinta dei suoi pantaloni in segno di resa. Questa volta ho davvero colpito nel segno, l'ho conquistato e tutto è filato liscio.

XVII

Ma la luna di miele è durata un battito di ciglia.

Sono bastati pochi mesi perché l'insicurezza e la fragilità di Santino esplodessero di nuovo. Litighiamo per niente, non fa altro che cercare scuse per attaccare turilla, mi trascura e poi non fa più all'amore, mi scopa, mi fotte senza un briciolo di tenerezza, gode per ogni sofferenza che riesce a provocarmi, per ogni umiliazione che m'infligge.

A forza di subire mi sono spenta. Sono magra, forse il mio corpo consumandosi prova a sfuggire alle sue grinfie. Le mie minne pendono tristemente verso il basso. La commedia del mio amore è diventata la tragedia della mia vita.

Di nuovo nonna Agata mi appare nel sonno, con un vassoio in mano, ma al posto dei dolci questa volta ci sono tanti piccoli serpenti attorcigliati, la nonna piange triste e disperata. Mi sveglio agitata e capisco che sono arrivata al capolinea. Ne ho abbastanza di Santino, se non lo lascio perdere ho la sensazione che mi ammalerò e magari morirò pure.

Ho deciso: lo lascio e ricomincio daccapo.

Ma prima che io possa portare a buon fine la decisione presa, qualcun altro si prende la briga di determinare il mio futuro. Una mattina come tante, una delle solite, mentre sono in casa a cercare di far passare il tempo leggendo i giornali, con gli occhi sulle pagine e la testa alla mia malasorte, sento gridare sul pianerottolo.

«Ahhh, Madonna mia, che malanova!»

Corro a vedere cosa è successo e trovo la portiera che urla, si torce le mani e arretra spaventata. Sulla soglia del mio appartamento c'è una gallina con la pancia tagliata e le budella di fuori. È un chiaro avvertimento. La *signora* (in riferimento allo status) Abbasta ha deciso di riprendersi le cose che le appartengono, cioè il marito, che lei considera alla stessa stregua di una proprietà immobiliare. Il messaggio è chiaro: "Se non gli togli le zampe di dosso, gallina spennacchiata che non sei altro, ti apro la pancia come meriti". La moglie di Santino ha deciso per noi.

Adesso non è più il tempo dei dubbi, delle incertezze. Rosalia Frangipane vuole che questa storia finisca e noi la finiamo.

XVIII

Ancora una volta è la vita a decidere per me.

Due sere dopo all'improvviso sento una pazza che grida e tira calci alla mia porta. Resto immobile per un istante, poi mi avvicino con cautela allo spioncino. Santino è al suo fianco e cerca di fermarla: «Troia, puttana, zoccola!», e lui: «Zitta, Rosalia, la gente dorme».

«No, non mi azzitto, lo devono sapere tutti che questa troia di Agata Badalamenti si scopa a mio marito.»

«Rosalia, zìttuti, sennò ti faccio azzittiri io a timpulate.»

«E provaci, avanti, dammele queste timpulate, che poi i conti li fai con i miei fratelli.»

«Avà, Rosalia, pensa ai picciriddi.»

«Certo, e tu non ci pensavi a loro quando ti scopavi a questa buttana?»

«Avà, Rosalia, abbasta.»

«Vieni fuori, zoccola! Tu, dico a tia, tu che t'infili nei letti delle altre!»

Cerco di mettere in pratica gli insegnamenti della nonna. "Non puoi sfuggire al confronto" mi dico, e apro la porta di casa.

Le urla della signora Abbasta e la resa di Santino sono quanto di peggio abbia incontrato nella mia vita, quanto di più volgare mi sia capitato. Mia nonna Agata diceva che quando arrivi al fondo più giù non puoi andare, perciò ti devi dare una spinta e provare a risalire. Apro la porta di casa, pronta alla colluttazione o alla lapidazione, non so ancora come reagirò di fronte all'onda d'urto di Rosalia Frangipane. La pazza si ferma. Scende un silenzio assoluto, nonostante gli inquilini del palazzo siano tutti fuori dai loro appartamenti, richiamati dalle urla improvvise, in piedi sulle scale come sulle gradinate di uno stadio.

Per quanto io abbia in cuor mio deciso di interrompere la relazione con Santino, ancora una volta la paura di essere abbandonata mi attanaglia e ha il sopravvento sul buon senso, che ho lasciato sul tavolo da pranzo la prima volta che Santino mi ci ha sdraiata sopra. Rosalia schiuma di rabbia, per una come lei essere seconda a un'altra è un'offesa inimmaginabile. Santino sembra preoccupato soprattutto per la propria incolumità.

Negli attimi che seguono ognuno di noi va dietro ai propri desideri, progetta personalissime soluzioni, prega con ardore i suoi santi e ne invoca la protezione. Non so quanto duri questa pausa, ma è Rosalia a prendere per prima la parola. È chiaro che lei dirige il gioco ed è lei a decidere per tutti noi, ponendo così le basi della nostra vita futura: «Prenditelo, questo morto, auguri e figli maschi». E scompare dal mio orizzonte e da quello di Santino, portandosi via anche i figli.

Le donne vere avanzi delle altre non ne gradiscono.

Mentre il '68 in Europa aveva dato inizio con energia all'opera di smantellamento dello Stato borghese, in Sicilia il terremoto che distrusse la valle del Belice al principio di quell'anno rappresentò un vero e proprio avvertimento. "Attenzione" sembrò dire ai giovani siciliani, "qui si fa quello che si può, mai quello che si vuole, qualche volta quello che si deve!"

Anche le donne si trovarono a fare i conti con questo avvertimento: mentre altrove correvano audaci alla conquista di nuove libertà, in Sicilia si dovettero accontentare di una lenta camminata tra case sgarrupate e trazzere sconnesse, accumulando un impressionante ritardo rispetto alla consapevolezza di sé e del proprio ruolo sociale. Specie nei rapporti con l'altro sesso...

Che questo valga a spiegare, a distanza di più di vent'anni, il comportamento per me incomprensibile di Rosalia Frangipane? Per quale strana ragione, anziché discutere e chiarirsi con il marito preferisce aggredire e minacciare me?

Ma la verità è che l'aggressività femminile trova il suo contraltare nell'infantilismo maschile e Santino Abbasta, senza il sostegno della moglie, si sta afflosciando come un sacco vuoto.

«Santì, dormi?» Lo sento che si gira nel letto da ore, ma lui manco risponde. Accendo la luce del mio comodino, lo trovo sdraiato sulla schiena, con gli occhi sbarrati, che fissa il soffitto con un'espressione vacua; ha le mani incrociate sul petto, pare un morto conzato. Per un attimo mi viene quasi da ridere, ripenso alla prima volta che l'ho incontrato a casa mia, nel mezzo del trasloco, mentre dirigeva gli operai in maniche di camicia... vuoi vedere che aveva ragione con quella storia del cataletto? Hai visto mai che è bastata solo l'intenzione di mettere il letto in mezzo alla stanza per far succedere una disgrazia... certo è che lui, per come è situato, pare proprio un morto! La mia risatina appena accennata ha su di lui un effetto urticante, Santino si gira verso di me e mi guarda torvo: «Non capisco che c'è da ridere»

«No, Santino, niente, è che sono felice di svegliarmi vicino a te», gli giro la frittata in questo modo, le farfantarie sono state la mia strategia di sopravvivenza quand'ero piccola, figuriamoci ora che Santino cerca di far pagare a me il prezzo della sua infelicità. E poi non è una farfantaria fino in fondo: per mesi ho desiderato di potermi addormentare accanto a lui, di riaprire gli occhi e di trovarmelo accanto...

Ma lontano dai figli, che erano il suo alibi per non prendere decisioni, Santino è insopportabile. È quasi sempre muto, non dorme, ha preso a odiarmi come se fossi io l'unica responsabile della sua irrequietezza e non perde occasione per maltrattarmi.

«Santino, ti faccio un massaggio?» Allungo la mano verso la sua pancia, e lui: «Ma non ti spercia il sonno, questa notte?» mi chiede brusco, poi si gira e le sue spalle mi dicono tutto il fastidio e l'insofferenza che prova nei miei confronti. La verità è che da quando Santino è venuto ad abitare nella casa di via Alloro, di me non ne vuole più sapere. Gli posso girare nuda davanti, fare balletti, organizzare teatrini, lui proprio non si accorge che io esisto e non mi tocca più, neanche per darmi legnate. Se prima, quando ero la sua amante clandestina, mi considerava una buttana senza diritti ma mi lusingava perché gli regalavo brividi e distrazioni, ora mi tratta giusto come una cameriera, anzi come una serva, e di quelle un poco moleste.

E io non riesco a trovare la forza per liberare me stessa e lui da questo squallore, che ci si è appiccicato addosso come la glassa vischiosa sulle minne ammalorate.

XX

Dopo qualche mese, però, lontano dalla moglie Santino ha iniziato a sentirsi prima leggero e poi libero. E – come ho potuto non prevederlo? – ha cominciato ben presto a guardare le altre donne, poi a corteggiarle, infine a fottere di facci e facci. Mi considera trasparente e la mia presenza non gli pone alcun vincolo.

Questa sua brutalità esplicita è per me un colpo durissimo. Mi ammalo.

«Sono proprio un disgraziato, ora che ho lasciato mia moglie... adesso che ho bisogno di te... insomma, ti pare questo il momento di ammalarti?» Santino è seduto ai piedi del mio letto.

Ho tubi infilati ovunque, le fasce mi tengono fermo il petto, mi bloccano il respiro, la gola mi fa male e a ogni colpo di tosse qualcosa si smuove dentro, provocandomi una fitta lancinante sotto al braccio sinistro.

«Mischino, ragione hai. Come devi fare ora?» Né mi risponde né mi ascolta, si lagna. Per lui il lamento fa parte, insieme alla *robba* e alla mamma, proprio in quest'ordine d'importanza, dei diritti irrinunciabili della persona.

«Capace che Rosalia ci ripensa e, invece di lasciarmi perdere, mi fa ammazzare di legnate dai picciotti di suo padre.» Sta ragionando ad alta voce.

«Macari ti riprende a casa?» dico io con quel poco di fiato che ho recuperato in fondo ai polmoni. Oramai sono così delusa e così addolorata che quasi preferirei che tornasse a casa dalla moglie. Sgrana gli occhi, abbozza un sorriso, si capisce che l'idea non gli dispiace, poi scuote la testa, forse pensa che dovrebbe rinunciare alla sua nuova libertà, e allora cambia argomento.

«I miei figli... li ho appena rivisti, da lontano... povere anime innocenti.» I figli di Santino per la verità sono oramai grandicelli, ma lui ne parla come se fossero tre neonati con la faccia da angioletti. E i loro turbamenti, anche i più intimi, che meriterebbero delicatezza e riserbo, vengono partecipati a chiunque con impudicizia: «Agatì, il maschio già si fa le seghe!» mi ha detto una volta con orgoglio.

Il lamento di Santino non conosce soste: «E mia madre? Lo sai che mi ha cancellato dal testamento?»... Santino è figlio unico di madre vedova e lo sarà per tutta la sua vita.

«Ma tu proprio ora ti dovevi ammalare? Non potevi aspettare che mi sistemavo?»

«Vedi, Santino, la malattia non è una scelta...» Lo dico per giustificarmi, ma non sono sicura che sia vero. Sì, me la sono cercata questa malattia, mi cogghio il giusto castigo per aver preparato negli ultimi anni minne di sant'Agata ammalorate, acchiancate, bruciate, per aver perduto la ricetta della nonna, prezioso tesoro che non ho saputo preservare come lei mi aveva raccomandato.

È proprio vero che l'esperienza degli altri non conta niente. Non mi ha insegnato nulla la malattia delle mie zie gemelle? Quelle, tutt'e due, alla Santuzza non ci hanno mai pensato, e hanno avuto un cancro! Oramai hanno una minna a testa, due minne in due

Eppure nella storia della mia famiglia ci sono stati diversi casi di tumore al seno in stretta relazione con quei maledetti dolci. Come ho potuto dimenticare le raccomandazioni di nonna Agata, la storia della Santuzza, la vita della mia bisnonna Luisa, delle mie antenate? Se solo me ne fossi ricordata in tempo, avrebbero potuto essere preziosi sassolini per tracciare la strada.

Il decorso postoperatorio, complicato da un'infezione, mi costringe a rimanere in ospedale per un lungo periodo. Imbottita di farmaci che mi tolgono la lucidità mentale e la capacità di razionalizzare, alterno momenti di tristezza ad altri di grande eccitazione, in cui mi alzo, mi trucco e aspetto ansiosa che Santino venga a trovarmi. Poi ci chiudiamo nel bagno e facciamo l'amore. Finché mi tengono il petto fasciato, il buco non si vede e comunque lui sembra non farci caso. Anzi, ha preso ad amarmi con rinnovato ardore. Santino è fatto così, le situazioni strane lo eccitano, nella normalità si spegne.

Chiuso il rubinetto delle flebo per precauzione, nzà ma' possa succedere qualcosa, tengo i drenaggi con una mano e con l'altra mi appoggio alla parete per stare in equilibrio. Mi prende con la solita foga bestiale, io mi illudo che le cose tra noi possano ricominciare daccapo. Ma quando rimango sola mi struggo, mi dispero per la sua assenza, mi avvilisco per la mia sfortuna. E sotto le bende, insieme al bruciore della ferita, sento che siamo due barche alla deriva.

Le parole di nonna Agata mi vengono in testa all'improvviso, mi colgono di sorpresa e hanno su di me un effetto consolatorio: *Agatina, non ti scantare, il Padreterno non manda prove a chi non ha la forza di superarle...*

La nonna ha ragione, ma una bomba mi è scoppiata nel petto e mi ha lasciato un cratere aperto. Riuscirò a superare questo momento? Ho pensieri e desideri contraddittori. Certe volte mi auguro con tutta me stessa che Santino scompaia, altre invece mi rendo conto che la sua presenza è la sola cosa che mi tiene in vita.

Il giorno prima che io cominci le cure che hanno un nome che mi fa paura pronunciare, Santino mi porta a pranzo fuori. C'è il sole, la giornata è tiepida e davanti a una magnifica spigola al sale Santino mi tiene la mano, si mostra dolce... mi sembra un miracolo.

«Agata, mangia, approfitta ora che stai bene...»

«Perché, Santì, che deve succedere?»

«No, è che le cure sono forti, magari ti senti male, e poi dice che fanno vomitare.»

«Ma magari le sopporto bene» dico io per farmi coraggio. Lui mi mette sul piatto un filetto del suo pesce e con occhi teneri mi dice: «Senti, Agatì, facciamo così: oggi mangi e ti metti in forza, domani è mercoledì e ti fanno la flebo. Tu non ti scantare, pure se stai male. Giovedì vomiti, venerdì stai così così e sabato ti scopo». A me questa dichiarazione d'intenti sembra la più bella frase d'amore mai ricevuta nella vita.

Mercoledì e giovedì vomito, venerdì sto così così, sabato mi faccio trovare vestita e truccata e facciamo l'amore senza che lui allunghi mai le mani verso il mio petto, preferisce non sapere cosa sia successo alle minne che lo hanno irretito fino al punto di sfasciare la sua famiglia.

Due settimane dopo la prima chemioterapia, una sera vado a letto con un nuovo, stranissimo dolore, mi fanno male i capelli. Non il cuoio capelluto o la cute, proprio i capelli. Li trovo la mattina dopo, tutti sul cuscino.

Questa volta il cambiamento fisico è così eclatante che non può essere nascosto dietro a bende, fasciature, sottovesti di pizzo, reggiseni imbottiti. Ho paura di leggere il disgusto nello sguardo di Santino, di percepire il suo orrore, la sua nausea... ecco, ho davvero toccato il fondo.

Lo chiamo al telefono: «Torna a casa da tua moglie, vattene a vivere con tua madre, trovati una donna nuova, fai quello che vuoi, perché io a te non ti voglio più».

Sto cercando la spinta per risalire.

Le cure sono durate il tempo necessario. Non ho gana di farmi vedere in giro né di sopportare lo sguardo di commiserazione e le parole di circostanza, perciò spengo il telefono, chiudo la porta e mi rintano in casa. Come le mie zie smetto di parlare: chissà, forse nel silenzio troverò la forza per affrontare questa battaglia.

Ma dopo tanto tempo, una persona che davvero mi ama è entrata nella casa di via Alloro: Ninetta. È venuta a stare con me, prepara da mangiare, gira silenziosa per la casa, ascolta il mio respiro, mi abbraccia. Le sue attenzioni, frutto di una cultura antica, le sue carezze delicate, finalmente senza desiderio dopo quelle assassine di Santino, sono un balsamo per le mie ferite.

Una mattina, del tutto inaspettate, suonano alla porta zia Nellina e zia Titina. Forse le ha chiamate Ninetta, non lo so, comunque loro fanno finta di niente e io non indago. Mi salutano come se ci fossimo lasciate ieri. Sono molto dimagrite e l'antiestetica asimmetria del loro torace mi rende inquieta e mi impedisce di fissarle a lungo.

«Agatina, non ti devi preoccupare, di queste cose non si muore.» Zia Nellina è la prima a parlare, tra le due sorelle è lei la dominante.

«Lo so, lo so...» rispondo con voce lacrimosa. Il pianto ce l'ho sempre in pizzo.

«Agatina, non è che puoi dare sazio alla gente e morire», zia Titina vive per far dispetto al mondo, «guarda noi, pare che dovevamo morire e invece dopo tutto sto tempo siamo ancora qua.»

Cerco i loro sguardi dietro agli occhiali spessi, ma quando gli occhi mi cadono sulla minna che non c'è più il sangue mi va alla testa, l'aria mi manca, il cuore batte forte, una serie di fantasie, dalle più terrificanti alle più ridicole, mi passa davanti come in un film.

Poi un pensiero improvviso, assurdo, mi restituisce il sorriso, il primo da quando mi sono operata. Comincio a contare, una, due, tre: tre tette in tre, lu cuntu delle minne è risultato dispari, siamo tre mezze femmine. Si dice che le minne sono organi pari e simmetrici... ma non nella mia famiglia.

È una considerazione amara, ma mi regala una sensazione di insensata allegria.

XXII

Bon tempo e malo tempo non dura tutto il tempo, le cose si sono sistemate per il loro verso. Santino è tornato a fare il morto a casa dalla moglie, che lo ha accolto masticando veleno. Rosalia è troppo vecchia per stare da sola e con una mossa intelligente ha scaricato su di lui tutta la responsabilità dei figli, liberandosi in un colpo solo di una serie di camurrie.

I miei capelli stanno ricrescendo folti e lucidi, il mio viso ha di nuovo un bel colorito roseo e, se non fosse per il buco nel mezzo del petto e il vuoto nel cuore, sarei la stessa di prima. Ho ripreso le vecchie abitudini, tranne per il lavoro, che sembra un capitolo chiuso definitivamente. Ma io non me la sento di lavorare, non ho gana di consolare le altre. Anche le amiche sono riapparse una a una, richiamate da un tam tam misterioso: ricominciano le chiacchiere, il caffè, i pettegolezzi. Ho ripreso pure a cucinare, ma i dolci non li preparo più, tanto le mie minne oramai sono sfatte, anzi, una s'è proprio persa per la strada.

Zio Nittuzzo passa una volta alla settimana, mi racconta le ultime novità, anche mia madre è tornata alla carica, mi ha fatto sapere che vuole incontrarmi, ma io sono troppo fragile.

Ninetta non è ancora tornata a Malavacata, ha detto che prima di andarsene vuole essere sicura che io me la cavi con le mie forze.

Oggi, dopo un lungo silenzio, mi sono svegliata con un languore nella pancia e il bisogno di rivedere il mio grande amore. Mentre faccio colazione Ninetta sta seduta sul mio letto e mi scruta con sguardo indagatore, cerca le tracce del mio stato d'animo.

«Che hai?» mi domanda prima ancora di dirmi buongiorno. Capisce subito se ho qualcosa nella testa, come una madre percepisce ogni mio sbalzo d'umore. Mi faccio pregare un po', ma alla fine il bisogno di parlare vince sulla mia reticenza.

«Ninetta, ho bisogno di te, mi devi aiutare.»

«Che hai, figghia mia, chi ti pozzo fare?» Mi ha sempre risolto ogni problema, penso, chissà che anche questa volta non abbia una soluzione.

«Ninetta, è una cosa complicata...»

«Bedda mia, si nun mi cunti che vuoi...»

«Ma tu me lo giuri che non ti arrabbi con me?»

«Perché, ti risulta?»

«No, Ninetta, ma è cosa delicata.»

«Malocchio? Che camurria, c'è sempre qualche buttana di turno che ti vuole male; pure l'ultima volta eri un sacco di veleno... Agatì, la malagente non ha tempo di dormire.»

«Ninetta, non lo so se è malocchio, ma per come sto pare che mi hanno fatto una fattura... te lo ricordi a Santino Abbasta?»

«E chi se lo scorda quel cornuto!», perché, se le femmine sono buttane per definizione, gli uomini sono cornuti. «Quello ne ha fatte quante Carlo in Francia, peggio dell'Alto Voltaico. Ma ancora non te lo sei scordato?»

«Non mi fare domande, lo sai che mi sono ammalata per colpa sua. Ma che ti posso dire? Mi pare che solo con lui mi sento viva.» Mi metto a piangere, Ninetta prende tempo, cerca di farmi ragionare, ma poi si commuove e si lascia persuadere dalla mia espressione supplichevole.

«Senti, bedda mia, ci penso io, vedrai che domani qualche cosa succede.»

«E come fai? Sono stata io a dirgli di non farsi vedere più...»

«Non ti scantare, se ti dico che ci penso io devi stare tranquilla. Questa notte dormi in grazia di Dio, ché io ti faccio l'oraziunedda a santa Rita, quella delle cose impossibili. E ni parramu dumani ammatino alle sette precise.»

La mattina dopo, puntuale, Ninetta arriva con il caffè. Non ho chiuso occhio, ma non glielo dico, anche con lei mi vergogno del mio attaccamento a quel mascalzone di Santino.

«Ninetta, e allora?»

«Ah, figghia mia, ci cummattivi tutta la notte, no una, ma quattro oraziunedde; alle sei santa Rita mi arrispose.»

«E che ti disse?»

«Lassa perdere, scordatillo, manco santa Rita ci può. Quello è cosa di Rosalia Frangipane, è meglio che te ne trovi 'n autro... e poi è un mangiacuore.»

Ninetta è stata categorica, se non ci può fare niente lei si vede che è destino. Metto da parte il languore e mi arrendo all'idea che Santino rimanga tra le braccia di sua moglie.

All'improvviso, come sempre, una sera mi scopro a sognare, a desiderare di nuovo. La mattina dopo mi sveglio con la sensazione del vento nei capelli e un'onda di nostalgia che mi percorre in lungo e in largo come una febbricola leggera. Capisco che ho bisogno di un uomo. Comincio a fantasticare e... l'immagine di Santino s'impone alla mia mente come l'incarnazione dell'unica forma di amore che io riesca a immaginare. La sua bocca attaccata alla mia, il suo corpo sul mio, le sue mani sulle mie minne... Mi fermo di colpo, il sogno s'infrange su quel cratere che campeggia al lato sinistro del mio torace. Le mie minne non sono più due, e solo ora diventa chiara la necessità di uscire dalla gabbia del rituale che Santino e io abbiamo costruito attorno al mio corpo. Non sono ancora del tutto guarita, ma finalmente ho la sensazione che una lunghissima convalescenza sia iniziata

XXIII

C'è voluto del tempo, ma il cuore è tornato a battere e poi a sperare. Il desiderio dell'amore è più forte del senso di morte e di ineluttabilità che Santino Abbasta ha lasciato nella mia esistenza, e poi piano piano anche la paura della malattia è svanita, dopo l'apnea sono tornata a respirare.

La prima volta è stato merito di Ciccio, quindici anni più giovane di me, bello, pieno di muscoli.

Lo trovo per strada, mi apre la porta del bar, «Signora, permette?», mi fa passare per prima e mi offre il caffè. Dopo settimane di corteggiamento discreto e gentili galanterie mi chiede: «Forse possiamo darci del tu?». Lo accontento.

Passano due mesi, lo tengo in sospeso, anzi, in caldo, non gli dico di no, ma tanto lui nemmeno chiede. Clotilde è di nuovo la mia confidente; ci troviamo spesso il pomeriggio. Mi dice con tono spassionato: «Senti, ti è capitata una grande fortuna, hai uno giovane, bello, persino pulito, che ti vuole. Qualunque donna sarebbe felice al tuo posto, perciò smetti di essere depressa e ricomincia a vivere. Per l'Amore con l'A maiuscola poi si vede...».

Non ha torto. Accetto il consiglio e assecondo il ragazzo, che nel frattempo ha preso a fare richieste discrete ma esplicite.

Ciccio è bello come un dio greco. I muscoli scolpiti, guizzanti, la pelle morbida, ambrata. Alto, forte, mi prende in braccio fissandomi negli occhi. Ha uno sguardo tenero, suadente, innocente. L'espressione di un cerbiatto che muove i primi passi e chiede l'approvazione e l'incoraggiamento della mamma. Le sue mani morbide e inesperte passano sui miei vestiti con timidezza. Il suo profumo dolce, sebbene evanescente, riempie la stanza come l'aroma di una ciambella al cioccolato e mi lascia un ricordo indelebile. La bocca umida cerca la mia e non si sposta dal mio viso. Ma nel complesso l'insicurezza lo rende rigido e freddo. Mi delude, ma Clotilde ha una spiegazione pronta: «Lo sanno tutti che le prime volte... l'imbarazzo, la scarsa confidenza... dagli un'altra possibilità».

La seconda volta è più ardito, pare che abbia preso fiducia, mi infila le mani dappertutto, sospira, mi cerca come un maschio affamato. Quando prova a sbottonarmi la camicetta, a mettere le mani sulle minne, l'allontano di malagrazia, se poi si avventura dalla parte del buco lo respingo proprio. L'idea che la minna finta mimetizzata dentro al reggiseno gli rimanga in mano mi terrorizza. All'improvviso penso al dottor Stranamore, al suo braccio di latta, a quando gli parte mentre fa il saluto nazista...

E comunque mi dispiace traumatizzare Ciccio, provo per lui una grande tenerezza, è così giovane, un picciriddu paragonato a Santino. Ciccio è soprattutto inesperto, ma sensibile e armato di buona volontà.

Clotilde interviene in sua difesa: «E si capisce, è piccolo, ma tu sei una donna fatta, potresti insegnargli come si fa, certo non ti manca l'esperienza! E poi qualche spiegazione gliela dovresti dare tu, quelle minne che ti tieni strette strette... Nessuno nasce 'nsignato».

Quando Ciccio viene a casa per la terza volta cerco di dare motivazioni ragionevoli al mio comportamento da adolescente: «Vedi, amore, forse tu non hai capito, io vorrei farti persuaso...».

Lui mi interrompe e con l'indice davanti alla mia bocca sussurra: «Shhh, zitta. Solo tu non hai capito quello che gli altri hanno compreso da un pezzo...». Che sensibilità, penso, per un ragazzo così giovane che ancora la vita la deve assaggiare. Che modo carino di dire: "Stai tranquilla, so dov'è il problema, non c'è bisogno di aggiungere altro". Ma Ciccio non ha capito proprio niente, pigghia di sutta e mette d'in capo. Le sue mani sono sempre lì sul mio petto, la sua bocca sulla mia, il suo corpo offerto al mio sguardo perché io possa ammirarne la bellezza, la postura, i muscoli tesi come quelli di un atleta prima della gara.

Ma sono determinata ad andare fino in fondo. Provo di nuovo a dargli qualche spiegazione. Tutto sommato sono ancora un dottore, cos'altro posso fare se non affrontare l'argomento sotto il profilo medico? Penso che la scienza può venirmi in aiuto dandomi un tono neutro, distaccato, meno scioccante per lui e meno umiliante per me.

Una sera a cena vado sul discorso prendendola alla lontana. Zone erogene, seni, mastectomia, le amazzoni... Il ragazzo mi ascolta senza interrompermi, i suoi occhi neri sono sgranati, l'espressione è interrogativa, disorientata. Poi per tagliare corto mi dice: «Amore, per parrare cu' tia ci vuole l'enciclopedia».

Stanco di tutto questo teatrino, Ciccio, che sognava l'avventura facile con la donna matura, prende a trattarmi con distacco.

«Potevi aspettartelo», solo Clotilde non si fa una ragione della mia delusione, «quello è così giovane, e tu vai cercando comprensione?»

«Perché, che c'è di male a voler essere compresa?»

Ma stasera, quando finalmente Ciccio ha avuto chiaro davanti agli occhi il difetto fisico che nessuna enciclopedia bastava a spiegargli, è sparito.

XXIV

Daniele è arrivato con la primavera, quando l'anima si dispone con più facilità all'amore. Abbastanza giovane anche lui, maturo se non altro per dato anagrafico. Fisico muscoloso, grandi occhi chiari, forse non molto vivaci ma belli. Armato di buone intenzioni, galante, gentile.

La temperatura mite ci ha regalato romantiche passeggiate in riva al mare, per le strade del centro vecchio, aperitivi al tramonto, cene a lume di candela. Ho evitato accuratamente qualunque approccio sessuale, ma l'ho tenuto sulla corda, l'ho provocato con allusioni, sfioramenti, atteggiamenti ambigui, pronta a fare una rapida marcia indietro ogni volta che lui prendeva un'iniziativa e cercava un contatto fisico. Questa volta, prima di arrivare al dunque, ho deciso di farmi forza e di avvertirlo delle mie condizioni.

«Daniele, vedi che sono stata operata al seno...»

«Vabbè, e allora?»

«No, è che sono un'amazzone.»

«E che ci fa?»

«Daniele, ho una minna di meno!»

Lui deglutisce, come se dovesse buttare giù un rospo, e poi da vero gentleman mi dice: «Guarda che per me una o due minne non cambia niente, sempre tu sei. E poi non mi fa nemmeno impressione, anche mio padre è stato operato al petto».

Lo abbiamo fatto con i vestiti addosso, mi ha lasciata libera di agire come volevo, e non è scappato, anzi, mi è rimasto accanto.

Una mattina, in spiaggia, mentre io perdo tempo, traccheggio un po' prima di mettermi il costume, lui per rassicurarmi mi dice: «Ma perché non ti spogli, con questo sole? Se ti preoccupi per qualche cosa... lo sai che mi piaci... non può cambiare niente». Mi incoraggia e per un attimo penso che gli uomini non sono tutti uguali. Rassicurata dal suo atteggiamento, nella penombra della cabina, al riparo da sguardi estranei, mi spoglio velocemente e mi mostro con quel buco che, grazie a lui, per un istante ho dimenticato di avere. Un'espressione tra sorpresa e meravigliata passa sul suo viso: «Minchia, ma sì vero malucumminata!».

Questa volta sono stata io a sparire; mi sono rintanata dalla solita amica a leccarmi le ferite.

«Clotilde, secondo me è arrivato il momento di chiudere. Basta, archiviamo il problema, guardiamo avanti con fiducia, ma senza uomini. Agata Badalamenti se ne va in pensione.»

«Ma quale pensione, alla tua età! È che devi trovare quello giusto, uno che gli piaci veramente, vedi che prima o poi arriva. Quando tu non l'aspetti più, ti coglierà di sorpresa.»

XXV

Il destino non mi ha fatto aspettare molto, ben presto a una festa incontro un signore maturo con qualche piccolo problema di prostata, me lo confessa alla terza uscita, chiedendomi anche un consiglio a riguardo. È intelligente e ha sufficientemente sofferto, perciò è tanto più comprensivo del dolore altrui. Si chiama Giuseppe, «un nome da maggiordomo» ha detto Clotilde. Del maggiordomo ha i modi affettati, che forse giustificano le perplessità della mia amica: «Non lo so, Agata. Mi pare troppo vecchio per te, lui sì un poco malucumminato, ma magari è più disponibile. Chessò, Agata, prova... ma questa volta non mi prendo nessuna responsabilità».

Senza l'incoraggiamento di Clotilde, il corteggiamento è andato per le lunghe. Tra conversazioni intelligenti, dialoghi surreali, considerazioni fantasiose ho faticato molto ad avvicinarmi fisicamente a lui, un po' perché non volevo svelare il mio difetto, un po' perché gli uomini passati di cottura in verità non mi sono mai piaciuti. Poi lui mi ha fatto capire che gradirebbe, ma aspetta un cenno, una parola, un invito... e allora prenderà l'iniziativa. Questa volta Clotilde ha decretato: «Buttati, se non vai a vedere non saprai mai. Magari è l'uomo della tua vita, che ne sai, magari farete i botti a colori; lascia perdere i tuoi pregiudizi sull'età».

Ma non è solo un problema d'età, intuisco in lui un

tratto volgare, che non si esprime, ma c'è. Trattenuto, represso, controllato, talvolta affiora in una risata sguaiata, nella camminata a gambe larghe, in quel sedere piatto che nuota nei pantaloni larghi.

Ma alla fine non ho prestato ascolto a me stessa e mi sono buttata.

Mi trovo una notte nella sua casa di campagna, chiusa da molti mesi, perciò umida come una cantina. In un letto incredibilmente freddo, considerata la stagione buona. Mentre aspetto che finisca di prepararsi e fantastico sulla sua lunga permanenza in bagno, cerco le parole giuste per raccontargli il difetto che mi affligge.

Indecisa tra le due metà del letto, scelgo quella lontana dalle fotografie dei suoi parenti. Giuseppe arriva in un pigiama azzurro di cotone, i capelli appena pettinati, e mi dice: «Scusa, ti dispiace se dormo io da questo lato? È proprio il mio posto abituale». Certo che mi dispiace, l'ho appena scaldato questo cantuccio, ma non glielo dico, borbotto qualche parola di scusa e guadagno l'altra parte, così fredda da sembrare bagnata. Fisso l'enorme armadio che ho di fronte e, nello specchio che ci inquadra tutti e due, mi accorgo che lui si sta di nuovo pettinando i capelli. Non so perché mi viene in mente il commendator Martuscelli del quarto piano, quello dalla vestaglia di seta e la retina in testa... ma a questo punto non posso più tirarmi indietro, non vorrei ferirlo, piuttosto devo trovare le parole per dirgli che mi manca una minna.

Giuseppe scivola tra le lenzuola, poggia la lampada per terra, una penombra rassicurante invade la stanza. Aderisce al mio corpo, mi accarezza la testa, mi dà tanti piccoli baci, come se fosse mio fratello. Nel silenzio, mentre lui armeggia con una certa prudenza, lo prevengo: «Scusa, ma ti devo dire una cosa...», e lui di rimando: «Te l'ha detta la mamma?». Intelligente,

penso, ha il senso dell'ironia, forse è la volta buona...
E confesso senza riserve.

Superate le prime difficoltà mi ha girata a pancia sotto, è stata la soluzione più razionale per non affrontare il problema e non guardarmi negli occhi. Il giorno dopo mi ha preparato la colazione, mi ha colmata di tenerezze ed è sparito dalla mia vita.

Il rifiuto dell'anziano è stato un'onta. Ora, senza rimpianti, è il momento di decidermi a vivere una castità che mi fa soffrire meno di questo sesso avvilente, fatto di spericolate manovre tra le trincee scavate nel mio corpo.

Ogni notte però prego sant'Agata: «Santuzza mia, fammela spuntare questa minna, ti prego, fa' il miracolo, non mi lasciare questo pirtuso; in fondo a te san Pietro le ha riappiccicate. Sì, lo so che tu sei una santa e io no, ma le tue erano due, nel caso mio si tratta di una minna sola, per favore, fammi la grazia».

Non ci voglio rimanere in queste condizioni di monaca di casa! Sono giovane, belloccia, e ho bisogno dell'amore come dell'aria per respirare. Voglio indietro la mia minna a tutti i costi, farei qualunque cosa per ritrovarla.

È estate, uno di quei pomeriggi caldi, silenziosi, di attesa. Mentre frugo tra libri e quaderni, la ricetta di nonna Agata mi cade sulle scarpe come per caso. Se non è questo un segno del destino?

XXVI

La minna ritrovata ha segnato un cambiamento reale e profondo. È nonna Agata che, ancora una volta, interviene nella mia vita e mi indica la direzione. La ricetta è arrivata con lo scirocco e, tra folate di vento caldo che mescolano polvere e munnizza nelle strade, desideri e rimpianti nel mio cuore, si materializza un'idea che si rivelerà un vero colpo di genio.

Il mio piccolo forno 'A MINNA apre la sera e chiude al mattino. Mi piace impastare pane, dolci e biscotti; muovo le mani e riposo la testa, ritrovo la quiete che credevo persa per sempre. Preparare le minne di sant'Agata ogni giorno dell'anno, scrivere le frasi, i proverbi, i modi di dire della nonna su tanti pizzini colorati – rossi per l'amore, viola per chi cerca saggezza, rosa per chi desidera il gioco – e abbinarne uno a ogni minna è stata la migliore delle intuizioni.

Le minne e i relativi pizzini sono molto richiesti, le donne soprattutto ne vanno pazze. Durante la notte, quando il traffico scema, i negozi chiudono, davanti all'entrata c'è sempre un piccolo assembramento. Gruppi di amiche, coppiette stralunate si mettono in fila e aspettano pazientemente che i dolci siano pronti. Qualche donna solitaria prima di entrare si guarda intorno, cerca qualcuno con cui fare coppia, perché le minne si vendono solo a due a due, come raccomandava la nonna. *Agatì, paro: non sparigliare mai.*

L'atmosfera rarefatta, il buio, le vie semideserte rendono i dialoghi più fluidi, gli animi disposti alle confidenze. Gli incontri occasionali sembrano antiche amicizie, le chiacchiere più banali diventano colloqui intimi, ogni respiro pare un sospiro. E una buona bevanda odorosa o un caffè bollente sciolgono alla fine anche le più timide, restituiscono loquacità alle più silenziose tra le avventrici.

'A MINNA è un posto dove fare amicizia, trovare compagnia e consolazione.

«Dammi quelle più piccole... no, no questa... quella accanto, mi pare più regolare. E fammi pure il caffè, ristretto.»

Maria è entrata una notte di primavera, con i capelli lunghi, neri, ricci che ondeggiavano seguendo il movimento sinuoso delle anche. Alta, morbida, bella, un seno maestoso nascosto dentro a giacche e camicie sempre molto larghe, la bocca grande e una fila di denti bianchissimi che brillano a ogni sorriso. È spagnola, fa la guida turistica, è a Palermo da qualche anno, «ma di passaggio...» mi dice, misteriosa.

«L'omo giluso mori cornuto.» Maria legge il biglietto a voce alta e scoppia a ridere: «Questo proprio non è per me. Tieni, forse a te può essere più utile».

Vorrei poter ridere di cuore come fa lei, ma mi esce sempre una smorfia malinconica.

«Hai finito?»

«No, ma sono piuttosto stanca... oggi vado via prima.»

«*Nun c'è sabato senza suli, nun c'è fimmina senza amuri*» Maria me lo dice con un sussurro, sporgendo il busto in avanti e appoggiando la mano sul mio braccio, «dài, chiudi e ci facciamo un pezzo di strada insieme.»

Camminiamo vicine in silenzio. Palermo mostra il suo volto più bello, le strade ancora vuote, illuminate da una luce tenue, chiara, che addolcisce i contorni delle case, delle montagne. Il porto è già brulicante di gente in attesa dell'attracco delle navi, anche i cani di bancata sono come trasfigurati e sembrano aristocratici segugi di razza. Come sa essere dolce l'aria di questa città *dalla quale si può solo provenire...*

Arrivate alla porta di casa invito Maria a entrare, ma è solo una forma di cortesia: sono stanca, voglio spogliarmi, fare una doccia e immergermi totalmente in questa malinconia che ogni tanto mi assale senza motivo.

«Non ho nulla da fare, speravo proprio che me lo chiedessi», con un passo delle sue lunghe gambe Maria è già dentro alla casa, si è tolta la giacca ancora prima che io chiuda la porta e si sta guardando intorno.

«Preparo io la colazione, tu vai a cambiarti...»

Non so perché le ubbidisco, si comporta come una vecchia amica e io non trovo strana tanta confidenza, anzi, le mostro la cucina: «Qui c'è il caffè, nel frigo trovi il latte, le minne sono sul tavolo, io vado a farmi una doccia». La vedo annacarsi tra un mobile e l'altro, che bella, mi viene da pensare, poi mi infilo sotto l'acqua bollente sperando di riuscire a lavar via stanchezza, tristezza, malumore.

Non so da quanto tempo sono sotto il getto caldo della doccia, le gocce scorrono sulla testa, tra i miei capelli, sulle spalle con forza, il vapore ha riempito la stanza, annebbiato i vetri, il profumo del sapone ha risvegliato antichi ricordi. Due mani sconosciute scivolano morbide e delicate sul mio viso, le dita carezzevoli s'insinuano dietro la nuca, una bocca morbida si appoggia sulla mia. Maria è entrata nella doccia senza chiedere permesso, è magnifica nella sua nudità. Ha i seni grandi, morbidi, separati al centro da un solco lungo il quale s'incanala l'acqua che le bagna la testa, si raccoglie in rivoli alla base del collo, riempie le fossette dietro alle clavicole. I capezzoli sono rosei e fortemente in contrasto con il nero dei suoi capelli e dei peli folti che coprono il pube sporgente.

Forse dovrei parlare, dire qualcosa, ma ancora una volta il mio corpo si abbandona in silenzio a qualcuno che sembra offrirgli amore. Maria mordicchia le mie labbra, mi accarezza con una sensualità morbida a me sconosciuta. Le sue dita si muovono delicate sulle spalle rese scivolose dal sapone, si spostano curiose sulle braccia, sulla minna, arrivano sull'enorme cratere che occupa tutta la metà sinistra del mio torace.

Sto con il fiato sospeso, ma l'angoscia che istintivamente sale dentro di me è come attutita dalla sorpresa, dall'emozione. Santuzza mia, fa' che non si ritragga inorridita...

Il suo corpo aderisce al mio, si spalma su di me come una crema golosa e io mi offro alle sue carezze tenere, ai suoi baci amorevoli. Le sue mani sulla mia cicatrice sono leggere ma insistenti, le dita ci passano sopra con gentilezza, ho persino la sensazione di avere la mia vecchia minna al suo posto, ne sento il peso, il volume. Mi guardo speranzosa, vuoi vedere che la Santuzza mi ha fatto la grazia?

Sindrome dell'arto fantasma: succede anche a chi viene privato di una mano, di un piede. Mi sembra di sentire il capezzolo che si inturgidisce e un brivido di eccitazione mi scende lungo la schiena.

Maria raggiunge le mie gambe, si fa strada con pazienza e delicatezza, la sua bocca adesso è sulla mia pancia, scende sempre più giù, la sua lingua si muove con sapienza. Il mio respiro si fa affannoso, il mio corpo spinge tutto contro il suo, le mie mani vanno istintivamente incontro al suo seno, i capezzoli tra le mie dita hanno la forma tonda di una ciliegia, la consistenza di una mora acerba.

Ogni resistenza è vinta, cade l'ultimo velo di pudore, la mia bocca vaga per il corpo di Maria, assaggia a piccoli morsi la sua pancia. Mi faccio strada tra le sue cosce, un sapore leggermente salato, il profumo delle ostriche appena pescate. Le mani di Maria si poggiano sulla mia testa e con leggere pressioni mi guidano. Poi mi interrompe e mi attira verso il suo viso, la sua bocca è sulla mia, indugia, si ferma, riprende a esplorarmi, il collo, la minna, la pancia, il ventre... un'onda calda mi afferra la gola. Un orgasmo incredibilmente dolce, tenero, leggero, lungo, ossessivo mi coglie di sorpresa, mentre l'acqua della doccia ha preso a intiepidirsi e io rabbrividisco.

Maria è ora il porto sicuro, l'abbraccio materno, l'acqua per non seccare, il cibo per non morire di fame, l'amore, l'amicizia, la sorellanza, il sesso. La sua presenza mi dà equilibrio, solidità. Di sé parla poco, ma io non sono da meno. Viene a trovarmi all'alba, fa colazione al forno, legge il suo pizzino con curiosità, se non deve lavorare torna a casa con me.

'A MINNA è diventato un forno molto noto. Sono state soprattutto le donne a decretarne il successo. Affollano il mio piccolo negozio, strette e stipate come sardine nella scatola, mangiano le minne, leggono i pizzini, ridono, commentano, si scambiano confidenze e consigli. Bevono un bicchiere di passito di Pantelleria o di moscato di Noto, che accompagna con discrezione la crema delle minne, aiuta le confidenze, favorisce le amicizie, stimola i sogni. Adesso c'è anche una lunga lista di vini dolci: tra passiti dal colore ambrato ricavati da uve zibibbo pregiate, cariche di zucchero e fatte appassire al sole della Sicilia e moscato dorato, dal sapore vellutato, i clienti hanno solo l'imbarazzo della scelta.

La sigaretta la fumano fuori sulla strada, poi rientrano a concludere il discorso lasciato in sospeso. Sono così sfrontate.. nessuna si nega alla confidenza, nessuna si sottrae alla solidarietà. Tutte concordano che una cosa duci è il miglior rimedio per la solitudine, la miglior compagna nelle notti d'inverno, quando ti stringi forte alle amiche per scaldare il cuore, l'ornamento più discreto di un amore nascente, che vive di sé e non vuole distrazioni, la conclusione di una giornata difficile, l'inizio di una mattinata invitante. I biglietti con le frasi della nonna suscitano interesse, ilarità, regalano consolazione, auspicano miglioramenti.

Di alcune delle mie clienti sono diventata amica, con altre ho un rapporto cordiale. Le loro voci s'intrecciano in un chiacchiericcio incessante, innocente e malizioso, che mi porto dietro la mattina presto quando torno a casa e riempie le stanze vuote, distrae la mente. I loro racconti intrisi di lacrime, ridondanti di risate, infarciti di particolari piccanti profumano di uomini, vibrano di speranza, esultano di banalità, cantano l'amore. Io sono diventata "la Fornaia", grazie ai miei pizzini raccolgo le confidenze dell'altra metà di Palermo, che parla incessantemente d'amore, e non mi sento più sola. Sono tranquilla, ma la passione, la voglia di prendere la vita a muzzicuni è ancora lontana, chiusa in un angolo della mia anima, silenziosa sotto la pelle.

Maria mi ha reso più forte, il mio corpo ha tratto beneficio dalle sue carezze, sono di nuovo muscolosa, ho la pelle liscia, lucente, i capelli lunghi, morbidi, lucidi. Anche l'umore migliora di giorno in giorno. Galleggio in una calma profonda, in alcuni momenti mi sento persino contenta. Mi manca però lo slancio verso il futuro, è come se non avessi più voglia di fare progetti, la mia vita è tutta qui e ora.

XXVII

Una mattina particolarmente calda di aprile chiudo il forno un po' in anticipo, per godermi con Maria una passeggiata lungo il mare che brilla alla luce dell'alba. Camminiamo in silenzio, per non turbare la magia di una natura che generosamente ci offre mille motivi per essere felici. L'aria è mite, l'onda che sbatte sulla sabbia ha un suono discreto e ipnotico. Superiamo l'antico stabilimento di Mondello, il vento di primavera ci investe carico di profumi di terra e di mare. La piazza del paese non è molto affollata, l'estate è ancora lontana, con la sua confusione, il suo carico di turisti, di pullman e macchine, di bagnanti a tutte le ore, l'odore delle creme solari al cocco e alla vaniglia.

Lo riconosco da lontano, Santino Abbasta. È appoggiato alle transenne del molo. Il suo profilo sinistro, leggermente appesantito da un rotolo di grasso attorno alla cintura e involgarito da una postura sbilenca, è inconfondibile. Anziché scappare, ne sono attratta come da una calamita. Le mie gambe, prive di controllo, si muovono da sole verso di lui.

Santino si stacca dalla transenna e mi viene incontro, buttando i piedi all'esterno, nella camminata da cafoncello per colpa della quale è stato soprannominato "'u Bagarioto", appellativo riservato una volta ai carrettieri che arrivavano in città dalla provincia di Bagheria. Non ho il tempo di capire né di reagire. Lui strappa via con forza la mia mano da quella della mia amica, mi prende per un braccio e mi trascina dentro la sua macchina. Neanche mi giro per guardare Maria, che rimane silenziosa sul molo. L'auto percorre a tutta velocità la strada dentro al parco della Favorita.

Arriviamo a casa mia. Santino non ha perso l'atteggiamento arrogante di un tempo, si comporta come il mio padrone. Mi toglie le chiavi di mano, le infila nella toppa, apre, accende la luce, chiude la porta con un calcio, e intanto le sue mani sono sotto al mio vestito, la sua bocca è tra i miei capelli, sulle mie labbra, scivola sul mio collo, vorace mi addenta, mi succhia, pronuncia parole smozzicate, parla incessantemente e la sua voce risuona nelle mie orecchie come il piffero di un incantatore. «Agata, sono cambiato... che sapore di mela matura che hai! Voglio stare con te... aprile queste gambe, tanto lo so che mi vuoi. Quanto mi sei mancata... il ricordo del tuo odore la notte mi tiene sveglio. È inutile che mi dici di no, lo sai, siamo destinati a stare insieme.»

Mi bacia, mi stringe tra le braccia, mi spoglia, evitando accuratamente di togliermi la camicetta, mi fa sua. Il mio corpo è docile tra le sue mani e come sempre si incastra perfettamente con il suo. Ma mentre mi manovra con prepotenza sento che cresce in me un senso di disagio. Cerco in Santino una tenerezza di cui non è mai stato capace, mi allungo tra le sue braccia, mi stendo come una pasta di pane, intreccio i miei piedi ai suoi, mi abbandono come un naufrago sul suo petto. Lui si stupisce della mia liquidità, non mi ha mai sentita così morbida, così aderente. Il mio bisogno di dolcezza, di amore, manifestato senza pudore, lo spiazza. Santino ha un momento di incertezza, la sua eccitazione scema, ancora una volta di fronte ai sentimenti la sua virilità entra in crisi.

«Che nova è, Agatina? Sei così languida...» mi dice con una certa irritazione, forse suscitata più dal suo parziale fallimento che da me. Ma poi mi gira e fissa il suo sguardo sulla mia schiena: «Che sfincia di culo, Agata! Mi pare di essere lo scecco di Silvestro». Il disorientamento è durato poco, ha già ripreso il controllo della situazione; mi gira, mi frulla, mi sbatte, mi rivolta di sotto e di sopra. Finisce con un lungo e roco mugolio di soddisfazione.

Poi raccoglie le sue cose e mentre va via mi dice: «Ti cerco io, sai, Rosalia le cose non se le dimentica... non è per me, ma per il nostro rapporto, lo dobbiamo proteggere, non ci dobbiamo fare accorgere». Quando varca la soglia, tutto il vuoto degli ultimi anni mi si ripresenta davanti e ha il colore nero della depressione, il freddo della malattia, l'umido della prigione.

Il mio sogno di libertà è svanito, sono davvero la schiava di Santino, ne porto ancora il marchio sul cuore.

Agatina, qui in Sicilia, isola di cruzzuni, i desideri delle donne non contano niente, mentre quello che vogliono gli uomini diventa destino...

XXVIII

Maria passa a trovarmi la mattina dopo come se niente fosse successo, mi aiuta a chiudere il forno e s'incammina accanto a me come ogni giorno. Ma io ce l'ho con lei, mi ha lasciata in balia di Santino, senza opporre resistenza. È rimasta a guardarmi, non ha mosso un dito mentre lui mi portava via. A casa è lei che prepara la colazione, si muove tra i mobili con forzata disinvoltura. La sua noncuranza mi irrita, la sua normalità fa montare dentro di me il nervosismo latente.

Davanti a una tazza di caffè caldo comincio un discorso che non ha né capo né coda, cercando la scusa per litigare: «Gli amici si vedono al momento del bisogno...».

Ma non è facile incastrare Maria, che va subito al sodo: «Perché, che cosa ho fatto?».

«Mi hai abbandonata nelle mani dell'orco.» Cerco di addossarle la colpa della mia fragilità.

«Io non posso agire al posto tuo.»

«Perché non te ne importa nulla.»

«Sei tu che devi guarire, io non posso aiutarti. Santino è parte di te, è la tua ombra, sei tu che devi farci i conti.» Maria non è tipo da lasciarsi colpevolizzare.

«Avresti dovuto proteggermi.»

«Non posso difenderti da tutti i Santino Abbasta del mondo.»

«Ma se io non ho la forza?» La sto pregando di fare

qualcosa per me e lei finge di non capire, continuando a sottrarsi alle mie richieste.

«La devi trovare.»

«Ma non c'è...»

«Allora morirai presto.»

«Tu mi odi.»

«Tu ti odi.»

Mi mette di fronte alla mia impotenza e la mia rabbia si scatena incontenibile. Esplodo in un urlo che si trasforma in un pianto dirotto. Butto per aria tutto quello che mi capita a tiro, fino a quando Maria mi blocca le mani, mi stringe forte e io mi lascio andare a un lungo soliloquio infarcito di angoscia e solitudine. Le parlo del senso di estraneità, di Pollicino, delle briciole d'amore di cui mi sono dovuta accontentare.

Maria tace a lungo, poi conclude con sicurezza: «Devi cercare tua madre, riconciliarti con lei».

«Non mi ascolterebbe.»

«Devi costringerla» insiste, e il suo viso ha l'espressione di chi conosce bene il problema.

«E se mi fa del male?»

«Ne è ancora capace?»

«Mi toglie la pelle a brandelli. Al forno sarebbe potuta venire e invece non si è mai fatta viva, mi rifiuta...»

«Mi pare che il tuo orco sia lei, non Santino.»

«Forse hai ragione... ma mi sento così sola...»

«Siamo tutti soli con i nostri demoni.»

«Parli bene tu, ma nella mia vita c'è un buco...»

«Trova il modo di riempirlo.»

Maria non mi lascia alcuna via di fuga. Esaurisco la rabbia e taccio anch'io, pensierosa.

Una sensazione di spossatezza mi attraversa, la testa si piega da un lato, raccolgo le gambe contro il petto e le cingo con le braccia. Sono così abbattuta che Maria quasi si pente della crudezza con la quale mi ha parlato. Le sue mani, che prima bloccavano le mie, ora si muovono lungo la mia schiena, tra i miei capelli, mi accarezzano le spalle, il viso. Ce ne stiamo in silenzio a inseguire i nostri pensieri quando la voce di nonna Agata, un sussurro nel silenzio della mia anima, fa irruzione nella coscienza con il clamore di una rivelazione: *questa è una terra dalla quale si può solo provenire...*

Certe volte l'unica soluzione saggia e dignitosa è la fuga, anche se a qualcuno può sembrare disonorevole. Un mese dopo l'incontro con Santino sono su una nave diretta a Barcellona, dove c'è la famiglia di Maria ad attendermi.

Vendere il forno non è stato difficile, è così conosciuto in città che ne ho ricavato una somma considerevole. Alla nuova proprietaria ho lasciato la ricetta di nonna Agata... con qualche piccola variante: non potevo certo rivelarle le dosi messe a punto con pazienza dalla nonna e da sua madre, si tratta di un segreto di famiglia! Né potevo svelarle che il trucco per valutare l'impasto è sentirlo, sotto le dita, elastico e morbido come una minna vera e che il ripieno deve essere fluido come una donna dopo l'amore... Non potevo dirle del brivido di piacere che accompagna la posa di ogni ciliegina rossa sulla glassa candida. Ma sono sicura che nonostante ciò sant'Agata continuerà a proteggere 'A MINNA e le sue frequentatrici.

Le amiche mi hanno aiutata a preparare in fretta il trasloco.

Prima di lasciare definitivamente la Sicilia, ho trovato il tempo per salutare Ninetta. Nella sua cucina sempre più affollata di oggetti mi ha abbracciata, mi ha fatto mille raccomandazioni, ha convenuto sulla necessità di mettere una distanza di sicurezza tra me «e quel cornuto di Santino Abbasta» e concluso che: «Certe volte è meglio perdere che straperdere». Da ultimo mi ha imposto il solito rito del piatto con l'olio e il sale: «Chi stagghiamu?», «Malocchio, malocchio, malocchio».

303

Zio Nittuzzo è venuto a salutarmi al porto, ho dato a lui le chiavi di casa da riconsegnare alla famiglia Frangipane. E ho chiuso così, materialmente e metaforicamente, la porta in faccia all'uomo che mi ha consumato la salute e rovinato la vita.

A Barcellona acquisterò una piccola casa sul mare. Maria verrà a trovarmi ogni volta che potrà.

XXIX

Il primo mese della mia vita in Spagna lo trascorro come in un sogno. Respiro aria di mare e profumo di nuovo. Dovrei essere eccitata, adrenalinica, invece sono stranamente rilassata. Dormo parecchie ore anche durante il giorno, come alla fine di una lunga malattia e nel pieno di una vera convalescenza.

Tra fornelli e pentole sperimento nuove ricette e ritrovo una tranquillità insperata. La casa dove mi sono sistemata è piccola ma c'è una cucina grande, sproporzionata rispetto alle altre stanze. La parete di fondo è attraversata da due finestre, ampie dal soffitto a terra, che lasciano passare i raggi del sole dalle prime ore della mattina fino al pomeriggio inoltrato. I muri sono rivestiti di maioliche lucide di vari colori, dal giallo-arancio passando per il rosso fino al viola scuro, e riflettono la luce in un gioco di ombre che interrompe la continuità del pavimento di marmo bianco. Al centro della stanza, di fronte alla cucina a gas di acciaio lucido brillante, c'è un lungo tavolo di legno che mostra i segni del tempo, qualche scalfittura, l'impronta di una pentola bollente che ne ha annerito la superficie, i cerchi dei bicchieri, sbiadite testimonianze di antiche bevute.

Una madia massiccia dalle ampie mensole costituisce una sorta di separazione dal resto della casa. Tra barattoli di vetro, pentole di rame, mazzi d'origano, trecce d'aglio, peperoncini e pomodori secchi attorcigliati come preziosi gioielli, c'è un antico dipinto di sant'Agata che ho portato con me da Palermo. Il suo viso ovale è minuto e incorniciato da un velo bianco, in mano tiene un piatto sul quale sono esposte due minnuzze bianche e tonde. Su un altro ripiano, tra farina, zucchero e caffè, la foto di nonna Agata e del nonno Sebastiano il giorno del loro matrimonio. Sono queste, almeno per il momento, le uniche testimonianze del mio passato in queste stanze.

Dal soffitto pende un ventilatore, le cui pale girando lentamente tengono le mosche lontane dai gustosi piatti che poggio sul tavolo in attesa di consumarli.

Spesso le persone sole mangiano cibi precotti, surgelati, io no. Tagliuzzare verdure, soffriggere sughi, impastare focacce, mescolare spezie mi rende felice. Svuoto la mente, concentro l'attenzione su odori, sapori, dosi, ingredienti; più che preparare pietanze, creo pozioni di cui sperimento io stessa l'effetto magico e imprevedibile.

Ogni giorno mi sveglio con una voglia diversa. Oggi ho preparato la caponatina di pesce, ieri invece mi ero fissata con la pasta 'ncasciata, domani so già che farò arancine e biscotti all'anice. Certi giorni, all'improvviso, mi sale un senso di nausea che mi costringe ad abbandonare di corsa la cucina, lasciando le cose a metà, ma ho capito che la colpa è del burro cotto, l'odore di rancido mi dà allo stomaco, perciò cerco di usare solo olio d'oliva. Quando poi so che Maria sta per tornare, giorni prima del suo arrivo, mescolo, impasto, frullo, trito, lesso, friggo fino a quando, sfinita, mi siedo a osservare il risultato: le pietanze sono disposte sulla tavola, decorate come opere d'arte per sorprenderla con un odoroso "benvenuta".

La mia pelle è tesa e trasparente, le guance rosee, l'indole pigra, l'umore variabile tendente al bello, sono anche un po' ingrassata: ho di nuovo voglia di vivere.

«Sembra che stai covando» mi dice Maria appena arrivata.

«In che senso?»

«Non so, sei così morbida, così languida, hai lo sguardo di una donna incinta...»

«Ma dài! E di chi?»

«Non ho detto che sei incinta, ma che lo sembri.»

Effettivamente le mie fattezze si sono modificate. Mi sono arrotondata, i miei movimenti si svolgono al rallentatore. La bocca è più carnosa, una colorazione bruna è comparsa sul labbro superiore, persino la mia minna, la *teta* come dice in catalano Maria, è aumentata di volume, si è appesantita, l'areola si è allargata, il capezzolo si è scurito.

«Anche questo fatto che il burro ti dà la nausea...» Maria ci scherza su per tutto il pranzo, una specie di tormentone: «Ma con chi sei stata in questi giorni? Un bel maschio spagnolo? Scuro, occhi neri?».

Mentre lei mi prende in giro, evocando acrobazie erotiche e atmosfere peccaminose, una certa inquietudine affiora alla mia coscienza. Sento anch'io qualcosa di diverso dentro di me.

Calcolo il tempo passato da quell'*ultima volta* che ha cambiato il corso della mia vita, conto i cicli saltati.

Vado in farmacia e compro un test di gravidanza. Lo faccio nel bagno di casa e lo consegno a Maria, a me manca il coraggio di guardare quella sottile linea rosa dalla quale dipende il mio futuro. Negli attimi di attesa che precedono la comparsa del risultato, con gli occhi chiusi cerco di ricordare l'immagine di Santino, l'emozione che mi dava il suo respiro, il tocco delle sue mani... ma non ricordo nulla di lui, solo una vaga sensazione di fastidio dai contorni labili ed evanescenti.

«Sei inequivocabilmente incinta» mi comunica Maria e aggiunge con il suo solito pragmatismo: «Che pensi di fare?»

Sono spaventata, o forse solo un po' frastornata, ma per la prima volta nella mia vita non ho un attimo di esitazione: «Niente – cioè, tutto. Alla vita non ci si può opporre».

«Dici davvero, Agata?» e me lo chiede con un'espressione sul viso a metà tra la gioia e la sorpresa.

«Be', è il primo atto d'amore di quel bastardo nei miei confronti. Certo, non l'ha fatto con intenzione, ma mi piace considerarlo così.»

«Non so se lo definirei un atto d'amore» mi dice Maria, «ma conta su di me. Torno a vivere qui per aiutarti, questa volta non ti lascio sola.»

Quando la nausea finisce, inizia il periodo più bello e pieno della mia esistenza. I mesi della cova trascorrono senza orari, tappe, scadenze quotidiane, mi lascio alle spalle inutili fantasmi, dimentico vecchie preoccupazioni e paure ancestrali. Il bambino, maschio o femmina, verrà per guarire le mie ferite, per riparare i guasti del passato, dall'abbandono di mia madre, alla malattia, passando per quell'amore rovinoso che finalmente potrà diventare un ricordo e null'altro, sostituito da qualcosa di ben più importante.

XXX

«Fai un respiro lento e profondo, continua ancora, rilassati.»

Il reparto "Maternidad" rimbomba di voci, il rumore del mio respiro sembra il soffio del vento nella tempesta. Ogni tanto tra le frasi di incoraggiamento dell'ostetrica e le parole affettuose di Maria emetto un piccolo gemito. Ho una grande pancia dalla forma puntuta, una minna gonfia e pesante, le labbra grosse e la faccia tonda della gestante giunta al termine della gravidanza. L'atmosfera del reparto è gioiosa e frenetica: medici e infermiere si muovono attorno a me, mi consolano, mi spronano, mi calmano. Un sensore sul mio addome rileva il battito del cuore del bambino, lo amplifica e rimanda nell'aria un suono grave. Per alcune ore, quelle del travaglio, le contrazioni vanno e vengono con frequenza sempre più ravvicinata. Quando la contrazione è forte irrigidisco i muscoli, fermo il respiro, come per ostacolare la progressione del dolore che l'accompagna.

Con una voce ipnotica, monocorde, Maria mi sussurra all'orecchio: «Non ti opporre, respira, rilascia i muscoli e lascialo passare». Ho l'impressione di avere uno stantuffo che da sopra l'ombelico esercita una pressione verso il basso. All'improvviso mi sembra che dal passato emerga donna Assunta Guazzalora che, con la sua figura imponente, mi ordina: *senti a me, lasciati andare, prima lo fai uscire meglio è per tutti*. La mia bisnonna resta al mio fianco per tutto il travaglio.

Adesso il mio corpo è la superficie del mare appena increspata da un'onda che lentamente s'infrange in un gorgo vorticoso e prende a tormentare le mie viscere. D'improvviso l'onda si fa acqua, un fiume che scorre tra le mie gambe. Il momento del parto è imminente, il cuore di mio figlio ha il ritmo di un cavallo lanciato al galoppo verso il traguardo.

Forza!

Ora non è più onda, non è più acqua, non è più fiume, ma vento di terra.

Prendi aria, trattieni, spingi! Le istruzioni me le dà la bisnonna Assunta.

Le contrazioni decisive saranno cinque in tutto. Nelle pause tra l'una e l'altra prendo aria, gonfio il torace, chiudo la gola e con tutta la forza che ho premo per aiutare mio figlio a venire alla luce. Da ultimo sento che la pausa non è più intervallo, ma attesa, è il tempo prima che la vita si manifesti. Tutti trattengono il respiro, poi il vagito di un neonato irrompe nella stanza e io urlo di gioia, piango di commozione e mi arrendo alla speranza che finalmente fa pieno il mio cuore.

«Como lo va a clamar?»

Il nome! In questi mesi non ci ho mai voluto pensare seriamente, ma adesso affiora alle mie labbra appena il faccino rosso scuro di mio figlio fa capolino tra le pieghe del panno azzurro che lo avvolge: «Santino» dico, in un soffio.

Maria smette di sorridere, i suoi occhi s'incupiscono, il ricordo di quell'uomo le guasta la festa, evoca vecchie preoccupazioni. «Io voglio solo che di quell'amore rovinoso, distruttivo, sbagliato, resti un ricordo gioioso e vitale.» È un pensiero, un auspicio che pronuncio ad alta voce.

Allungo le braccia verso questa truscitedda di carne, sangue e dolcezza. Sono finalmente libera. Lo attacco alla mia minna solitaria e una pace profonda mi avvolge.

Barcellona, 5 febbraio

«Santino, guarda bene quello che devi fare: la farina la metti a fontana, poi aggiungi la sugna, le uova e poi mescoli tutto insieme.»

«E la ricotta, mamma?»

«Dopo. Ma le mani le hai pulite?»

«Sì, mamma.»

«E allora impasta, che la forza ce l'hai, sennò che uomo sei?»

Santino è un bimbo dolce e vivace e oggi per la prima volta mi aiuta a preparare le magiche cassatelle. Il giorno del parto ho promesso alla Santuzza che mai più avrei dimenticato di preparare i dolci votivi il cinque di febbraio.

«Va bene, io impasto forte, ma tu, mamma, continua la storia...»

Non posso fare a meno di sorridere di gioia. Ora sono guarita davvero. Il senso di estraneità è svanito. Mio figlio è il sassolino che nel bosco della vita mi indica la direzione, con lui vicino non potrò più smarrirmi. Il buco nel mio petto, se c'è, io non lo vedo più, quello dentro l'anima si è riempito. La forza di nonna Agata, delle bisnonne Luisa e Assunta, persino quella misteriosa della nonna Margherita, è dentro di me ed emerge tutte le volte che ne ho bisogno. Sono capace di scegliere di affrontare i problemi, di trovare soluzioni.

Ma non si tratta di un superpotere esclusivamente mio, è piuttosto una speciale resistenza di cui sono dotate le donne, anche se qualche volta non ne sono consapevoli. Sono loro che possiedono il segreto della vita, che tessono pazientemente giorno dopo giorno la storia delle loro famiglie e poi la raccontano agli altri perché ne facciano tesoro.

«Santino, devi sapere che sant'Agata era una picciridda buona e intelligente, proprio come te. Quando diventò grande, mentre un giorno era alla finestra che si specchiava nel vetro, Quinziano, il governatore...»

«Mamma, che è un governatore?»

«Uno che comanda, babbasune! Allora, ti dicevo che Quinziano la vide e s'innamorò di lei... Bravo, così, devi affondarci le dita, quando senti che tutta la tua forza si trasforma in una carezza, allora la pasta è pronta... Ora la mettiamo a dormire dentro a una mappina e intanto che prepariamo la crema...»

Ringraziamenti

Il conto delle minne non è un libro autobiografico, eppure nelle sue pagine c'è molto di me, delle donne della mia famiglia e di altre incontrate strada facendo. Chiunque ravvisi una somiglianza con qualsivoglia personaggio non si offenda e non ne gioisca: i personaggi di questo romanzo sono impastati di fantasia e modellati su quegli archetipi cui tutti, nel bene o nel male, somigliamo. Quanto agli eventi storici, essi sono stati qualche volta piegati alle esigenze della narrazione. Ma tutti i sentimenti sono autentici.

A Giulia Ichino va la mia gratitudine per il paziente incoraggiamento e la mia ammirazione per la sua sensibilità e competenza.

Desidero ringraziare anche Maria Teresa Cascino e tutto il gruppo del Women's Fiction Festival di Matera. Grazia Napoli, fan di raro entusiasmo. Maria Pia Farinella, mia generosa estimatrice. Clotilde Di Piazza, la più antica tra le mie amiche. E Giovanni Torregrossa, uomo di rara generosità che mi ha permesso di usare i suoi ricordi più belli.

Un pensiero particolare, infine, per mia madre, lei sa perché.

Indice

nella collana
contemporanea

Eraldo Affinati, *Campo del sangue*
Eraldo Affinati, *La Città dei Ragazzi*
Stephen Amidon, *Il capitale umano*
Pietrangelo Buttafuoco, *Le Uova del Drago*
Pietrangelo Buttafuoco, *L'ultima del Diavolo*
Ottavio Cappellani, *Sicilian tragedi*
Vincenzo Cerami, *La gente*
Vincenzo Cerami, *L'ipocrita*
Vincenzo Cerami, *La lepre*
Vincenzo Cerami, *Tutti cattivi*
Vincenzo Cerami, *Vite bugiarde*
Vikram Chandra, *Giochi sacri*
Vikram Chandra, *Terra rossa e pioggia scrosciante*
Cynthia Collu, *Una bambina sbagliata*
Roberto Cotroneo, *Otranto*
Roberto Cotroneo, *Questo amore*
Giuseppe Culicchia, *Brucia la città*
Andrew Davidson, *Gargoyle*
Mario Desiati, *Il paese delle spose infelici*
Edgar Lawrence Doctorow, *La città di Dio*
Francesco Durante, *Scuorno (Vergogna)*
James Ellroy, *American Tabloid*
James Ellroy, *Sei pezzi da mille*
Nathan Englander, *Il ministero dei casi speciali*
Jeffrey Eugenides, *Middlesex*
Jeffrey Eugenides, *Le vergini suicide*
Nadia Fusini, *L'amore necessario*
David Grossman, *Che tu sia per me il coltello*
David Grossman, *Ci sono bambini a zigzag*
David Grossman, *Col corpo capisco*
David Grossman, *Il libro della grammatica interiore*

David Grossman, *Qualcuno con cui correre*
David Grossman, *Il sorriso dell'agnello*
David Grossman, *L'uomo che corre*
David Grossman, *Vedi alla voce: amore*
Alan Hollinghurst, *La linea della bellezza*
Denis Johnson, *Albero di fumo*
David Leavitt, *Ballo di famiglia*
David Leavitt, *Il corpo di Jonah Boyd*
David Leavitt, *La lingua perduta delle gru*
David Leavitt, *Il matematico indiano*
Massimo Lolli, *Il lunedì arriva sempre di domenica pomeriggio*
Claudio Magris, *L'infinito viaggiare*
Paolo Maurensig, *Gli amanti fiamminghi*
Paolo Maurensig, *Canone inverso*
Pascal Mercier, *Partitura d'addio*
Pascal Mercier, *Treno di notte per Lisbona*
Antonio Monda, *Assoluzione*
Antonio Moresco, *Canti del caos*
Audrey Niffenegger, *La moglie dell'uomo che viaggiava nel tempo*
Joyce Carol Oates, *Le cascate*
Joyce Carol Oates, *L'età di mezzo*
Joyce Carol Oates, *La figlia dello straniero*
Joyce Carol Oates, *La madre che mi manca*
Joyce Carol Oates, *Sorella, mio unico amore*
Joyce Carol Oates, *Tu non mi conosci*
Antonio Pennacchi, *Il fasciocomunista*
Antonio Pennacchi, *Shaw 150*
Alessandro Piperno, *Con le peggiori intenzioni*
Richard Powers, *Il fabbricante di eco*
Richard Powers, *Il tempo di una canzone*
Ugo Riccarelli, *Comallamore*
Salman Rushdie, *I figli della mezzanotte*

«Il conto delle minne»
di Giuseppina Torregrossa
Oscar contemporanea
Arnoldo Mondadori Editore

Questo volume è stato stampato
presso Mondadori Printing S.p.A.
Stabilimento NSM - Cles (TN)
Stampato in Italia - Printed in Italy

45 956

N02735